李劲松 著

Data Analyst

数据分析师

（本故事纯属虚构）

面对两难选择时，
我们该相信数据，
还是人性？

百花洲文艺出版社

图书在版编目(CIP)数据

数据分析师 / 李劲松著. -- 南昌 : 百花洲文艺出版社, 2023.1

ISBN 978-7-5500-4791-4

Ⅰ.①数… Ⅱ.①李… Ⅲ.①长篇小说-中国-当代 Ⅳ.①I247.5

中国版本图书馆 CIP 数据核字(2022)第 176699 号

数据分析师　李劲松　著
SHUJU FENXISHI

责任编辑	杨　旭	
特约编辑	张立云	
装帧设计	云上雅集	
出 版 者	百花洲文艺出版社	
社　　址	南昌市红谷滩新区世贸路 898 号博能中心一期 A 座 20 楼	
电　　话	0791-86895108(发行热线)0791-86894717(编辑热线)	
邮　　编	330038	
经　　销	全国新华书店	
印　　刷	长沙市精宏印务有限公司	
开　　本	889 毫米×1194 毫米　　1/16	
印　　张	16	
版　　次	2023 年 1 月第 1 版第 1 次印刷	
字　　数	240 千字	
书　　号	ISBN 978-7-5500-4791-4	
定　　价	78.00 元	

赣版权登字　05-2022-187

网　　址　http://www.bhzwy.com
图书若有印装错误,影响阅读,可向承印厂联系调换

目 录

引

子

1

"如果说数学是人们对客观世界进行定性描述和定量刻画的一种工具，那么数据分析，就是数学工具在 IT 领域的一种应用。如果说在产业层面，数据分析和人工智能、大数据、元宇宙等是新兴产业的重要底层手段，那么，在个人生活层面，数据分析的本质是以提高分辨率、发现事物之间深层的关联方式，帮助普通人更清晰地、更真实地感受整个世界，更高效快捷地享受工作和生活！"

一个三十多岁、身材瘦削、神情严肃的年轻人正在某酒店举行的"青年科技论坛"上发表演讲，讲到这，他停顿了一下，望着台下黑压压的一片人头，最后总结说，"很快我们就会发现，数据分析会应用于我们现在生活的方方面面，极大改变我们看世界的方式、逻辑和角度，提高商业和生活的效率，同时改变这个世界的运行规则。我今天的演讲就到这里，感谢主办方的盛情邀请，谢谢大家！"

台下掌声雷动，尤其是观众席右后方的一群高校学生，更是热烈。

主持人上台："感谢'数据王国'集团首席数据分析师夏子衡先生的

精彩演讲。下面是提问环节。只有一个提问机会，谁来？"

现场沉默了几秒钟，一位坐在最偏远角落、戴眼镜的长发女孩站了起来，略带拘谨地说："刚刚夏先生的演讲非常精彩，听后受益匪浅。我是一名即将毕业的大学生，有人建议我报考数据分析专业的研究生。主持人刚刚说只能问一个问题，但其实我有两个小问题，一个小问题里的两个大问题，不，是一个大问题里的两个小问题……"

现场哄堂大笑。

会议现场各种灯光，加上距离远，夏子衡在台上看不清对方的长相，但感觉到了她有点紧张，于是安慰道："没关系。主持人说只有一个提问机会，没说只能问一个问题。"

"那我就问了。"女孩清了清嗓子，镇定了许多，"第一个问题，您刚才的观点我都非常赞同，可是换个角度想：数据分析师会不会因为深度挖掘，无意间发现了这个世界太多的隐私、秘密和阴谋，从而将自己置于一个危险的境地？"

好尖刻的问题！夏子衡心里暗赞，他定了定神，答道："你刚刚说你是位大学生，马上要毕业。从我工作十年的经验来看，工作是一个人最重要的朋友。如果你想后半生快乐一点，最好找一份你真心热爱的工作。至于危险，这世上任何一份职业都有危险，比如出租司机、医生、消防员、警察、飞行员，每天都在面对各种不确定的危险。你说的对，数据分析师确实会因为深度挖掘，无意间发现这个世界太多的隐私、秘密和阴谋，可能将自己置于危险中，但从另一个角度讲，它也帮助很多人——比如警察——认识了客观世界的真相和潜在风险，从而提前预防。从这个意义上说，数据分析师充当着瞭望塔的角色，是一个有益社会的职业。"

台下掌声雷动。

女孩接着问："我的第二个小问题：我在一本书上看到，我们已进入数据分析和算法竞争的时代，算法将统治整个世界。请问您对这个观点如何评价？"

夏子衡略做思忖后答："算法的本质是数学、是技术，本身无所谓善恶，关键是谁来用，用来干什么。至于谁能统治世界，这是一个超出技术的话题，恕我不能回答，建议你找政治和军事方面的专家请教。"

"第三个小问题就是：这个专业好找工作吗？平均薪酬是多少？"

主持人道："好家伙，四个问题了！"

现场一片哄笑。

夏子衡答："工作的问题，如果有需要，我可以帮你推荐。具体薪酬你可以问人力资源总监。"

"谢谢！"女孩坐下。

掌声再度响起。主持人道："感谢著名数据分析师夏子衡先生的精彩演讲，下面我们有请下一位演讲嘉宾……"

夏子衡从台上往下走，无数人涌过来跟他或换名片，或加微信。一个戴眼镜的长发女孩拼命挤过来："夏先生，我就是刚才提问的人，可以要您一张名片吗？"

夏子衡道："抱歉，我名片用完了。"

女孩问："那夏先生，我能不能加您的微信？我扫您还是您扫我？"

夏子衡虽然是公司的首席数据分析师，但一向不爱社交，严重一点说，甚至有"社恐症"。他每天的行程，基本上是家里和公司两点一线，除了偶尔陪女朋友魏雨文外出吃个饭、看个电影，一般的聚餐很少参加，大部分时间，基本"长"在电脑前。

这固然与夏子衡公司实施"996"工作制有关系，但更重要的，是他觉得：对于一个成天与数据打交道的人来说，几乎所有社交都是浪费时间，都属无效社交。

而无效社交，始于乱加微信。夏子衡一般情况下，从不主动加好友。所以，他宁愿带着名片这种"老古董"出门，应付那些热情的朋友，也不愿加好友后接受长期骚扰。而他拒绝加微信的理由，通常是——"对不起，我手机没电了。"

但眼前这个女大学生似乎是个例外。倒不是夏子衡对她多有好感，而是他觉得，既然回答了人家的问题，还承诺帮她介绍工作，就不好拒绝她。

他掏出手机，发现无数条微信和两个未接电话，正欲细看，手机响了，忙接了："对不起，我接个电话——峰子，你来A城出差了？不好意思，我刚刚在开会，静音了。晚上一块吃个饭吧……好，那先这样，一会儿我把餐馆地址发给你。"

夏子衡挂断电话，见女孩在静静地等着，正欲加她，突然背后被人重拍："哥们儿，台风不错啊。"

夏子衡转身一看，奇道："盛勇，你怎么来了？什么台风？"

来人名叫程盛勇，是夏子衡多年好友，某种程度上甚至可以说是唯一好友。他有着一张宽阔、粗糙、黝黑的脸庞，肥胖臃肿的身材，以及永远大大咧咧、不拘小节的神情，与生性严谨、瘦削高挑的夏子衡，绝对的互补。程盛勇笑道："你可真能装！IT男居然会演讲，而且还讲得这么好，真是乌鸦变凤凰。"

夏子衡扔下那个要加她微信的女孩，将程盛勇拉到一旁："我这纯粹是赶鸭子上架，主办方本来是邀请我领导的。领导临事出差，才让我来顶替——话说，你不好好上班，来这干吗？"

"送信。"程盛勇掏出一个信封递给夏子衡，"鸡毛信。"

夏子衡一惊："信？什么信？这年头还有人给我写信？"

程盛勇一脸尴尬："一封结束我'媒婆'事业的信。"

夏子衡匆匆打开，发现这是一封打印好的信，登时觉得不妙，立即看了起来：

> 子衡：
>
> 　　我想象了一千种道别情景，但我万万没想到，我最后会选择这种最古老也是最笨拙的方式说再见。我没有与你面谈的勇气，更不想因为线上交流造成更大的误会。你我的性格注定彼此无法妥协，也无须勉强。
>
> 　　到了给冷战画句号的时候了。444天，我受够了。我不想说"再见"，因为这两个字很伤感，不过我还是希望若干年后我们再见时，能更多记住昔日的美好，而不是仇怨。
>
> 雨文

夏子衡看完，呆了两秒，然后将信撕个粉碎，扔进垃圾筒。

程盛勇过来安慰他："雨文怎么这么绝情，说出国就出国，连个正式告别仪式都没有。子衡，你是搞数据分析的，用专业术语怎么解释她的心理？"

女人不能用数据解读。夏子衡心里苦笑一声，又问程盛勇："她几点的航班？"

"五点的。怎么你还要追她吗？现在都四点了，估计你还没赶到机场，飞机就起飞了。"

夏子衡不信邪，一边冲出酒店往机场赶，一边打雨文的电话，手机一直没人接，后来干脆关机。机场高速堵得一塌糊涂，夏子衡不停刷手机，发现雨文所乘航班延误，暗自庆幸。

终于他在安检入口发现同样迟到的雨文，一把拦住她："为什么要这样？"

雨文冷冷道："因为你更爱工作，根本就不需要家庭、不需要结婚。"

"就算我是这样的人，那也不是你出国的理由吧？"

"你有你的生活，我有我的生活。"雨文一把将夏子衡推开，"不用你管！"

"你——"夏子衡忍不住拉住她的行李推车，"能不能再给我三个月时间？"

雨文淡定地目视着他："子衡，强扭的苦瓜会甜吗？三个月后再分手，除了增加道德牺牲的美感，还能给我们带来什么？你说，还有什么意义？"

夏子衡只得放手，目睹雨文消失在人流中。他在机场呆了足足半个小时，目光呆滞地抬头见一架架航班起起落落。

往回返走到半道，夏子衡接到表弟峰子的微信，想起晚上还有约，这才回电程盛勇："晚上有空一块吃个饭吗？"

"没追上雨文？"

"追上没追上，结果有区别吗？"夏子衡补充，"对了，晚上是跟我一个老家的表弟一块吃饭。"

程盛勇道："我晚上约了一位女神，就不陪你了。饭后我找你喝酒。"

2

峰子名为夏子衡的表弟，实质是穿开裆裤一块长大的发小。但自从夏子衡上外省上大学后，两人联系渐少，几年也见不了一面。此次峰子是从老家来 A 城办事，顺便约夏子衡见面。

峰子见夏子衡一个人过来吃饭，奇道："我嫂子呢？"

夏子衡白他一眼："我什么时候结婚了？"

"不结婚也是我嫂子啊。对了，哥，你什么时候请我喝喜酒？"

"等着吧。猴年马月。"夏子衡没好气道。他今天代表公司做了一个精彩演讲，赢得满堂喝彩，原本十分得意，没想到女朋友雨文以"突然死亡法"提出分手，心情当即一落千丈。平时滴酒不沾的他，居然主动提出要喝酒，而且是喝白酒。

峰子见夏子衡频频举杯，大惊："哥，多年不见，没想到你现在酒量这么大！"

"大什么大？"夏子衡再次举杯，"主要是见到你高兴。来，干！"

夏子衡因失恋难过，主动灌自己。酒过五巡之后，夏子衡已然微醺，整个人都开始发飘。峰子一边给他斟酒一边感慨："子衡哥，人到中年，容易怀旧。想想我们上次见面，都是五年前的事了。一生能有几个五年？"

"都过去五年了？"夏子衡一呆，下意识地摸了摸自己光秃秃的脑门，"时间过得真快啊。"

"子衡，听说你在 A 城混得特别好，有什么发财机会，也帮衬弟弟一把。"

"我好个屁！至今还是一人吃饭全家不饿。"

"一定是你眼光太挑了。"峰子突然盯着夏子衡胸口的胸牌，"你胸前挂的什么？VIP？你今天是不是又出镜了？"

"哦，下午在一个论坛做了一个演讲，临时代老板出台，瞎侃一通。"夏子衡说完，将胸牌摘下，扔到一旁。

"演讲？什么演讲？"峰子眼睛发亮，"哥，也给我上上课呗。"

夏子衡道："数据分析。"

"数据分析是个什么东西？"表弟一边大口吃肉，一边问，"分析什么？怎么分析？"

"听说过 AI 吗？"

"爱？爱情的爱？分析爱情？"

夏子衡见表弟一脸茫然，换了个说法，"就是人工智能。比如，智能音箱、智能汽车、无人驾驶汽车什么的。"

"知道，知道。"峰子忙不迭点头，"我听说下象棋的机器人都能打败国际象棋世界冠军。"

"对！数据分析，是一切算法的基础，可称为人工智能的发动机。无人驾驶汽车怎么开车？就是在车上装很多传感器，一刻不停地采集各种数据，如行驶速度、方向、路面状况、是否有行人等，通过对这些数据进行实时分析，对车下实时指令，指示它是加速还是减速，要不要拐弯或刹车等等。这些都需要做数据分析。"

"这么神奇啊。"峰子赞道，"那你公司做什么的？生产智能汽车？"

"不，我们只提供数据分析和算法服务，为各类需要数据业务的公司、平台和机构提供数据分析的最优算法。"

"算法？算法是什么？"峰子笑道，"剥蒜的方法？能不能给我们演示一下？"

夏子衡突然有一种对牛弹琴的悲哀，要在往常，他早就不耐烦了。但今天也不知道怎么回事，不知道是否酒精在起作用，他居然很喜欢这种"对牛弹琴"的感觉。他重重地拍一下桌子，从电脑包拿出电脑打开："给你看一个宝贝。"

峰子立即扔下酒杯茶杯，凑到他身边。夏子衡指着屏幕说："这是我刚刚为我们公司开发的一套智能数据分析引擎。不敢说国际领先，至少是国内一流，可以广泛应用在很多行业。我给你演示一下。"

夏子衡演示完，峰子茫然摇头："没看懂。"

"这个本来就不是给你看的。"

"看来这行我是入不了了。"峰子突然高举右手，"服务员，买单！"

夏子衡急忙站起来阻止："峰子，你这是干什么？在我地盘我请客，让开，我来！"

峰子道："我来！说好我请你的。"

"你是远客，怎么能让你买单？再抢我生气了！"

"生气也得我来。"

峰子往包厢外面走，夏子衡只好冲上去，一把将他推开，摇摇晃晃走到餐馆大厅里的款台。结完账往回走时，他半道肚子不舒服，于是上厕所，出来，还是不舒服，回到包房，发现空无一人，奇道："咦，我走错房间了？"

门口的服务员说："没错，您就是这个包房。"

"那我的朋友呢？"

"他以为你走了，追你去了。"

"追我？上哪找我？我没走啊。这个峰子……他怎么这么糊涂？"

夏子衡打峰子手机，关机，暗自纳闷，心道：这小子怎么能不辞而别？他拎上电脑包，歪歪斜斜往外走，找了一圈，还是没看见峰子。酒劲上来，于是打车回家，倒头便睡。

夏子衡第二天酒醒时，已是上午，阳光已把被窝晒得滚烫滚烫，但惊醒他的，还是手机。来电的是程盛勇："子衡，就算被女朋友甩，你也不至于晕头成这样吧？"

"怎么啦？"夏子衡舌头打转。

"昨晚你在网上冒用领导名义公开兜售智能算法，怎么回事？"

"兜售智能算法……冒用领导名义？"夏子衡机械地重复，好一会儿才明白这句话的意思，立即从床上弹跳起来，"盛勇，你说什么？"

"看看你的电脑还在吗？"

夏子衡一骨碌从床上爬起来，打包背包，发现电脑被换成两块砖头："糟糕，电脑不见了，算法也没了，一定是我表弟峰子干的。"

"他人呢？"

"不见了。我得赶快找到他！"

"只怕已经晚了。"

"什么意思？"

"你开电视。"

夏子衡打开电视，全是突发新闻：

新闻一："突发消息：国内几个著名电商网站，原价上千的电器被一律降价成一元，数十万件商品被疯抢，电商平台损失惨重，正在向数据服务提供商索取巨额赔偿……"

新闻二："国内几个超市，在结账时全部自动涨价十倍，导致客户集体愤怒。截至目前，已有数个超市被砸，所有商品被一抢而空。截止目前已有十几人受伤、数人被警方逮捕……"

新闻三："A市唯一的、也是客流量最大的一条无人驾驶地铁，突然全部失控，超速甩站，连续发生数起追尾事故，致使数十人受伤。据悉，目前整条地铁站口已聚集上百万人，急等疏散。地铁集团初步调查认为，是第三方提供的智能算法错误所致……"

"完了，完了，都是我的错。"夏子衡惊出一身冷汗，听门外传来重重的敲门声，慌地关掉电视，问："谁？"

门外答："警察。"

"警察？"夏子衡脑袋一片空白，还没等他想清楚对策，两位警察破门而入，亮出证件："你是夏子衡吗？"

"是。"

警察掏出一份逮捕令："夏子衡，你因涉嫌'非法获取计算机信息系统数据罪'被捕了。"

一个月后。

A市某拘留所。

程盛勇坐在探视窗口前，目睹夏子衡穿着囚服戴着手拷出来，慢慢坐在他对面。两人同时拿起电话。

程盛勇问："子衡，你说你平时滴酒不沾，那天怎么喝这么多酒？因为雨文？"

"跟她有什么关系？"夏子衡又问，"律师怎么说？"

"律师建议你认罪，这样最高判三年，否则就得五年以上了。"

夏子衡："认罪？以后我在圈子还怎么混？还怎么找工作？"

"等你刑满释放之后再说吧。"

三个月后。A 城某法庭。

法官："现在就夏子衡涉嫌非法获取计算机信息系统数据罪一案进行宣判。全体起立！"

旁听的程盛勇与在场所有人一齐起立。

"被告夏子衡犯非法获取计算机信息系统数据罪，证据确凿，判处有期徒刑三年，处罚金三十万元，十年内禁止从事与数据分析、数据挖掘和人工智能等相关的高科技产业。"法官宣判后，重重落锤。

第一章

三年旧冤

1

三年后。A 城。清晨。

作为近年崛起的新一线城市，A 城早高峰的拥堵虽然比北上广深略为逊色，但也非常壮观。刚过早上七点，主要环路和干道就被堵得水泄不通。尤其是位于市中心的香格里拉酒店，因为这几天连续举办多个重要论坛，前来参会的嘉宾和观众，被有限的车位拒之门外，被迫临时调头，而这种行为进一步加剧了拥堵，整条道路瞬间变成了一个停车场。

夏子衡从香格里拉酒店走出来，一脸疲惫，与大多上班族从家往单位赶不同，夏子衡此时正逆流而行，从市中心的香格里拉酒店往郊区的住处赶。他为了筹备一个论坛，加了一晚上的班。

三年前，夏子衡因为酒后惹祸，犯罪入狱三年，幸亏他有一技之长，参与了监狱多项数字化工程，表现良好，被减刑半年。人虽然释放了，但他却上了各种黑名单，十年内不得干本行，三年内不能再坐飞机高铁、不能高消费，基本上谋生"武功"尽废。

夏子衡是个心高气傲的人，于是干脆下决心改行，再不碰 IT，不沾任何与大数据和人工智能相关的工作。若非必要，平时连电脑和智能手机的APP都很少用。

但人至中年，改行哪那么容易？夏子衡被捕后，一夜白了大半个头，至今尚未"回黑"，故而看上去比真实年龄还要大几岁。他去几家传统行业的公司应聘，面试他的人力资源主管，大的比他小五六岁，小的甚至小十几岁，都把他当"大叔"，随便敷衍几句就把他打发了。

灰心绝望之际，是老友程盛勇收留了他。程盛勇是夏子衡十年前的老同事，几年前下海做了一家会展公司，核心业务就是给各家做论坛的机构搭台、布展以及会议现场服务。虽然不像 IT 行业那么挣钱，但收入和利润率还可以。

夏子衡加盟后，主要工作是做策划，外加一点简单的线下技术工作，比如网络布线、调试等，跟以前的数据分析相比，其难度和含金量完全不在同一水平。

虽然夏子衡收入大幅缩水，但现在的工作简单、踏实，无须技术，没有差旅，不用演讲，波澜不惊，走在大街上绝没有一个异性回头看他一眼，回头率近乎为零。这种"大隐隐于市"的平静生活，让夏子衡比较满意，虽然偶尔也会心生一丝难以言说的失落。

夏子衡拖着疲惫的身躯回到住处，连澡都顾不上洗，刚刚躺下睡着，手机响了，同事小曹："老夏，王经理问你怎么还没来酒店布置现场？"

夏子衡火了："谁说我没去？我昨晚上十点就去加班了，七点才从香格里拉出来。"

"会场的无线网络掉了，怎么也连不上。"

"重启路由器。"

"试了几次，还是不行。"小曹焦虑道。

"这么点小事你们都搞不定吗？"夏子衡有点不耐烦了。

"王经理说公司就你懂技术。"

"我是做策划的，不是搞技术的。"

"王经理说只有你才能搞定。"

"我刚回家，能不能歇会儿再去？"

"不行！"小曹硬生生拒绝，"老夏，会议九点就要正式开始，没有网络怎么直播？程总知道了，肯定又要扣我们奖金了。"

"好，我马上过来。"夏子衡挂断电话，嘟囔一声"什么破事"，不情愿地从沙发上爬起来，打车出门。

2

夏子衡熬了整整一个通宵，脑昏腿软，眼睛红肿，格外难受，只得戴了一副墨镜出门。来到街上，他发现路上已变得超级拥堵，到处是无人出租汽车，可是全部满载。他用手机试着约车，前面排队的有数十人。他盘算了一下：他人没到酒店，论坛早开始了。

无奈，夏子衡只好叫了一辆人力出租车，等了十几分钟，出租车终于到了，停在他前面几米处。

夏子衡正欲上前开门，突然从旁边冲出一个身着黄衣的年轻女孩，麻利地开门上车。

司机探头问："是去香格里拉吗？"

女孩答："没错。"

夏子衡核对了车号，确认是自己叫的车，冲女孩道："对不起，这是我叫的车。"

女孩横道："什么？明明是我叫的！"

"你先看看车牌号好不好？"

女孩不看车牌号，轻蔑地瞟了他一眼，对司机说："师傅快走。我有急事。"

"这年头还有用这种方式泡妞的土老帽，大清早还戴个墨镜扮酷。"司机鄙视夏子衡一眼，脚踩油门狂飙而去。

夏子衡正欲破口大骂，见一辆出租车在他眼前下客，立即上车直奔香格里拉。他用手机盯着打车软件，一路来到酒店，才发现被黄衣女孩抢走的车也停在酒店门口，立即明白：难怪她会上错车，原来她跟我目的地相同。

夏子衡下车往门口走，却听司机对抢走他车的女孩说："我把账单发送过去了。"

女孩看了看自己手机："我怎么没收到支付通知？"

"您手机尾号是 3837 吗？"

"不是。"

司机看了看女孩，又看了看自己的手机，醒悟道："看来不是那位先生抢了您的车，而是您抢了他的车。"

女孩大囧，脸"刷"地红了："对不起，那我怎么支付？要不我给您现金？或者手机转账？"

"抱歉，不能用现金，也不能私下转账。这样，您拨一下刚才那位先生的手机，看能不能让他先替您付款，然后您回头再把车费转给他。"

"好吧。我试试。"女孩拨电话。

夏子衡听着司机和女孩的对话，哭笑不得，但他急着去酒店"救火"，不想搭理他们。刚走进酒店的旋转门，就听见手机响，犹豫两秒钟，还是接了："哪位？"

电话传来一个女声："对不起，先生，我是刚才抢您车的人。"

"哦，是你抢了我的车？"

"实在抱歉，您可以先用手机帮我付一下钱吗？"

夏子衡在旋转门里兜了一圈，又走出来，替女孩付完车钱，转身就走，被女孩唤住："对不起，我不该抢您的车。我叫柳虹，您贵姓？"

"夏。夏天的夏。"夏子衡冷冷道。

"对不起，夏先生，我没有现金。我微信给你转吧。"

"没多少钱，不用了。"

柳虹坚持要转："多少钱也不行。我不喜欢欠别人钱。"

"我还有事，以后再说吧。"

夏子衡漠然转身，将黄衣女孩甩在身后，大步走进香格里拉某会议厅的布展现场，穿过几个扎堆聊天的同事，径直来到搁置无线路由器的角落，蹲下来简单鼓捣两下，然后对小曹说："应该好了，你试试。"

小曹一试，果然网络通了，一脸崇拜地望着他："老夏，你怎么搞定的？太牛了！"

夏子衡淡淡道："网线松了。"

小曹差点晕倒："啊？这么简单？真对不起，这点小事把你大老远叫过来。"

"我走了。"夏子衡正欲再找地方抓紧时间眯一会儿，被走过来的部门主管王小爽训斥："老夏，说好早上到酒店布展，你怎么现在才来？快九点了。"

夏子衡平静道："王经理，我早上七点刚从这离开。"

"遇到大型会展活动，所有员工都是通宵加班，为什么偏偏你要回家？"

"因为今天下午我还要给销售部提交一个策划方案。"

"夏子衡，你是我部门的员工，一切工作首先要听我安排！"

夏子衡强忍不悦："销售部说，方案是给程总新谈的客户做的，不能拖。"

"你拿程总压我？"王经理怒了，"你以为你是程总的朋友，就敢搞特殊？你算老几？"

"王小爽，你嘴巴干净点。"

王小爽翻脸，朝他胸前一推，"夏子衡，你是谁啊？大厂CEO，还是联合创始人？别以为以前在大公司干过，就可以在我们面前装，动不动就找借口迟到。要不是看在你是老板的朋友，我才懒得收留你！"

若搁在几年前，夏子衡早就发飙了。但他现在身份不同，人在屋檐下不得不低头。夏子衡强忍愤怒道："王小爽，嘴巴放干净点，你不是我老板。"

王小爽以为夏子衡服软，得寸进尺，高声道："夏子衡，我确实不是你老板，但我是你顶头上司。你还敢跟我叫板？扣发当月工资和年终奖！"

夏子衡终于大吼："姓王的，你别太过分！"

"我就是过分，你怎么着吧？打我呀打我呀。别忘了你可是一个有过前科蹲过大狱的囚犯，到处找不着工作。要不程总可怜你，要不是我收留你，你早就流落街头要饭了。就这，你还敢吹牛耍横跟老子叫板！"

在场所有人全部呆住了，一片沉默，各种意味深长的目光一起射向夏子衡。夏子衡被揭老底，感觉自己登时被"射"成筛子，全身火辣辣的刺痛。他热血偾张，冲上去冲王小爽鼻子就是一拳，转身撞门而出，身后，隐隐传来鼻梁骨碎裂的声音。

"你敢动手？兄弟们给我上，打死姓夏的，出了事我负责！"

王小爽一挥手，三四个心腹涌上来，将夏子衡扑倒在地一顿暴打，幸被酒店工作人员制止。夏子衡自知不敌，找机会逃出会议厅，出酒店大门时，迎面与一人相撞，以为是同事追上来了，正要发作，抬头看，却是刚才抢他车的女孩，登时怔住。

却听女孩道："夏先生，我换好零钱了。这是刚才的车钱。"

"不用。"夏子衡本能地回头看。

"你必须收下！"

夏子衡吼道："我说了不用给就不用给！我有急事！"

女孩一愣，委屈道："您凶什么？不就耽误您几分钟，至于对我发这么大火吗？"

"我不是冲你——"夏子衡飞快逃离现场。

3

夏子衡离开香格里拉，全无睡意，直接到公司找程盛勇。程盛勇早接到投诉，无奈道："子衡，王小爽那小子是一个大客户的亲戚，就是个职场混混。你怎么跟他一般见识跟他动手？"

夏子衡道："对不起，哥们儿，我没脸在这继续待下去了。"说着递上一页纸。

"辞职报告？"程盛勇扫了一眼，冷冷道，"子衡，你要干吗去？找好下家了？"

"这你就不用管了。"夏子衡将脸转向别处，"我想歇歇。"

"我不管谁管？你现在这个样子，连个像样的工作都……"程盛勇怕伤夏子衡自尊，打住了。

"我打算离开 A 城。"

"离开 A 城？去哪？现在是大数据时代，所有人几乎是透明的，到哪都一样。不管到哪儿，你都无法改变你的历史、你的信用记录。A 城找不到好工作，你就是去外地，照样找不到！"

夏子衡吼道："我是被栽赃诬陷的，我一定要找到峰子那个王八蛋，还我清白，把他扔进监狱！"

"这话你都跟我说过八百遍了。自从你出狱，你给老家打过多少电话、找过你表弟多少次？有进展吗？人家失联了，人间蒸发了。"

"峰子那小子一定藏在某个地方。"

"那怎么找不着？"程盛勇道，"实话告诉你，三年前你们吃饭那家餐馆，我也去过几次，老板也早就换手三四回了。你连个人证都找不到，怎么洗冤？没有证据，谁信？"

夏子衡悲愤："盛勇，难道你也不相信我？"

"我信，可是别人信吗？用人单位信吗？"程盛勇越说越激动，"子衡，有本事，你找法官或派出所给你开一份'无犯罪记录证明'。你要是能开出来，全世界人民就都相信你是清白无辜的。"

"盛勇，我就不信，我不能亲手为自己洗冤！"夏子衡气得胸脯起起伏伏。

"怎么，手痒了？又想搞数据分析掘地三尺？"程盛勇斥道，"子衡，我相信你的技术功底。但是，别忘了，你是有前科的人，你现在还处于'从业限制'期，不能再在网上随便玩数据分析和数据挖掘，要是再出一丁点意外，我可救不了你。听老兄一句劝，再忍忍吧。真的假不了，假的真不了。如果你真是被冤枉的，我相信一定会有水落——"

"不是如果，是一定。"

"对不起，我说错了，你是被陷害的。我只是想说，你要是再被逮着，再关几年，这辈子就全毁了，你都快奔四的人了。"

"我受够了！"夏子衡将辞职报告扔给程盛勇，头也不回地离开。

程盛勇捡起辞职报告，苦笑一声，急追而去。他刚追出门，突然接到一个电话，是老友陈武。陈武开门见山道："程总，有个大活，有没有兴趣？"

程盛勇立即返回，关上办公室的门："多大的活？具体干什么？"

"三百万。"陈武详细介绍后说，"公司年会加老板婚庆。"

"公司年会加老板婚庆？"程盛勇奇道，"一个是公事，一个是私事，这两件事怎么搅和到一块的？"

"你要是嫌麻烦，我就找别人。"陈武假装挂电话。

"别、别、别！陈兄，您是我的恩客，头号恩客。您放心，我一定会好好感谢您。"

"你怎么不说我是嫖客？"陈武笑骂，"这事很急，你给我调动你公司的全部精锐，一定要服务好！这两件事既要互相独立，又要相互关联，要办出科技和时尚特色。这事要干好了，明年活更多。"

"我给你立军令状，办不好这事，提头来见！"

"明天来我们公司面谈吧。"

"哎哟妈呀，有这好事！"程盛勇挂断电话，沉浸在喜悦中，"高科技和时尚特色，高科技和时尚特色……这个项目该找谁负责呢？只能是子衡，只能是子衡！"

程盛勇再次冲出办公室，终于在几条街外追上夏子衡："真要回老家找你表弟？你坐不了火车、飞机，大巴也够呛，好几百公里你怎么去？走着去？"

夏子衡一脸倔强："搭货车。实在不行，我就骑自行车！"

"好，我陪你去。"

夏子衡甚感惊讶："太阳打西边出来，还是天上掉馅饼了？"

"Both。"平时基本不说英语的程盛勇，突然冒出一句英语，他的发音不标准，怎么听都像"暴死"。

夏子衡当然懂："发财了？"

"听说过艾达塔集因吗？"程盛勇得意道。

"不知道。"

"艾达塔，是 AIDATA 的音译，AI+DATA。明白他们是干什么的了吧？"

夏子衡何尝不知道，AI 指人工智能，DATA 指大数据，艾达塔应该是高科技公司。若在以前，他早就知道了，可是这三年，他几乎两耳不闻科技事，对这个领域的新兴公司一无所知，于是摇头："不知道。"

"艾达塔目前是我们 A 城乃至全国最牛的高科技公司，被一群投资人追着投资的独角兽。人工智能、元宇宙、大数据、区块链等高科技概念，全部一网打尽，据说最新估值接近一百亿。"

"不懂。"夏子衡淡淡道，"我现在是个土老帽，平时几乎不上网，手机里除了打车软件，什么应用也没装。"

"就在刚刚，艾达塔集团成了我们的客户。"程盛勇说这话时的表情，仿佛中了五百万大奖。

"我已经辞职了，关我什么事？"

"子衡，你知道艾达塔是靠什么起家的吗？智能数据处理，你几年前的老本行。你想想，如果你不出事，如果你当年开出的智能数据分析引擎还在，有艾达塔和牛弋戈什么事？"

"牛弋戈是谁？"

"艾达塔集团董事长兼总裁。A城名人，连续三年名列'年度科技人物'首位。"

程盛勇说着，用手机划拉出几张照片。夏子衡见牛弋戈身材匀称，长相英俊，一张少年得志富贵逼人的标准成功人士脸，冷冷道："不认识。我可以走了吗？"

"可以。"程盛勇点燃一根烟，突然神秘道，"子衡，难道你不想知道，艾达塔的智能数据处理系统与你当年开发的产品有什么关系？"

夏子衡果然止步回头："什么意思？"

程盛勇把自己的手机扔给他："自己上网查。"

夏子衡出事后，曾发誓再不用智能手机，思想斗争片刻，终于用程盛勇的手机查了查艾达塔的资料，初步判断它的技术路线和数据分析模型，与他当年的研发成果有几分相似。难道我的事与这个牛弋戈有关？夏子衡脑海里立即迸发出一个猜想："盛勇，你早知道这些，为什么不告诉我？"

"我也是刚刚想到的，纯属瞎猜。"程盛勇郑重道，"艾达塔和牛弋戈身上，可能有你需要的线索。"

"你是说我当年出事跟牛弋戈有关？"

"大胆假设，小心求证嘛。"程盛勇笑道，"这可是别人花三百万请你上门探案，比你扒大货车回老家找真凶强多了吧？怎么样，艾达塔这个客户，你愿不愿接？"

"我不懂年会，更不懂婚庆。"

"没事，我给你找了一个助手。美女助手。"

夏子衡随程盛勇回公司，发现一个黄衣女孩在里面等着，正是早上跟他抢出租车的那位。女孩看见他，稍稍愣了一下，立即热情地伸出右手："嗨，这么巧？"

夏子衡惊道："你怎么……"

程盛勇道："介绍一下，这是我们新入职的同事柳虹——柳虹，这位是我们的策划总监夏子衡。"

夏子衡偷偷打量柳虹，见她目光锐力、表情淡定毫不怯场，甚是惊讶。出于职业习惯，他开始计算。早上被她抢出租车，发生概率不到百分之一；两人成为同事，概率也不到百分之一。两件事同时发生的概率，就应该小于万分之一。这说明什么？说明不是碰巧。是人为制造的事，才有这么高的概率。难道这小姑娘早就知道我故意跟我抢车？

柳虹主动伸手："我是新人，还请夏总多多关照。"

"我不是总，叫我老夏。"夏子衡拒绝握手，只冷冷地点了点头。

程盛勇继续道："今天起，由你们俩全权负责艾达塔这个客户，老夏任项目组组长，我嘛，也是项目成员之一，给你们俩打下手。明天我们去艾达塔公司拜会他们总裁办主任陈武，还有他们董事长助理沈澜小姐，他们都是这个活动的负责人。"

柳虹问："陈武和沈澜谁是这个活动的总负责人？"

"暴死（Both）。"程盛勇又用他土得掉渣的英语回答，脸上甚是得意。他从办公桌里掏出一个新手机，推给夏子衡，"你那个都快成老古董了，换个新的，转转运！"

4

艾达塔集团位于A城河东高新技术开发区的人工智能大厦，夏子衡印象中，三年前，高新技术开发区还不甚繁华，知名写字楼和大公司不多，街上也没什么配套服务业和行人。没想到，这次来到高新技术开发区，情形大不一样。各类造型新颖独特的写字楼高耸入云，街上满是高档汽车，行人也大多西装革履精神饱满，边走边谈业务。夏子衡心道：我是坐了三年还是三十年牢？A市怎么发展这么快？

程盛勇的奥迪快到人工智能大厦时，一个平板形状的自动装置缓缓朝他们驶来，在他们右后方停下，然后用中英两种语言交换说："程先生，欢迎您一行三人来艾达塔集团做客，很高兴为您提供免费停车服务，请各位朋友尽量不要从右后方下车。"

柳虹问："程总，这是什么？"

程盛勇答："智能泊车仪。听说是艾达塔集团最新研发的智能产品。"

柳虹又问："智能泊车仪是个什么东西？"

程盛勇笑："下来就知道了。"

三人分别从前方和左后方下车后，智能泊车仪立即伸出两个长臂，从奥迪的车底盘穿过，像千斤顶一样将其托起。等车升到一定高度，智能泊车仪用"缩骨功"缩成一团，全部钻到车下。只听"咔哒"一声响，智能泊车仪驮着奥迪往前开，往大楼一旁的停车场驶去。

程盛勇笑道："子衡，怎么样，艾达塔这个客户还行吧？我们一定要拿下啊！"

夏子衡苦笑："我就是个土老帽！"

柳虹道："我更土。我什么时候能到这种公司上班就好了。"

程盛勇假装不悦："怎么，上班第一天就想跳槽？"

"开玩笑啦。"柳虹道。

三人来到电梯间，无数人在排队。一号电梯门开了，一群俊男靓女呼啦啦涌进电梯，眼看就要把电梯装满，程盛勇招呼夏子衡和柳虹往里挤。夏子衡身子挤进一半，往右一瞥，突然发现隔壁电梯也到了，琢磨要不要换一部电梯，只见一个三十岁左右的女子从电梯冲出来，匆匆往门外走。

夏子衡觉得此女背影甚是眼熟，本能想去追，又怕程盛勇笑话，站在电梯门口。犹豫之际，只听电梯里有人大喝："你走还是不走？别站在电梯门口行不行？"夏子衡只得硬挤进去。

电梯飞速上行，直达四十八层才停住。梯门一开，正对着的就是艾达塔集团总部。与绝大多数公司门口所设前台不同，艾达塔正对着电梯的是一个咖啡厅，前台反而被安置到相对偏僻的一角。走近一看，所谓的"咖啡厅"其实是人力资源部，所有正在喝咖啡的"客人"，不是应聘者，就是业务部门和人力资源部的主管。

程盛勇感觉耳目一新，笑赞："艾达塔董事长牛弋戈真是求贤若渴思想开放啊。"

柳虹笑："程总是不是也想跳槽？"

程盛勇自嘲："我听说艾达塔平均年龄才25岁，我来这，估计给人扫厕所都嫌老。"

第一次踏进艾达塔集团，夏子衡立即有一种似曾相识之感，无论是装修风格，还是油漆色调；无论是家具样式，还是墙上字画，都让他感觉很舒服，似乎在哪见过。难道剽窃我作品害我坐牢的也在这楼里？

夏子衡随盛勇一路往里看，但见各色美女帅哥来回穿梭，让人眼花缭乱，仿佛进了电影学院。右手边的一块大屏幕在循环播放牛弋戈接受一位美女记者的采访，美女一边跷起二郎腿采访，一边不停晃动一只脚上的高跟鞋，神情暧昧，举止轻浮，似有挑逗勾引之意。牛弋戈就这样当着她的面，侃侃而谈各种关于艾达塔的发展愿望和战略雄心。夏子衡心道：这样的视频怎么能堂而皇之地在集团总部播放，难道是牛弋戈本人要求的？

一个身材矮胖皮肤黑头发稀疏的油腻中年男，缓缓走过来迎接，程盛勇上前弯腰握手："陈武总好！"

夏子衡得知他便是副总裁兼总裁办主任陈武，心里奇道：艾达塔这么时尚的高科技公司，怎么请一位如此油腻的中年男子做内务总管？是牛弋戈这个老板的眼光不怎么样，还是陈武身怀秘而不宣的神功，或众人难以取代的创业之功？

陈武根本不搭理他和柳虹，只和程盛勇简单交谈几句，手机响了，他看了看屏幕，挂断电话，将他们带到一间豪华会议室，说声沈小姐马上过来，便离开了。

"我们不跟陈武谈？"夏子衡问。

程盛勇答："他说具体负责这事的，是董事长助理沈澜。等等吧。"

等了半个多小时，一位气质知性皮肤白皙的年轻女性带着一个女随从走进来："我是牛董事长的助理沈澜，哪位是程盛勇程总？"

"我就是。"程盛勇忙不迭地起身，满脸堆笑，"沈总好！这两位是我的同事夏子衡和柳虹。"

沈澜也不介绍自己的随从，目光冷冷地扫过夏子衡和柳虹，仿佛他们是两片在秋风中瑟瑟发抖即将掉落的树叶："我们陈总应该把情况跟你们说了吧。原本我们只打算开一个年会，但是，正好碰上牛总和夫人结婚三周年的皮婚庆典，所以我们最终决定，两个活动一块搞。一般这种活动我们是绝不会外包给第三方公司的，既然是陈总推荐，我自然信得过。尤其是'皮婚庆典'这件事对牛总和夫人非常重要，所以，我们希望——"

柳虹打断："对不起，沈总，我问一下，牛总的皮婚庆典是与年会平行的独立活动，还是年会活动中的一个环节？"

"年会中的一个环节。"沈澜道，"艾达塔正好今年也是成立三周年。所以皮婚既属于牛总和她夫人，也是属于全体员工的。但我们希望做得高雅一点，既不能太商务，也不能太庸俗。"

有着浓重乙方意识的程盛勇频频点头："明白，明白。我们一定把这场年会和庆典往高大上了做。将来我们还要把它当成一个样板工程。沈总，还有别的要求吗？"

沈澜答："整个活动必须无人机全程拍摄。"

"地点定了吗？"柳虹问。

"西郊的魅力山庄。这是牛总一个朋友的豪华私人会所，你们明天就可以去看场地。还有问题吗？"沈澜说完，椅子后移，身子往后靠，在当代职场社交仪式中，这意味着"端茶送客"。

一直没说话的夏子衡问："沈总，可以参观一下你们公司吗？"

程盛勇以为沈澜会拒绝，谁知她对身旁随从说："小吴，你带几位客人参观一下。"

沈澜出门时，夏子衡上前一步，主动替她开门，顺便把一个微型窃听装置粘在她笔记本电脑的背部。一直冷面的沈澜破天荒对他微微一笑："谢谢！"

柳虹在后面低声笑道："看不出老夏还挺绅士。"

5

参观公司过程中，小吴详细讲解了艾达塔集团的发展历程，夏子衡问了一个专业问题，让柳虹刮目相看，之后，她也问了小吴两个小问题。程盛勇偷笑："子衡，今天幸亏带你来了。"

夏子衡反问："什么意思？"

"那个沈澜对你有好感。以后艾达塔这个大客户就你来盯了啊。"

"尽瞎扯！我上个洗手间。"

夏子衡压低帽檐，朝办公区走去，半道从一张无人办公桌上顺手抄来一个员工胸牌，挂在脖子上。他四下打量，发现牛弋戈等高管的办公室在最东侧，于是快步朝东走去。

路过一个楼梯间时，他突然听到两个男人在争吵，其中一个声音与他看到采访视频的被采访者很像。他偷偷瞄了一眼，果然是牛弋戈。与视频里那个西装革履、精神饱满、侃侃而谈的形象不同，此时的牛弋戈身着牛仔裤和休闲上衣，慵懒、疲倦，一脸的不耐烦。他身旁是一位与他年龄相仿的身材强壮的大胡子中年男子，衣着朴素，神情平静，目光忧郁且深邃。

却听牛弋戈道："秋阳，这个我们讨论过很多次了。我说了不行就是不行！"

秋阳？夏子衡立即掏出程盛勇给他的新手机，在网上搜索他的背景资料。相关资料显示：秋阳全名向秋阳，乃艾达塔的第二大股东，职务是高级副总裁兼CTO（首席技术官），负责整个集团的整体研发和技术方向，是不折不扣的二号人物。

向秋阳既非海归，也非名校毕业，但技术功底扎实，做事严谨，在艾达塔威望甚高，一度被传要取代牛弋戈接任总裁一职。所以业界人士纷纷猜测：两人关系紧张，牛弋戈对向秋阳又用又防，想换掉他又不敢换。夏子衡看到这，心里咯噔一下：看来两人矛盾不浅。

却听向秋阳反问："为什么？为什么不行？"

"理由我在总裁办公会和董事会上已经说过多次，艾达塔的核心业务是基于智能数据分析引擎的相关数据服务，定位 2B，目标客户是机构。"牛弋戈继续道，"智能硬件终端前途虽好，但这种面向消费客户群体的 2C 业务，不是我们的强项。"

"智能终端既是 C 端的流量入口，又是 B 端的获客渠道，为什么不可以？"向秋阳争辩，"2B 业务利润率是高，但增长速度太慢。艾达塔如果长期定位 2B，规模很难做大。"

牛弋戈不服："谁说 2B 模式做不大？只要 C 轮投资到位，我们立即能实现指数级增长。中国市场足够大，数据分析业务潜力足够大，秋阳，我们对此一定要有信心！"

"弋戈，我知道你对数据业务情有独钟。"向秋阳耐心解释，"但时代飞速发展，人工智能进入千家万户全方位改变人类的工作、学习、生活和娱乐方式是潮流是大势，我们一定要抓住这个难得的机会窗口，切换赛道增加筹码。错过这个村，可就没下个店了。"

"智能硬件前途虽好，但一则不是我们的技术强项，二是需要海量投资，没有几亿美元的投资，根本搞不定！"

"数据处理是智能终端的核心。从数据处理转向智能终端，属降维打击，就像造交换机的公司做手机、造坦克的厂家造自行车一样，在技术上没什么难度。"

"那投资呢？投资怎么办？"

向秋阳犹豫片刻道："投资的事我可以试试。"

"你？"牛弋戈苦笑一声，"秋阳，不是我打击你。我现在连一亿投资美元的投资都搞不定，你凭什么搞几亿美元的投资？你这个 CTO 比这个 CEO 还会圈钱？"

"市场不缺钱。越是高端科技领域，越是资产荒。"向秋阳清清嗓子，"关键是我们要调整的我们业务战略，成为投资人眼中的优质资产！"

牛弋戈讥讽道："秋阳，我怎么感觉你有点越位？你是 CTO，不是CFO，干吗这么低三下四地迎合投资人？"

"我不是迎合投资人，我是迎合市场迎合客户！"向秋阳仿佛受到极大侮辱，"弋戈，我不懂投资，对融资的事也没兴趣。我找你交流的初衷，是为了扩大艾达塔的业务范围，不增加太多成本的情况下，在同一块地多种一样庄稼，有什么不可以？"向秋阳说到最后，非常激动，语气不知不觉高昂起来。

"不当家不知柴米油盐贵。"牛弋戈冷笑，"你知不知道，如果 C 轮融资一周内不到位，我们连这个月的工资都发不出来！就这样，我们怎么激励员工多种一样庄稼？你想的是未来，我想的是现在、是救火！"

向秋阳吼道："耽误时间，未来随时变成现在。不知变通，我们就得天天救火！"

"什么意思？"牛弋戈大踏步向前，脖子一耿，"向秋阳，你是在质疑我的领导能力吗？你是觉得我不配当艾达塔的董事长和总裁吗？"

"牛总，我没那个意思。我现在忧虑的是：我们艾达塔赖以起家的智能数据分析引擎虽然一度领先对手，但这几年一直没有大的更新，已经落后竞争对手比格爱集团。如果再不做创新变革，我们很快就会被比格爱超越。如果我们再不变革，以智能终端引流获客，客户会大量流失，到时我们不但做不了'独角兽'，恐怕连'独腿兽'都做不了！"

夏子衡听了半天，好不容易听他们谈到"智能数据分析引擎"这个话题，正期待他们有更多讨论，为自己洗冤一事提供有用线索，却听牛弋戈话锋一转："向秋阳，我要是不同意你的业务规划，你不会跳槽吧？我听说比格爱的老板要出九位数的年薪挖你……"

"一派谣言！"向秋阳断然否认。

"也许吧。"牛弋戈呵呵一笑，"也许吧。如果你——"

夏子衡正听得入神，突然听到手机响，一个陌生的铃声，四处张望，才发现是自己的手机，上面显示"程盛勇"的名字，慌乱挂断电话。可是为时已晚，牛弋戈听到铃声，立即中止谈话，低喝一声"谁"，大步朝他走来。楼梯间无遮挡物和藏身处，夏子衡大为紧张，心突突直跳。

第二章
四哥迷雾

1

夏子衡快速思考对策，最佳办法就是假扮艾达塔员工，正常接电话，反正脖子上有员工胸牌。他将手机放在耳边，正要说话，突然又听到一个电话铃声。只见牛弋戈接起电话，说声"我知道了"，然后对向秋阳道："我有点急事，今天先这样。回头再聊。"

"好吧。"向秋阳手机也响，于是顺水推舟，与牛弋戈搁置争议，转身离开。

一场虚惊。夏子衡长舒一口气，立即尾随牛弋戈而去。牛弋戈没走多远，就遇到一溜小跑过来的沈澜。却听沈澜急匆匆道："牛总，一个坏消息。"

"进来说。"

眼见牛弋戈和沈澜进了一间三面玻璃的办公室，夏子衡将一个蓝牙耳机塞进耳朵。耳机连着沈澜电脑上的窃听器，却听沈澜道："疯牛投资把我们的 C 轮融资否了，除非……"

"除非什么？"

"除非我们的估计降到 50 亿，外加重大事务一票否决权。"

"什么？50亿？"牛弋戈跳了起来，"上一轮融资我们估值70亿，下一轮怎么也得100亿吧，怎么估值不升反降？给我打他们许总电话！"

"许总上海岛度假了，联系不上。"

牛弋戈怒了："耍我？"

沈澜道："临行前许总给我打了个电话，说就这个价。艾达塔要是接受，马上就签协议。不接受，那就明年再说。今年行情不好，他们的投资额度全用光了。就剩这点钱，后面还有二十家公司排队抢，都是硬科技，比如我们的竞争对手比格爱集团。"

"比格爱？他们敢投比格爱？"牛弋戈气得朝沙发踹了一脚，又将垃圾筒踹飞，"王八蛋！吃人不吐骨头的王八蛋！这帮搞投资的，简直就是一帮抢劫犯，落井下石。流氓！浑蛋！无耻！"

"怎么办，牛总？我们特别需要这笔钱，否则下月都撑不过去。"

"我就不信，死了许屠夫，就吃带毛猪！"

沈澜提醒："牛总，我们能不能换个思路，找网贷借钱？"

"借款成本更高，有的一开口就是40%的年化利率。借一个亿一年光利息就是四千万。"

"我们一年利润才多少？全给他们都不够。"

"难道老天要亡我？难道老天爷对艾达塔见死不救？"牛弋戈重重躺在沙发上，用手遮住双眼，一脸憔悴。

沉默了一会儿，沈澜道："牛总，看来我们只能指望VVC资本了。"

"VVC？国际前十的风险投资集团，凭什么投我们艾达塔？"

"VVC新任中国区副总裁曾燕，手里掌握20亿美元的投资基金，她与尊夫人可是多年闺蜜。"

"魏雯？通过她的关系撬动曾燕？"牛弋戈愣了一下，"这样好吗？"

"有什么不好？她是您夫人，又是艾达塔的股东，这个时候她不帮忙谁帮？"

"可是……"牛弋戈欲言又止，"你知道，我们最近关系有点紧张，吵了好几架，她还威胁我，说要离婚。投资人一听头就大了，说什么也要我把她按住。你说她怎么能在这个节骨上给我唱反调？你说，我要怎样才能阻止她？"

沈澜："一个字：哄。"

"怎么哄？"

"牛总，我有个小小的建议：在我们年会上增加一个庆典环节。既是公司创业三周年庆典，也是你们结婚三周年的皮婚庆典。女人都爱浪漫，到时你再送她一件礼物，她自然就……"

夏子衡听到这，心想：原来，这个所谓的皮婚庆典不是牛弋戈夫妻的主意，而是其助理沈澜为了骗投资、自作主张而设的。不知道他老婆是谁，会不会上他和沈澜的当。

却听牛弋戈道："是不是太烦琐了？"

"不搞这么隆重，曾燕怎么会出席我们的年会？只要曾燕来了，看在魏雯的面子上，怎么着也会拔根汗毛，帮我们渡过难关。"

"我们账上还有多少现金？"

"我问过财务部了，大约三百万。"

牛弋戈沉吟片刻，对沈澜说："你告诉 CFO，把账上的钱全取出来，一定要把活动搞得漂漂亮亮！要让所有人知道，艾达塔不缺钱！"

2

没想到名声在外威名赫赫的艾达塔集团，眼下居然面临如此严重的现金流危机。夏子衡心里冷笑。然而，这不是他最关心的，他关心的是艾达塔的智能数据分析引擎的来源是否与他被盗的系统有关，是牛弋戈与他那个失联的表弟之间是否有着某种神秘的关联。正琢磨，程盛勇又来电："你是没带纸，还是掉茅坑里了？"

夏子衡答："快了，快了。"

"我们参观完了。在门口等你，赶紧过来。"

"马上。"

夏子衡往外走时，突发奇想，他顺手在一个工位上抄起一个拆开的快递信封，找人打听："请问研发部在哪个区？"

对方警惕问："你找谁？"

夏子衡扬了扬手中的大信封："我来取快递的，我找……嗯……"

"右转再左转。"对方没耐心等他回答，飞快道。

夏子衡来到研发部，找了一个笔记本电脑开着但没人的工位，简单运行几个程序，感觉运算逻辑有点眼熟，只是界面风格与他开发的东西相差甚大。正欲查看源代码，忽听身后有人大喝："你是谁？为什么用我的电脑？"

夏子衡回头一看，身后站着一个近乎球形的胖子，冲他吹胡子瞪眼。他下意识地压了压帽檐，故作淡定："我是人力资源部的，统一登记设备，看一下你电脑的序列号。"

对方回道："序列号难道不是在电脑背面吗？你在哪看呢？"

"这谁不知道？"夏子衡装横，他把电脑翻过来，假装用手机拍照。

大胖子怀疑："你是人力资源部的，我怎么没见过你？"

"你入职还是我面试的。"夏子衡赌对方记忆不好，故意道。说完他飞速瞟了一眼对方身上的胸牌，顺口念他的名字，"孙晓飞，这么快就忘了？"

"是吗？"大胖子有点不自信了，拼命挠头。

夏子衡匆匆跑到门口，只见程盛勇一人："柳虹呢？"

"上洗手间呢。"程盛勇往右前方一指。

"我刚从那边过来，怎么没见她？"

"你以为这么大的艾达塔集团就一个卫生间吗？"程盛勇又问，"你刚才死哪去了，半天不见人影？"

夏子衡道："我刚刚去研发部参观了一下。"

"你在偷偷调查艾达塔？"程盛勇吓了一跳，"子衡，艾达塔是一个三百万的大客户，你可别在这个节骨眼上给我捣乱！这三百万要是没了，你赔不起！"

"我没捣乱，我只是想查看一下他们产品的源代码。"

"结果呢？"

"没看成。还要再找机会。"

"下不为例。一切等我们完成这个项目拿到钱再说。"

夏子衡反戈一击："你不是说艾达塔有栽赃我的线索吗？"

"我那不是为了忽悠你参加这个项目才信口胡说的吗？我说的'可能'，不是'一定'！"

夏子衡道："我有两个判断。一，艾达塔产品的核心技术不是自己开发的，是外来的；二，他们的智能数据分析引擎，与我当年开发的东西有雷同的地方。"

程盛勇远远见柳虹走过来，低声警告："子衡，要讲证据啊。艾达塔的一流律师团可不是吃素的。说错一句话，小心上公堂。"

"我会找到证据的。"夏子衡远远看见牛弋戈从办公室出来，低声道，"你给我几分钟，我会会牛弋戈。"

"不行！现在不行！"程盛勇强烈反对，"现在找他，只会把我们这个项目搅黄！"

"只是技术交流。相信我，我不会打草惊蛇。"

"我说了不行就是不行。别忘了你现在的身份。"

程盛勇死拦着夏子衡，夏子衡用力挣脱，被程盛勇一个扫堂腿撂倒。两人扭打成一团，你扯掉我的领带，我踹掉你的鞋子，好不热闹。

艾达塔的员工被惊动，纷纷过来看热闹，指指点点，却无一人劝架。过了一会儿，沈澜过来，呵斥道："程总，你们在这干什么？是不想接我们这个活了？"

程盛勇害怕丢单，立即爬起来，不顾鼻青脸肿，对沈澜笑道："不是，沈总，他刚上厕所不小心崴了脚，我来是扶他的。"

"这是我们年会的地址。"沈澜递给他一个纸条，冷冷道，"时间紧张，抓紧干活吧。"

3

魅力山庄位于 A 城城西，方圆数十里，绿草如茵，风景如画。里面既有高档酒店，又有各类球场；既有娱乐宫，又有疗养院，确实是一个休闲放松的极佳之地。牛弋戈选择在这里开年会搞婚庆，确实很好地维护了艾达塔的高端形象——越是缺钱的公司，越要假装有钱。因为资本游戏的本质是嫌贫爱富，热爱锦上添花，从不雪中送炭。只要你持续假装有钱，只要周围人真的相信你不缺钱，你就会真的有钱。牛弋戈要帮艾达塔挺过眼前的难关，唯一的办法就是装阔，哪怕打光最后一颗子弹。

因为沈澜只给了两天的筹备时间，程盛勇、夏子衡与柳虹三人到达魅力山庄后，无暇欣赏风景，立即进入紧张工作状态。夏子衡与柳虹磨合几次，渐渐熟了。柳虹边干活边问："老夏，你对艾达塔熟吗？听说他们年收入十几个亿，怎么挣的？"

"不熟。"

"我刚听他们说，他们的主营业务帮别的机构做数据分析服务。什么叫数据分析？怎么做？"

夏子衡被搔中痒处，要搁在以前，他肯定早就滔滔不绝说上了。可是，他现在身份不一样，一个被禁入IT业的前数据分析师，有什么资格谈数据挖掘？又有什么脸面给别人当老师？夏子衡淡淡道："我不懂。总之，肯定不是用锄头。"

"哈哈哈……老夏，你可真幽默。"柳虹爽朗大笑，"而且谦虚。"

"我是真不懂。"

"骗人！昨天在艾达塔参观时，我听你问的问题特别专业，你以前是不是干过这行？"

这是夏子衡心底永远的痛，连自己都不愿意触碰，遑论别人。他相信柳虹应该不知道他的过去，属无心之问，回答："专业啥，我是看到他们的资料，随便问的。我就一技术门外汉，什么也不懂。不信你问程总。"

柳虹笑道："程总跟你关系那么好，他才不会跟我说实话。"

夏子衡奇道："你怎么知道他跟我关系好？"

柳虹愣了一下才答："关系不好，他能送你新手机？那手机将近一万块呢，羡慕死我了。"

柳虹话音刚落，夏子衡手机便响了。他掏出一看，一堆乱七八糟的数字，不是正规的电话号码，以为是骚扰电话，挂了。几秒钟后，手机再响，他看了看，又挂了。

柳虹以为他不方便接电话，体贴说道："老夏，你先忙。我去找山庄协调酒店房间分配的事，他们催我好几次了。"

4

柳虹刚离开，夏子衡立即收到一条短信："你是不是以为三年前纯属酒后犯错？你要这样想，那你就是这个世界上头号冤大头！"

正发愣，第二条短信进来了："你猜得没错，三年前你确实被人陷害了。"

夏子衡惊呆，心道：这人是谁？他怎么知道我的事？他是失联的表弟峰子，还是其他知情人？他为什么要在这个时候主动联系我？动机是什么？

想了片刻，夏子衡回短信："你是谁？"

又有陌生来电，夏子衡这回接了："你是谁？你怎么知道我的手机号？"

电话里传来一个经过处理的"变声"，声音低沉、沙哑且有力："一个也许能帮上你的人。"

夏子衡急切地问："三年前是谁设计陷害了我？"

"你很快就会知道答案。"

"什么意思？"

"看你是不是愿意交我这个朋友。"

天下没有免费的午餐。夏子衡主动问："你想要什么？"

对方稍做沉默："要不我们做一个交易吧：你帮我一个小忙，我就告诉你当年陷害你的人是谁。"

"什么交易？"

"你这会儿是不是正在魅力山庄，帮艾达塔集团筹备一个破年会？"

艾达塔的年会？夏子衡脑袋"嗡"的一声，心道：我跟艾达塔打交道的事，只有程盛勇、柳虹和艾达塔公司几个人知情，他是怎么知道的？难道他是艾达塔的人？下意识问，"你怎么知道？你到底是谁？"

对方横道："只管回答，不许提问！"

"你需要我做什么？"

"你加我微信，把年会详细日程安排发给我。不要挂电话。"

夏子衡将日程发给对方，对方很快问："这是最后的日程吗？"

"应该是。"

"1月11日晚上有一个艾达塔创业三周年和牛弋戈夫妇的皮婚庆典环节？"

"是。"

"到时你帮我做一件事，我就告诉你吃官司的全部真相。"

"我怎么知道你不是在忽悠我？"

"看来我必须抖一点猛料了。"对方缓慢道，"三年前的一个晚上，你请你的表弟峰子吃饭，地点是太平南路的'朝天椒'餐厅。你当时喝了红白啤三种酒，你结的账。你结完账之后，你表弟不见了，你的电脑变成了砖头。当天晚上，你开发的智能数据分析引擎就开始在网上公开兜售。怎么样，还要我继续说下去吗？"

所有细节全部吻合，若非当事人，绝不可能知道得如此详尽。夏子衡彻底惊呆，头皮发麻问："你是峰子？"

"你才疯子呢。夏子衡，你就管我叫'四哥'吧。我给你发了点见面礼，权当热身。如果你能在五分钟内破解，咱们再联系。"四哥说完，挂了电话。

夏子衡打开微信，赫然见屏幕上显示一个小程序，点开看，发现各种写满数字或空白的小格子，脑海立即迸发两个字：数独。

数独是一种数字游戏，玩家需要根据一个九宫格盘面上的已知数字，推理出所有剩余空格的数字，并满足每一行、每一列以及每一个 3×3 的小宫格（共 9 个）里的数字均含 1-9 的数字，既不能重复，也不能缺失。

夏子衡闲得没事时，就爱玩数独游戏，没事时就在手机上填着玩。难度再高的题，对他都不是问题。四哥给我这样一个游戏是什么意思？夏子衡琢磨半天不明白，心道：管他呢，先做几个再说。

他点击"开始"，手机上立即启动了一个 300 秒的倒计时表。

第一道是"中级"题，夏子衡只用了 45 秒就做完了。他仔细比较，发现宫格盘面上的已知黑色数字，和他自己所填绿色数字，没什么关系。但他知道，答案一定在这些数字中，出于职业习惯，他将手机截屏，然后点击"下一题"。

这是一道"高级"题，夏子衡用了 110 秒才做完。黑色和绿色数字仍然杂乱无章，看不出规律。时间紧迫，容不得他思考太久，只得先截屏，然后进入下一题。

第三题是"挑战级"，夏子衡花了将近一分钟，居然无从下手，一个数字也填不出来，因为他发现：没有一个格子，可以填入唯一确定的数字。

夏子衡看了一眼倒计时，还剩 60 秒钟，再不填就来不及了，他找了一个相对容易的格子，从两个可能的数字中随便填了一个，然后以此推导。终于，他赶在第 299 秒完成了第三题，然后飞速截屏。

300 秒一到，数独游戏立即从他手机上消失。他所做的三道题，也消失无踪。

"恭喜！"四哥再次来电。

"你让我做这些干什么？"夏子衡问。

"世上万物，皆是信息，都是数字。所有信息和数字，表达的都是同一件事，关键在于，你是否找到了那个相互转换的算法。"

"我所填的数字有我需要的答案？"

"你刚刚不是把三道题的最后结果都截屏了吗？"

四哥在监视我。难道他早已黑进我的手机？夏子衡只觉毛骨悚然，他调出三道题，反复端详他所填的数字，用他所知的各种算法，找不出规律。于是愤愤道："有什么线索，就直接说，绕这种弯子有意思吗？"

"在大狱里待了三年，你怎么还这么沉不住气？"四哥嘲讽道，"你要是连这个小小的数字游戏都搞不定，我怎么相信你有足够的耐心为自己洗冤？"

夏子衡被击中隐秘的心事，只得退让："我需要新的提示。"

"没有提示。也许，你所填的所有数字全都没用。最不起眼的，才是最重要的。"四哥说完，挂了电话。

我所填的所有数字全都没用？'最不起眼的，才是最重要的。'这句话又是什么意思？难道答案不在我所填的绿色数字，而在出题时已有的黑色数字？他调出刚才的三张截屏，看了又看各种组合，仍旧一头雾水，他有点泄气了：难道四哥在拿我开涮？

"不，答案一定就在题里面，一定在的。"夏子衡一边给自己打气，一边搜寻其他信息。终于，他眼前一亮，因为他在"中级题"的右上角，发现这样一行字：

第 7415963 题

7415963？这是否才是四哥要传递的真实信息？夏子衡又找出"中级题"和"挑战级"的两张截图，发现右上角的文字分别是：

第 153580 题；
第 321478965 题

这些就是答案。夏子衡立即发给四哥三组数字："7415963，153580，321478965。"

手机很快收到回复："你确实是数据分析师夏子衡。"

"你在测试我？"

"这年头骗子太多了，我不得不防。"四哥用一种受害者的口吻说，然后又警告，"夏子衡，切记：不要用任何算法反向追踪我，你找不到我的。"

5

新的数字游戏开始了。

除了数独，夏子衡平时还有一个习惯，特别喜欢玩"算 24"的游戏——选择任意四个数字，通过加减乘除四则运算，得出"24"的答案。有时候，他走在路上，看到任何一辆行走和停放的汽车，都要提取车牌号上的四个数字，用尽可能多的方法，得出 24 的答案。后来，出现新能源汽车，车牌号上有五个数字，他就用五个数算，乐此不疲。

与夏子衡热爱数字游戏相反，程盛勇平时最恨动脑子、最讨厌数学，有时骂夏子衡这个爱好有点"变态"，夏子衡却说："我这是在给大脑做操，主动休息，跟你卧床打游戏、散步时遛腿是同一个道理。"

但是，今天这些数字，显然不是用来给他算"24"的。

夏子衡盯着那三串数字，用了各种算法进行尝试，好一会儿没想出答案，只好向程盛勇求助："盛勇，把电脑给我。"

"干吗？"程盛勇警惕地问。

"我要追查四哥的电话和位置。"

"不行！"程盛勇断然拒绝，"子衡，你也知道，你是上了黑名单的人，只要在网上做任何数据挖掘，都有可能被发现。一旦发现，我都不能保你。"

夏子衡将刚刚破解的三组数字递给程盛勇。程盛勇看了半天："这是什么鬼东西？7415963，153580，321478965，没规律可言啊。"

"你上网搜搜。"

程盛勇搜了一会儿，还是没有结果："不懂。你这个数据分析师都不能破解的东西，我哪能解开？该不会是手机上的九宫格键盘吧？"

"九宫格键盘？"夏子衡受到启发，"你念数。"

程盛勇开始念第一组数字："7415963。"

"7-4-1-5-9-6-3。"夏子衡在手机的解锁屏上慢慢划了一个图案，"看看这是什么？"

程盛勇道："没看清，再来一遍。"

夏子衡又划拉一遍，程盛勇这才道："字母N？"

"没错！"夏子衡道，"第二组数字。"

程盛勇缓慢念："1-5-3-5-8-0。"

夏子衡将"1-5-3-5-8-0"在手机上划了一遍，显示字母"Y"。紧接着又在手机上画了"3-2-1-4-7-8-9-6-5"，图案是字母"G"。

"NYG，什么意思？"程盛勇问，"能源集团？不对。能源集团要么是NYJT，要么EG，不可能是NYG。"

"我知道是什么了：牛弋戈。"

"牛弋戈？对，NYG正是他名字的拼音缩写。"

四哥的谜底是牛弋戈。夏子衡暗道：难道果真如程盛勇所说，牛弋戈与我当年被陷事之事有关？不由问程盛勇："你怎么看？"

程盛勇道："会不会是有人在恶作剧？"

"谁会拿我这种倒霉蛋寻开心？"

"难道有人要对付牛弋戈？树大招风，这几年，牛弋戈风头太劲，羡慕嫉妒恨他的人，实在太多了。"

"为什么要拉上我呢？"夏子衡追问，"恨他的人为什么找我对付他？"

"这个……我也奇怪。"

两人正纳闷，柳虹走过来说："两位总，刚刚艾达塔的沈澜给我新派一个活：让我做一个年会庆典环节用的演示PPT，至少五十页，还说今晚就要。我这忙着各种乱七八糟的琐碎会务，哪有时间做PPT，能不能找人帮忙？"

程盛勇奇道："沈澜为什么让你做PPT？什么内容？"

柳虹瞟了一眼手机上的聊天记录："好像是关于牛弋戈夫妻皮婚庆典的内容。"

"牛弋戈两口子皮婚庆典的事，凭什么让我们做PPT？我们对他们的私生活又不熟。"程盛勇生气道，"简直胡搞！"

柳虹征求意见："那我对沈澜说，这事我们干不了？"

"先别！"程盛勇是典型的"刀子嘴豆腐心"，刚说完立即妥协，"要不，子衡你来？"

夏子衡冷冷道："我不会做PPT。"

"你一个理工男，资深IT从业者，不会做PPT，谁信？你可还是资深数据——"

夏子衡打断程盛勇："我现在只是一名普通会务人员，是干体力活的蓝领工人，早就看不懂电脑了。"

柳虹听到这，想起范伟在小品《卖车》里说的那句经典台词"像我这种智商，以后就看不懂手表了"，不明白夏子衡为何要这样说，差点笑出声来。她用手捂嘴，拼命掩饰，用一种奇异的眼神，打量着两位上司。

程盛勇冷冷回怼："看不懂电脑，你还会调试无人机？"

夏子衡一本正经道："无人机比电脑容易多了。"

柳虹再次好奇地看看程盛勇，又看看夏子衡，搞不懂谁才是老板。程盛勇不好当着柳虹的面发火，只好忍气吞声道："行！你把素材发给我，我试试。"

6

柳虹转身离去，程盛勇打开电脑，嘴里嘟嘟囔囔开始做 PPT。夏子衡开始调试无人机，忽听程盛勇对着屏幕大叫："咦，不会吧……不会吧……"

夏子衡奇道："什么不会吧？"

"牛弋戈的夫人怎么这么像——"程盛勇突然打住不说了，见夏子衡朝他走过来，猛地将电脑合上。

"打开。"夏子衡命令。

"干吗？"程盛勇不肯。

"我要调试无人机。"

"你用别的电脑调试吧。"

"会场就一台电脑，你不让我用，我用什么调试无人机？"

程盛勇机智地反驳："你不是说你看不懂电脑吗？"

"少啰嗦！快打开！一会儿艾达塔的人要来验收了。"夏子衡原本还没觉得什么，见程盛勇死活不肯打开电脑，感觉不对劲。

"那就等会再调试，好不好？"程盛勇将整个肥胖的身子压在电脑上，表情呆萌，仿佛一只保护一群刚从蛋壳里孵出来的小鸡的老母鸡，"电脑里有少儿不宜的东西，你等我处理一下下。"

"你才少儿不宜呢。快给我起来！"

夏子衡不由分说，将程盛勇拉起，甩在地上，然后打开电脑，才看第一眼，他就惊呆了。里面是艾达塔董事长牛弋戈夫妻的各种居家和旅游照片，而牛妻长得与他的前女友魏雨文几乎一模一样。从合影看，两人情感浓烈，亲密无间，甚是恩爱。

"是雨文？"夏子衡记得魏雨文的右胳膊上有一颗黑痣，于是一通翻找，终于找到一张牛弋戈夫妻的夏季海滨度假照，被牛弋戈紧紧搂住的女子身着比基尼，右胳膊上赫然有一颗黑痣，他登时呆住了，"真的是她？"

"说了少儿不宜，你偏不信，非要看！"程盛勇从地上站起来，拍拍手上的土。

夏子衡还是不信，查看照片的拍摄日期，全都介于三年前到半年前之间。三年前？那不正是我刚入狱的时候吗？难道雨文与我分手后根本没有出国，所谓出国只是一个与我分手的幌子？这些年她一直在国内，而且早就嫁给了牛弋戈？这就是她从不联系我从不来监狱探望我的原因？雨文啊雨文，你为什么要这样对我？

夏子衡质问："盛勇，你是不是早就知道雨文的事故意瞒着我？"

程盛勇喊冤："子衡，天地良心，我要是知道雨文是牛弋戈老婆，还用得着找他们总裁办主任陈武公关让他白吃回扣吗？我直接找雨文不就完了？"

"你能不能帮我问问牛弋戈老婆叫什么名字？"夏子衡抱着微弱地希望问。

"不用问了。"程盛勇指着电脑上翻出一张照片，"你看看这个。"

照片上显示的是牛弋戈给他老婆过生日的温馨场景，夏子衡将其放大，发现蛋糕上分两行写着"亲爱的雯，永远年轻"。雯？夏子衡看到这个字，只觉心悸耳鸣，"雯"字不就是"雨文"两字的组合吗？难道她后来从"魏雨文"改名叫"魏雯"？

昔日的女友魏雨文，摇身一变成了大客户艾达塔创始人的老婆，自己居然还以会务的身份，帮他们两口子筹备"皮婚"庆典！这是什么？奇耻大辱！

夏子衡震怒之下，将无人机从桌上扫落在地，摔成碎片。他觉得不过瘾，还要再摔电脑，被程盛勇飞快夺下，护在胸口。

程盛勇大声喝道："你干什么，子衡？这无人机是我租来的，摔坏一架要赔一万！你来赔啊！"

"我赔个屁！"夏子衡脸涨得通红，"当年的事一定与牛弋戈有关！一定是他干的！"

"我说了，凡事要讲证据。雨文嫁给他，在你们分手之后，并不代表牛弋戈就是害你的人！"

柳虹听见响动，跑过来问："程总、老夏，发生了什么事？"

"我不干了！"夏子衡抬腿就朝门口冲去。

"你要干吗？"程盛勇感觉夏子衡会坏事，本能阻止。

"我现在就去找姓牛的算账！"

程盛勇一把将他抱住："不行，子衡，天大的事等搞完这次活动、拿到钱再说。全公司都指望艾达塔的钱发年终奖呢。"

"我不管！"夏子衡撒腿就跑，程盛勇体胖超重，根本跑不过他。眼看夏子衡跑出酒店大门，在招出租车，程盛勇大叫柳虹："快帮帮忙！夏子衡要干傻事，他要砸我们的饭碗！"

柳虹不知原委，本能地相信程盛勇，她以百米冲刺的速度冲出去，使劲拽拉夏子衡。因为柳虹的阻拦，夏子衡虽然错过第一辆出租车，但还是用力甩掉她，上了第二辆出租车，扬长而去。

目睹出租车所喷出的黑色尾气，柳虹小心地问："程总，到底发生了什么事？"

程盛勇摇头叹气："唉，艾达塔这个三百万大单可能要泡汤了。你说我这不有病吗，好端端的，干吗叫他来帮忙？"

7

夏子衡打车在高速上狂奔，不一会儿又见四哥来电，立即接了："你为什么不直接说牛弋戈的名字？"

四哥反问："为什么要离开魅力山庄？"

"你怎么知道？"

"你刚上高速两分钟，时速 90 公里。"

"你在监视我？"夏子衡在身上一通乱翻，没找到任何电子设备，陡然猛醒，对方是通过手机监视他，正考虑要不要扔掉手机，却听四哥道，"别扔手机，否则你就再也找不出当年陷害你的真凶了。"

四哥怎么知道我要扔手机？他是通过什么看到我的？夏子衡坐在出租车后排，抬头一看，发现车前方的挡风玻璃上装了一个摄像头，只觉一阵寒意袭来：四哥是通过出租车的摄像头监视我？他居然这么快就黑进了出租车？他用的什么算法，为什么效率如此之高？脱口而出："你到底是谁？"

"我是谁不重要，重要的是，三年前是谁陷害了你？"四哥冰冷说道。

"是不是牛弋戈？"

"可能是，也可能不是。"

"我需要证据。"

"你前女友，魏雨文，哦，她现在的名字是魏雯。她跟牛弋戈结婚的时间是三年前的二月六号，你宣判定罪的第二天，你觉得纯属巧合吗？"

夏子衡低吼："你到底是谁？你从哪得到的信息？"

"再说一遍：我是谁不重要。"四哥的声音越发沙哑，却更加有力，仿佛一把电锯在开足马力锯着一根特别难锯的木头，"你只需要知道这样一种可能：牛弋戈为了抢走你的研究成果和女朋友，不惜设计让你下大狱，名誉扫地，人财两空。"

"我需要证据！"

"牛弋戈爱情事业双丰收，而你却在一家会展公司打工，终生禁入 IT 行业，这算不算证据？"

夏子衡被这句话刺痛了："你不要尽说废话！你到底是谁，跟牛弋戈是什么关系？"

"帮你的人。"

夏子衡冷笑："活雷锋？"

"敌人的敌人就是朋友。我这样说，算不算一种诚意？"

夏子衡一点就透："你与牛弋戈有仇？要我帮你一块对付他？"

"助人就是助己。所以，我要先帮你洗清冤屈，才能完成我自己的目标。"

"没有确凿证据，我什么也不信。"

"牛弋戈对外宣称艾达塔是独角兽，它的核心价值，就是基于他那套独特的智能数据分析引擎。这可是你的研究成果，可惜白白进了牛弋戈的腰包。你是赔了夫人又丢金，失去工作还坐牢，难道就不想复仇？"

"除非你有直接证据证明确实是牛弋戈参与或策划了三年前那件事，否则你说的我半个字都不信。"

"我很快就会证明。"四哥命令，"现在，夏子衡，让出租司机调头回魅力山庄，踏踏实实等着。我会告诉你怎么拿到证据。还有，不许对任何人谈论此事，不许再向任何人求助，包括程盛勇。错过这次机会，你将永无翻身可能。现在，拔出 SIM 卡，扔掉手机，回到魅力山庄，山庄酒店门口右边的绿色垃圾筒里有一个只能接打电话的功能手机，以后我们就用那个手机联系。"

夏子衡听到这，不寒而栗。这人是谁？为什么对艾达塔、牛弋戈和魅力山庄的情况这么了解？

他是牛弋戈的朋友还是敌人，或者还是艾达塔集团的员工、高管甚至合伙人？

他与牛弋戈有什么深仇大恨，所以才想出这样的办法报复他？

他是不是害怕暴露身份，所以才利用我？

当年我跟表弟峰子吃饭的事，他到底是怎么知道的？

峰子。夏子衡想到失联的表弟，忍不住问："你跟峰子是什么关系？"

"我数三下，扔掉手机！三……"

"我表弟他现在人在哪？"

"二……"

"快回答我！"

"一……快扔掉手机！否则我们的协议立即作废。"

夏子衡没有谈判筹码，只得打开车窗，不舍地扔掉程盛勇刚刚送给他的手机，回到酒店，果然在酒店门口的垃圾筒上方取到一部新手机。他刚开机，四哥立即来电："有一段音频可以证明，牛弋戈就是当年陷害你的幕后黑手。"

"音频在哪？"

"牛弋戈随身携带的一个特制移动硬盘里。"

"随身携带？这么重的东西，他随身携带？"

"亏你还是个资深 IT 从业者。"四哥笑道，"牛弋戈这个移动硬盘容量100T，是找专门的厂商定制的，很轻巧，体积和重量跟个打火机差不多。除了睡觉洗澡之外，牛弋戈几乎贴身带着它。"

"怎么偷？"

"牛弋戈有个非常好的健身习惯，每两天就会游一次泳。只有在这个时候，他和移动硬盘才会短暂分离。后天下午他就会来山庄，在年会开幕前，他应该会去山庄酒店地下二层的游泳馆游泳。你想办法进游泳馆男更衣室，在移动硬盘找一个与你有关的音频文件。记住，只能现场找，不能带走移动硬盘。"

"为什么？"

"这个移动硬盘有极高的安保等级。牛弋戈创业以来的个人隐私、财务数据、产品算法和开发源代码，全在这个硬盘里，比他的命还重要。牛弋戈设置了一个开关，一旦移动硬盘离开他的身体超过两公里，他戴着的智能手环会自动报警。离开时间超过两分钟，移动硬盘将启动自毁装置，销毁里面所有数据。"

"数据销毁了，还可恢复。"

"不是格式化，是存储芯片的微型爆破。"

"啊？"夏子衡暗自倒吸一口冷气，心中暗惊：这个四哥如此精通高科技，看来也是圈中人，应该不是峰子那样的菜鸟。

四哥再次叮嘱："记住，不许告诉任何人！"

"这事我一个人办不到，我可能需要程盛勇帮忙。"

"可以找他。但他知道的越少越好，如果你不想牵连你朋友的话。"

第三章
年会惊魂

1

程盛勇见夏子衡离而复归，大喜，不再担心失去艾达塔这个大客户。夏子衡将他刚与四哥沟通的情形简略告诉他，请他帮忙，程盛勇虽然略微有点担心，但还是爽快答应了："别让牛弋戈抓住就行！"

艾达塔集团的年会，正式开始时间是第三天晚上七点。第三天下午三点多，牛弋戈就乘坐他的宝马座驾，与沈澜和陈武两位心腹爱将同车到达魅力山庄，提前查看现场，视察年会筹备情况。

程盛勇与柳虹一路陪同解说，独夏子衡躲在一旁。他不是害怕牛弋戈，而是害怕自己憋不住，一时冲动上去对他暴揍一顿。

不出四哥所料，牛弋戈视察后，回房简单休息一会儿，就出门朝游泳馆方向而去。夏子衡黑进魅力山庄的各路监控，查出服务员给他的钥匙牌是 68 号，他让程盛勇待在会务组房间帮着盯监控，自己来到游泳馆。确认牛弋戈进泳池后，他这才走进男更衣室。

更衣室鞋架附近有一个服务员，坐着低头玩手机。夏子衡来到 68 号柜子前面，假装打电话，说声"好，我收一下邮件"，然后打开电脑，开始破解牛弋戈衣柜的密码。

破译程序运行中，一直玩手机的服务员突然抬头问："先生，您是来游泳的吗？再过四十分钟我们就清场了，请尽快入池……"

夏子衡慌地合上电脑屏幕："对不起，老板催我发一个邮件，马上就好，马上就好。"

"您钥匙牌是多少号？"

"我看看……69号。"

服务员盯着钥匙牌，使劲反转脑袋看，最后道："对不起，先生，这不是69号，而是96号。在那边的柜子。"

"是吗？"夏子衡不愿离开，"这个柜子太低了，能帮我换一个高一点的柜子吗？"

服务员拿着钥匙离开，夏子衡再次打开屏幕，只听"砰"一声，牛弋戈的衣柜门开了。夏子衡一边翻牛弋戈的东西，一边通过蓝牙耳机联系馆外的程盛勇："帮我盯着入口。有人过来时，早点提醒我。"

"一直盯着呢。"程盛勇答。

"牛弋戈怎么样？"

"还在水上漂着享受呢。"

"他要游完回更衣室，一定提前告诉我。"

"嗯。"程盛勇刚说完立即警告，"服务员回来了。"

夏子衡只得停止寻找，立即将牛弋戈的柜子关好，仍旧假装看电脑。服务员递给他一个新钥匙牌，问："先生，给您换了70号，可以吗？"

"谢谢！"

服务员转身离开，走了两步，突然感觉哪不对，回头死死盯着69号柜门。夏子衡这才发现，自己刚刚关柜门时，不小心露出了一条牛弋戈的裤腿。

夏子衡心腾腾直跳，做好最坏打算，却见服务员来到他身边，弯腰捡起一个打火机："先生，这是您掉的吗？"

打火机？夏子衡不抽烟，打火机当然不是他的，怕服务员纠缠，信口道："是。谢谢！"

"这里不许抽烟。"

"知道，谢谢！"

"您是干什么的？怎么这么忙，游泳时也要加班？"服务员见夏子衡不换泳衣不进池，干脆找他聊闲天，说着有意无意地往他的电脑屏幕上瞅。

"我是做……销售的。"夏子衡怕他看见监控画面，慌忙压低屏幕，笑道，"不好意思，公司的财务数据，有点……敏感。"

"做销售是不是提成特别高？来钱快？"

"高吗？"夏子衡撇撇嘴，"不觉得。"

"我看您挺敬业的。"

夏子衡知道这位服务员的逻辑，见他总待着不走，万一牛弋戈回来了，就前功尽弃。他一边闲聊应付，一边用电脑黑进他的手机，找出他一个备注为"孟总"的联系人，冒名发给他一条信息："速来二楼会议室开会，有要事！"

"孟总不是外出了吗，这么快就回来了？"服务员掏出手机看了看，嘟囔一声离开了。

夏子衡抓住机会，再次打开牛弋戈的衣柜，一通翻腾，终于找到一个打火机大小的金属盒，确认它就是四哥所说的移动硬盘。他快速将移动硬盘连上电脑，先是以关键词"夏子衡"搜索，没有结果；再搜"XZH"和"ZIHENG"，还是没有。

奇怪？夏子衡心道：与我相关的文件会取什么名？要换别的什么关键词搜索？他正琢磨，耳机里传来程盛勇的提醒："那个服务员又回来了，搞定没有？"

"还没有。你快想办法阻止他。"夏子衡已清晰地听见更衣室门口的脚步声。

"怎么阻止？"

"我给你他的手机号，随便找一个什么借口骗他走。"

果然，伴随更衣室门口的电话铃声，服务员止步，说了声"好的"，然后离开了。

夏子衡擦擦额头上的汗水，定了定神，以"FENGZI"为关键词再度搜索，终于找到一个压缩文件。他欲点击试听，发现需要密码，欲马上破解，又听程盛勇警告："不好，沈澜带着陈武朝游泳馆男更衣室来了。"

"沈澜来男更衣室干什么？"

"应该是冲你来的。快走！"

夏子衡把音频文件复制下来，把牛弋戈的移动硬盘放回，关好衣柜门，欲往入口外走，又听程盛勇道："子衡，不行！你不能从入口出去，要么躲起来，要么另找一个出口离开更衣室。"

"哪还有出口？"

"我看看。你右后方，有一个推拉门。进去是一个泳池总控室，穿过总控室就能出去了。"

夏子衡按程盛勇所说，赶在沈澜等人冲进更衣室前，从侧门溜走，在一个摆放各种控制仪表的房间，遇到一个戴口罩的作业工人。作业工人没想到有闲人闯进，一时呆住了。

夏子衡与他对视了几秒钟，甚觉尴尬，忙说声对不起，我泳裤忘车里了，快速离开游泳馆。

2

夏子衡回到酒店的会务组房间，与程盛勇碰头："刚才怎么回事？"

程盛勇道："我听说牛弋戈游泳出事了。"

"出事？出什么事？"

"具体我也不清楚，可能是身体出问题了。听说他游泳时溺水，刚刚差点淹死在游泳池，幸亏沈澜和陈武及时赶到，才把他救了出来。"程盛勇叹道，"创业者压力山大，长年累月加班，身体好的不多。"

"牛弋戈经常游泳，看着很健康啊，怎么会出事？"夏子衡又道，"还有，沈澜又不在现场，怎么知道他出事？"

"我听艾达塔的人说，牛弋戈平时特别自律，每次游泳时间特别精准，前后加起来不超过一个小时。沈澜是他的助理，事先知道他来游泳，到点联系不上他，所以才来游泳馆找他。"

"是这样。"夏子衡既庆幸自己没被抓现行，又后悔自己当时跑得太快，没察看牛弋戈出事现场，"那这个事会影响年会召开吗？"

"虚惊一场，没事了。沈澜可能就是小题大做，在老板面前乱表忠心。不表演怎么能做到董事长助理？我听说牛弋戈夫人对她意见老大了。"程盛勇突然想到牛弋戈夫人是夏子衡的前女友，忙摆摆手，又问，"对了，那个四哥要的东西拿到了吗？"

"拿到了。不过，需要密码。"

程盛勇笑问："你这著名数据分析师都解不开？"

"应该能。不过，这个文件是用一种特殊算法加密的，解密需要一点时间。"

夏子衡打开电脑，正准备着手解密，手机响，四哥来电："快去找密钥。"

"我自己能解开。"

四哥警告："牛弋戈的所有加密文件，只要离开他的移动硬盘，必须在一个小时内解密，否则文件将自毁、永久失效。现在距离你复制文件已过去 15 分钟，你还剩 45 分钟。"

"有这事？"夏子衡惊问，"在它自毁前复制一份呢？"

"没用。所有复件时效完全相同，到时全部自毁。"

"密钥在哪里？"

"牛弋戈的私人电脑里。"四哥道，"不过，牛弋戈平时几乎不用电脑，他名下的电脑一直是助理沈澜在用，帮他处理邮件、起草文件。"

"沈澜？"夏子衡隐约记得下午她与牛弋戈一同抵达魅力山庄时，手里就拎着一台笔记本电脑，于是问，"密钥文件名是什么？"

"我不知道。"

"那我怎么找？"夏子衡火了。

"我要是什么都知道，还需要你干什么？夏子衡，你还剩 43 分钟。"四哥说完，挂了电话。

43 分钟。紧迫感涌上夏子衡心头，他用手机设置了一个倒计时表，问程盛勇："沈澜安排在哪个房间？"

"这个具体是柳虹负责，你问她。"

正说着，房门被撞开，柳虹气呼呼进来找他们："两位老大，年会马上开始，我快忙断腿了，你们怎么还躲在这闲聊？现场拍照录像的无人机还没调试好呢。"

夏子衡问："柳虹，沈澜住哪个房间？"

柳虹笑："老夏，您问这个干吗？"

"我找她有急事。麻烦把艾达塔高管的房间分配表发给我。"

柳虹见夏子衡说话如此不客气，也恼了，正要发作，却见程盛勇道："柳虹，这个事确实很重要，麻烦你找一下。"

看在程盛勇的面子上，柳虹忍气吞声查了一下手机，说声"1830"，转身就走，半路甩过来一句："年会半个小时后开始，你们赶紧的！"

3

离音频文件失效还剩 40 分钟。夏子衡飞速赶到酒店 18 层，轻松破解门禁，蹑手蹑脚进入沈澜房间。此时天已暗黑，房间只开了台灯，有点昏暗，看不见人。但卫生间亮着灯，还传来"哗啦啦"的淋水声，再看床上，一个黑色 PRADA 女包，外加一堆待换的女士衣服。沈澜在洗澡？夏子衡抓紧时间，立即打开手机上的手电筒，四处寻找。

可是他翻遍整个房间，也没找到电脑。难道沈澜没带电脑？不对，我亲眼见她下车时手里拎着两个包，一个是 PRADA 手提包，另一个一定是电脑包。或者电脑被人拿走了？夏子衡正思忖，突然发现卫生间门开了，吓得他立即躲到桌子底下。

桌子较低，夏子衡视野有限，他拼命抬头看，也看不到对方的脸，只看到一双玉腿，在浴巾的包裹下，缓缓朝他走来。一股淡淡的香水味袭来，气氛暧昧，搞得他有点心猿意马。

女子不着急换衣服，而是掏出手机打电话："燕儿，我到酒店了。你什么时候到？年会大概七点正式开始……什么？航班晚点了？你刚打上车？没关系。反正活动持续两个小时，晚点到没事。好的，一会儿见。"

这声音怎么这么耳熟？夏子衡来不及思索，又听女子拨打了另一个电话："弋戈，曾燕说她要稍微晚点到，我在酒店等她，等她到了我们再一块过去。什么？你出意外了？什么意外？……好，见面再说。"

弋戈？曾燕？难道她是牛弋戈的夫人魏雯、我的前女友魏雨文？她怎么会在沈澜的房间？莫非柳虹说错房间号了？

夏子衡正纳闷，见女子解下浴巾，赤身裸体地换衣服。他虽然只能看到她的腿，还是觉得自己在偷窥，一种"犯罪感"涌上心头。

可是，越怕事越有事，偏偏这个时候，夏子衡的手机开始震动，他见屏幕显示"程盛勇"，立即挂断。可程盛勇再次打来，再轻微的震动声，在房间里也不啻炸雷。

女人听见房间里有动静，立即将所有灯全部打开，惊恐地问："谁？"

夏子衡屏住呼吸，不敢说话，再度挂断程盛勇的电话。他想关机，可是死活找不到开关键。

"谁在房间里？快给我出来！"

夏子衡见她抄起一个烟灰缸，朝自己藏身处走来，知道自己没法再躲，鼓起勇气，从桌子下面出来，不小心被一根电线绊倒，趴在地上。女人抄起烟灰缸朝他的头砸过来，他本能抬手一挡，胳膊被砸中，痛得惨叫一声。

女子质问："你是什么人？"

夏子衡反转身，面朝向她："别打，是我，夏子衡。"

女子登时呆了："子衡？你……你怎么在我房间？"

果然是魏雨文，她就是牛弋戈的夫人魏雯。难怪我第一次到艾达塔人工智能大厦时在电梯口发现一个熟悉的身影，原来她就是雨文。

夏子衡确认这一点，立即浮想联翩，脑子里瞬间涌现数十个问题，各种计算进程同时启动，大脑 CPU 不堪重负，立即死机，一时竟不能产生任何输出："我……我……"

魏雯奇道："你这几年跑哪去了？为什么一直不回我信息，还换了手机号？"

"一两句话说不清。"夏子衡看了看倒计时，离音频文件销毁时间还剩25 分钟，"雨文——哦，应该叫你魏雯——你知道沈澜在哪个房间吗？我找她有急事。"

魏雯听夏子衡叫她的新名字，羞愧地低了低头，但她立即感觉不对，又抬头问："你是来找沈澜的？你是怎么进入她房间的？"

"来不及解释了。我必须尽快找到沈澜！"

"她可能跟牛弋戈在一起。"

"哪?"

"年会现场,酒店二层大宴会厅。"

"对不起,我得先找到她!"夏子衡冲向门口。

"子衡,我……"魏雯百感交集,眼眶潮湿,"你就不能……"

"对不起,我回头再找你!"夏子衡话没说完,人已到电梯口。

从1830房间到二层的大宴会厅,理论上只需几分钟,可是因为客人特别多,电梯迟迟上不来,夏子衡只得走楼梯。当他气喘吁吁赶到二层时,倒计时表只剩8分钟。

沈澜和牛弋戈在哪?夏子衡环顾宴会厅,陆陆续续有艾达塔的员工、客人往里走,可是没发现他俩,又问了几个艾达塔的员工,都摇头说不知道。他电程盛勇,程盛勇不知,又电柳虹,柳虹道:"老夏,我正找您呢,投影仪——"

夏子衡粗鲁打断她:"柳虹,你看见沈澜了吗?"

"你能不能听我说完?"柳虹见夏子衡梦游一般,完全不在工作状态,火了,"连接投影仪的电脑坏了,PPT怎么也投不到大屏幕上去。一会儿晚宴和庆典就要开始,你是项目负责人,总不能成天不见人影,什么事都推到我身上吧?"

"我——"夏子衡被柳虹怼得无言以对,但他反应飞快,"我在宴会厅门口。你在哪?"

"我在你身后。"

夏子衡转身,果然见柳虹怒目而视,忙先道歉:"对不起,柳虹,你刚说什么?"

"我需要再找一台电脑来接投影仪。再过几分钟,年会就要开始了。"

"柳虹吗?"一个女声在夏子衡身后响起,"我刚把牛总的婚庆PPT改完了,你拷一下吧。"

夏子衡回头一看,只见他一直寻找的沈澜,正两手托着一台电脑,一台他苦苦寻找的电脑,他双眼立即贪婪地放着绿光。

4

"太好了！"柳虹大喜，"沈小姐，我们的电脑刚刚坏了，能不能借用您的电脑投影？"

"这台电脑是牛总的，怎么能接投影？"沈澜本能拒绝。

夏子衡好不容易逮到沈澜的电脑，当然不能放过机会，飞快说道："没事的，沈总，我们就借用半个小时，我让同事送电脑过来，一会儿就到。"

柳虹也帮腔："对啊，年会马上开始，时间来不及了。"

"好吧。"沈澜望了望已坐满人的会场，犹豫片刻答应了，"用完立即还给我。"

夏子衡见柳虹拎着电脑，走进宴会厅一角的总控机房在倒腾电脑，自己插不上手，忙电程盛勇，让他找借口将柳虹支走。

柳虹一离开，夏子衡立即闪进机房，把灯关上，一面让程盛勇帮他望风，一面电四哥："我拿到沈澜的电脑了，密钥文件名叫什么？"

"试试 Godkey。"

夏子衡先搜索电脑 D 盘，没有；再搜索整个硬盘，还是没找到名叫"Godkey"的文件："是不是改名了？"

"有可能。"

"那怎么找？"夏子衡看了下倒计时，只剩 5 分钟。他眼睛向外瞟，发现宴会厅的人越来越多，年会晚宴马上就要开始了。

四哥问："有没有一个叫'个人文档'之类的目录？"

"有。有一个名叫'Private（私人）'的文件夹。"

"密钥文件应该就在里头。"

"里面是空的。"

"空的？"

"是，什么也没有。"

"是刚刚删除的吗？以你的水平，应该能恢复。"

"不是。就算是，也来不及。"

"看来你运气不太好。"四哥冷笑。

夏子衡突发奇想："等等，这个密钥会不会不是软件，而是硬件？比如一个优盘？"

"优盘怎么会放在电脑里？"

"因为没人能想到优盘会藏在电脑里头。"

夏子衡在机房里翻出一把改锥，打开电脑后盖，什么也没发现。他不甘心，又晃动了几下，果然从内存扩展槽传来动静。

夏子衡大喜："难道里面真的有优盘？"

程盛勇在外面敲门，提醒他柳虹正朝机房走来，催促他快点。夏子衡说声"知道了"，然后快速卸下最上方的内存条，果然在它下方，发现一块薄薄的存储芯片。

他飞快取出，装好内存条，来不及拧上电脑后盖，眼见柳虹走到门口，只好放下后盖，自己闪躲到门后。

夏子衡以为柳虹是来播放 PPT 的，可让他惊讶的是，她进来后，跟他一样在电脑里寻找和复制文件，不时还向外张望，无数个问号瞬间涌上心头：

柳虹在找什么？

难道她跟我一样，也身怀特殊任务？

她的真实身份是什么？莫非，她是四哥的人？

离音频文件销毁只剩 2 分钟，可是柳虹不走，夏子衡不敢动，因为他不知道，柳虹与四哥是不是一伙的。柳虹复制文件后，取下优盘，这才将沈澜电脑与投影仪相连。

夏子衡顺着柳虹的目光，扭头看见宴会厅的大屏幕上显示一个大标题"智能数据分析引擎与数据智能时代"，这是牛弋戈的演讲题目。柳虹确认无误后，走出机房。

夏子衡飞也似的逃出宴会厅，再看手机倒计时，只剩 30 秒，他将好不容易得到的密钥插进自己的电脑，终于解开之前拿到的音频文件。

文件打开一听，是 A、B 两个男人的对话：

男 A：牛总，找我有什么事，尽管吩咐。

男B：我要你请他吃一顿饭。

男A：然后？

男B：想办法将他灌醉，拿到他电脑里的一个东西。

男A：什么东西？

男B：一个能让你发财的东西。

男A：然后？

男B：接下来你就什么都不要管了。

男A：那个什么时候付？

男B：不就几万元块吗？早到账了。

夏子衡连听好几遍，男B是牛弋戈，而男A，则是他的表弟峰子，一时不敢相信自己的耳朵。他想再听一遍，可惜随着手机上倒计时结束的提醒，密钥突然"砰"的一声炸响，他的电脑同时黑屏，伴随着一股淡淡的焦煳味。"不要，不要！"他一阵倒腾，等屏幕再亮时，里面的音频文件再无踪迹。

文件自毁了，彻底自毁了，牛弋戈的防护确实厉害。夏子衡叹了口气，主动电四哥："我听了。"

"呵呵，我没骗你吧？"四哥阴笑。

"需要我做什么。"

"向牛弋戈巨额索赔，我们二一添作五，如何？"

夏子衡挂断电话，从附近的玻璃门上卸下一个重重的金属门把手，大步朝晚宴现场奔去。

5

经过几天的紧张筹备，艾达塔集团的年会终于要开幕了。整个宴会厅布置得富丽堂皇，舞台上一块略带弧度的巨幅曲面大屏，播放着艾达塔的创业史视频，解说词极其煽情。各种餐饮机器人来回穿梭提供礼宾服务，一架无人机在头顶上巡回录像，不断把相关画面投射到左右两侧的大屏幕上，现场既不乏高科技色彩，又充满梦幻，让人在现实与虚拟之间来回切换，恍恍惚惚，颠倒迷离。

"在高科技公司打工真好，简直就是生活在未来。"

柳虹站在某个黑暗角落，暗自感慨，静待年会的开始。作为一个会务人员，最忙碌的是会前准备，一旦活动开始，自己就彻底解放了。好比一个开考后的高三班主任，比赛开始后的总教练，正式拍戏时的总制片，接下来就看自己的学生、队员和演员各自的发挥了。

柳虹下意识地将目光投向舞台正前方的主桌。她至少记得主桌上十位嘉宾一半以上的名字和身份，因为从定人选、印桌签、摆座次，她都全程参与并演练了无数遍。中间的主座是牛弋戈，右边是夫人魏雯的闺蜜、VVC投资集团中国区副总裁曾燕，曾燕的右边是魏雯，左边依次是向秋阳、陈武等几位副总裁。总的来看，曾燕是这次年会最重要的嘉宾。

曾燕在魏雯的陪伴下，一路说笑走进宴会厅，被牛弋戈隆重接待。牛弋戈见到曾燕，仿佛抓到一根救命稻草，满脸堆笑，紧紧地握手，热络地嗨聊，仿佛情窦初开的男生第一次约会。而一旁的魏雯不知是吃醋了，还是心不在焉，目光四处扫射，似乎在寻找什么人。

"知道牛弋戈为什么隆重邀请魏雯的闺密曾燕参会吗？"程盛勇不知何时突然在身边。

柳虹吓了一跳："我哪知道？"

"因为曾燕手里握着二十亿美元的投资基金。"

"噢。牛弋戈是想让曾燕投资艾达塔？"柳虹恍然大悟，"艾达塔缺钱吗？一场年会就花好几百万。"

"你是没参加过大公司的年会，动不动烧几千万的，多了去了！"程盛勇感叹，"越有钱，越缺钱；越省钱，越没钱。"

"长见识了！"柳虹一面恭维老板盛勇，一面四处顾盼，"老夏呢？"

"没在机房？"程盛勇故意说。

"机房里没人，我刚去看了。"柳虹问，"程总，老夏是不是有什么事瞒着我们，我总感觉他这几天怪怪的，整个人魂不守舍心不在焉。"

"是吗？"程盛勇当然不能实话实说，"没觉得呀。不说了，年会开始了。"

全场灯光渐暗，三秒倒计时后，舞台上的巨幅曲面屏开始播放煽情视频。视频结束后，屏幕上定格一个大大的二维码，上面飞来一行文字："快扫我，领红包。限时十秒。"然后二维码旁弹出一个十秒倒计时器。

现场数百艾达塔员工纷纷拿出手机，扫描二维码，人群中不时爆发阵阵惊呼：

"天！我抢了 199 的红包！"

"我的是 398！发财了！发财了！"

"我的 999！"

"1818！怎么会有这么大的红包？我的天！我要昏过去了！"

……

十秒红包盛宴后，灯光复明。一身蓝色旗袍风情万千的沈澜走向舞台，简短开场后，进入正式议程："下面，我们有请艾达塔集团创始人、董事长兼总裁牛弋戈先生上台致辞！"

伴随着激昂的上场音乐和雷鸣般的掌声，身着休闲衬衫和牛仔裤的牛弋戈，步伐轻盈地跃上舞台，深深一鞠躬，然后侃侃而谈：

"今天是一个特殊的日子，是艾达塔三周年的纪念日。按说，一家成立才三年的小公司，没什么可庆贺的。可是，俗话说，'三岁看大，七岁看老。'从一个孩子三岁时的表现，足以看到他的内在潜力和未来前景。艾达塔还是个三岁幼儿，是我们共同孕育和抚养的孩子，这个幼儿，从一开始就表现出了不同寻常的基因和禀赋，我们相信，他一定拥有无限美好的未来！刚刚的红包盛宴，就是一个小小的见证！"

台下掌声雷动。柳虹目光投向主桌，见曾燕与魏雯对视一眼，赞许地点了点头。

牛弋戈也觉得自己这段话很棒，得意道："艾达塔这个三岁小孩，未来打算怎么成长？"

一旁的沈澜应和道："这个问题，只能由艾达塔的父亲、牛总您来亲自回答。"

台下哄堂大笑。有员工开玩笑："沈总，艾达塔的母亲是谁啊？是你吗？"

"我倒想。"沈澜插科打诨，"可惜，艾达塔生在我认识牛总之前。"

"艾达塔打算怎么成长？简单地说，答案就是——"牛弋戈退到舞台一旁，指着屏幕上的三个数字说，"一个亿、一百亿、一千万。"

"牛总，这都什么意思啊？"台下有员工高声问。

牛弋戈答："'一个亿'，指的是我们要在接下来的 C 轮融资中，融资一亿美元。'一百亿'指的是，明年实现估计一百亿元人民币，成为智能数据分析领域的独角兽。"

沈澜问："那牛总，一千万指什么？"

牛弋戈停了片刻："今天的年会结束后，立即发放年终奖，金额一千万元。具体办法是：司龄三年的创业元老，每人二十万元；司龄超过两年的员工，每人十万元；其他员工，每人三万元。平均下来，一名员工五万元。"

"牛总万岁！艾达塔万岁！"台下再次沸腾，掌声欢呼声响成一片，"艾达塔万岁！牛总万岁！万岁！万岁！"

"再来一次红包雨，把我淹死吧！"

"同淹！同淹！"

"把我也淹了吧。"

柳虹目睹此情此景，也颇受感染，脸上情不自禁露出灿烂的笑容，心想：艾达塔的员工真幸福，我要是在这家上班，是不是也能享受这样的福利？

正发愣，却见牛弋戈演讲完毕，沈澜再次上台："下面是庆典环节。各位同仁，今天不仅是我们艾达塔集团的三周年庆，还是我们总裁牛弋戈和魏雯夫人结婚三周年的'皮婚纪念日'，可谓双喜临门。这三年发生了什么？牛总又是怎样同时实现爱情事业双丰收，在开始下面的庆祝环节之前，请大家先看一个短片。"沈澜说完，重重地按了一下遥控器。

牛弋戈、魏雯、曾燕以及在场所有艾达塔员工，全都凝神静气，翘首以待。宴会厅灯光再度变暗，大屏幕上开始播放短片，解说词也格外煽情：

"三年前的一个寒冬，牛弋戈先生花掉手中仅有的十万元现金后，解散了他的一家金融科技公司，结束了他毕业七年来的第四次创业。

"作为一个连遭失败的创业者，牛弋戈自信心跌至谷底，那时的他，对创业已经彻底失望，春节打算去外地度一个长假，彻底休息一段时间，然后再找一份像样的工作，直到他在机场遇到了一个人，一个改变他人生命运的人。"

台下有人高呼："谁写的脚本？好浪漫。是老板娘吗？"

"老板娘只负责审稿！"

众人又是一阵哄笑。

接下来，大屏幕上闪现机场、酒店、海滩的画面，然后是男主人公牛弋戈手持一大束玫瑰，满脸幸福从车里走出来。众人急切等待女主人公的出场，只见大屏幕先是一黑，然后一闪变成蓝屏，然后缓缓出来一张照片：一个泳池旁，一美丽女子趴在身着泳装、紧闭双眼的牛弋戈身上，与他深情亲吻，这个女子不是魏雯，而是牛弋戈的助理沈澜。

众人一片哗然，口哨声四起。台上的牛弋戈见现场氛围突变，不解地回头去看大屏幕。待看到屏幕的"不雅照"，登时也懵了，急问身边的沈澜怎么回事。

沈澜也被照片惊呆了，以手捂嘴，感觉不可思议。

牛弋戈连按数下遥控器，想跳过去，可是屏幕上照片不仅消失，反而多了一行文字：

富易妻，贵易交。牛弋戈在艾达塔上市后，会不会立即换老婆？

牛弋戈大叫："沈澜，这怎么回事？"

沈澜不知原委，冲台下的程盛勇和柳虹大嚷："投影怎么回事？快关掉！快关掉！"

柳虹有点懵，牛弋戈的演讲PPT是沈澜亲自审核过的，她也看过，清楚记得，此时屏幕上应该呈现，牛弋戈与魏雯的各种恩爱照。那些照片哪去了？怎么魏雯被换成沈澜了？谁换的？什么时候换的？正发呆，被冲过来的程盛勇拍醒："柳虹，快切断投影！"

柳虹冲进机房，第一反应是退出PPT，可是她按了几下键盘，屏幕完全没反应。电脑被黑了？柳虹手足无措之际，沈澜冲下舞台，冲进机房，一把将连接电脑与投影仪的数据线拔掉，舞台上的大屏幕登时变蓝。

柳虹长舒一口气，可是过了两秒钟，舞台上的大屏幕闪了一下，又亮了。屏幕上换了一张新的图片：牛弋戈站在带着艾达塔公司 LOGO 的前台照片，被打上一个大大的红叉，下面也是一行文字：

一个靠剽窃他人数据技术起家的公司，是"独角兽"，还是野兽？

怎么回事？柳虹脑袋"嗡"的一声，心道：数据线不是拔掉了吗，怎么还在投影？她看了看眼前的电脑，屏幕显示内容与舞台的大屏幕完全不同。既然如此，大屏幕上的投影哪来的？难道有人偷偷接上了另一台电脑？谁干的？怎么做到的？

原本一派喜庆祥和的宴会厅，此刻已然变成闹哄哄的菜市场，议论声、尖叫声混作一团。牛弋戈不敢往台下看，他暴怒地狂按遥控器，大屏幕的照片还没有消失。

"快给我关掉！"牛弋戈狂吼，第二张照片消失了，可是屏幕上接着出现第三张照片。牛弋戈怒不可遏，将手中的麦克风和遥控器砸向屏幕。屏幕被砸，画面一阵抖动，图像变虚，只依稀能看出是一个证件。下面的文字也没有显示完全：

一个靠顶替 XXX 的混蛋，他的人品和公司还值得信任吗？

XXX 所在的位置，字迹虚幻，看不清楚。
牛弋戈懵了。
魏雯懵了。
曾燕懵了。
向秋阳和陈武等艾达塔集团高管懵了。
程盛勇和柳虹也全都懵了。
参加晚宴和庆典的所有人全部惊呆了。
魏雯先反应过来，冲上舞台当着所有人的面给了牛弋戈一个耳光，向宴会厅门口跑去。曾燕也狠狠瞪了牛弋戈一眼，大骂一声"人渣"，去追魏雯。

牛弋戈待了片刻，冲下舞台，去追魏雯和曾燕。走到门口时，他被一个手持门把手满脸怒容的男人拦住了去路。

他就是夏子衡。

6

牛弋戈斥资三百万开年会搞婚庆，又忍痛开出一千万的奖金，原本是想豪赌一把。他要赌的，就是一举拿下魏雯的闺蜜曾燕，一举解决艾达塔的续命资金问题。没想到，半路杀出个程咬金，把一切都搅黄了。不，这不是普通的搅局，这是精心策划的"绞杀"，目的是让他身败名裂，将艾达塔带入万劫不复之境。

牛弋戈知道有人在搞他，不是外面的竞争对手，就是艾达塔的员工；不是利益相关的投资人，就是被他得罪过的合作伙伴。他脑海飞速闪过几个名字，但一时得不出答案。眼下他最着急的，是挽留住魏雯和曾燕，告诉她们自己被人下套了。如果她们反目，他之前所有努力将全部付之东流。必须追上她们，告诉她们自己被人设计了！

没想到，有人在酒店门口挡住了他。

牛弋戈不认识夏子衡，大叫："快给我让开！"

夏子衡刚刚发现牛弋戈是害他失业坐牢的罪魁祸首，正在气头上，大喝："姓牛的，你给我站住！"

"你是谁？快给我让开！"

"你不认识我？"夏子衡一把拉住他。

"我凭什么认识你？"

"三年前你勾结峰子偷走我的技术害我坐牢，你敢说不认识我？"

"你是谁？我怎么害你坐牢？"牛弋戈先是一愣，旋随反问，"刚才是不是你干的？"

"什么是我干的？"夏子衡刚才一门心思破解音频、听录音，对发生在年会现场的翻车事故一无所知。

牛弋戈无缘无故被人诬蔑，怒从心头起："你还在装？你到底是谁？"

"我是你祖宗！"夏子衡高举手中的金属门把手，往牛弋戈前额重重一敲。

一声闷响过后，鲜血随即沿着额头下流，染红了牛弋戈的脸。

牛弋戈一声暴吼，疯牛一样撞向夏子衡，两人扭打成一团。

向秋阳、陈武、沈澜等高管，以及程盛勇和柳虹也从宴会厅赶过来，众人都想劝架，无奈谁也近不了身。牛弋戈也不知从哪找来一根木棒，对付夏子衡手中的门把手。

两人都视对方为仇人，故而下手都特别狠，用尽洪荒力气，恨不能置对方于死地。一阵激烈的搏斗后，两人全都血肉模糊。

程盛勇目睹夏子衡暴揍牛弋戈，便知他一定确证牛弋戈是陷害他的黑手，一时不知道该不该劝架，待在一旁。柳虹问："程总，这怎么回事？老夏为什么要打牛总？是不是跟刚刚大屏幕上的内容有关？"

程盛勇叹道："一两句话说不清。"

柳虹着急："不管怎么样，先把两人拉开呀。"

"他们这么多人都拉不开，我怎么拉？"程盛勇指着里三层外三层看热闹的人说，"我这么胖，挤都挤不进去。"

"再打下去，出人命了怎么办？艾达塔这个客户，您不要了？"

一句话点醒他，程盛勇立即奋不顾身扒开看热闹的人群，三五两下就将夏子衡和牛弋戈拉开："打什么打，有什么话不能好好说？"

牛弋戈满脸是血，仍不忘叮嘱陈武去追魏雯和曾燕，然后问夏子衡："你到底是谁？"

程盛勇上前道："对不起，牛总，他是我公司的员工。"

"你又是谁？"牛弋戈问。

"我是本次活动的承办方。"程盛勇自知艾达塔这个客户丢定了，视死如归道。

沈澜怒道："程盛勇，这到底怎么回事？"

程盛勇拱手赔笑："牛总，沈总，事情太复杂，一两句话说不清。要不这样，这人太多，我们换一个地方说好不好？"

沈澜冷冷道："有什么话不能在这说？"

夏子衡道："只怕说出来，牛总脸上不光彩。"

牛弋戈思忖片刻，指着一旁的 VIP 厅说："去那吧——向总，麻烦你在外面维持下秩序。"

柳虹目睹牛弋戈、沈澜、夏子衡和程盛勇四人走进 VIP 厅，自己欲跟进去，被沈澜挡在门外。

7

众人在 VIP 厅坐定，沈澜先发问："夏子衡，刚才在大屏幕上诬蔑牛总的事是不是你干的？"

"大屏幕上什么事？"夏子衡摇头，"我刚在酒店外面，根本不知道这里发生了什么。"

沈澜又问："那你为什么要打我们牛总？"

夏子衡怒道："你问他自己三年前干过什么坏事？"

牛弋戈更怒："三年前我都没见过你，我怎么——"

"你是没见过我。"夏子衡冷冷道，"可你见过我表弟峰子，勾引过我女朋友，偷过我的智能数据分析引擎。"

"什么疯子傻子，我不认识！"牛弋戈吼道，"你女朋友是谁？"

"原名魏雨文，现名魏雯。"

"你是魏雯的前男友？"牛弋戈笑道，"她以前叫魏什么来着？"

"魏雨文。"

"雨文？"牛弋戈愣了一下，"夏子衡，你刚才兴师问罪的口吻，跟刚才屏幕显示的内容几乎一模一样，你还敢说不是你干的？"

"我真不知道屏幕上显示了什么。"夏子衡呆呆地望着程盛勇。

程盛勇苦笑："这中间确实有些误会，很深很深的误会。牛总，沈总，要不我们等魏雯到了再说？"

"别！"牛弋戈是个认死理的人，"夏子衡，你刚刚说三年前有人偷你的数据分析技术、害你坐牢是怎么回事？那个叫峰子的人又是谁？"

"还在装？"夏子衡道，"你随身携带的移动硬盘里，有一个录音文件，你一听不就明白了？"

"我的移动硬盘？"牛弋戈越发惊讶，从口袋掏出一个打火机模样的东西，"你从我这个移动硬盘里拷过文件？"

"如果里面有的话。"夏子衡答。

"然后你就靠这个文件证明我害过你？"

"敢试一下吗？"夏子衡原本想播放自己手里的文件，可惜已被销毁。

"我有什么不敢的？"牛弋戈用他的手机联上移动硬盘，一通搜索，里面并无'FENGZI'的音频文件，"哪有？"

夏子衡暗自心惊，嘴上兀自逞强："说不定是你删了呢？"

"你看看这个！"牛弋戈指着自己的手机屏幕，"这是移动硬盘的使用记录。本月我是第一次使用，上一次使用的时间是……我看看……上一次是今天下午四点多，那会儿我在干什么，澜澜？"

"游泳。"沈澜明白了，飞快道，"夏子衡，原来下午游泳馆是你在捣鬼，原来是你要害我们牛总！"

夏子衡道："我只在更衣室复制文件，没进泳池。"

"你没进泳池，牛总怎么会差点遇害？"沈澜追问。

"游泳池遇害？"夏子衡感觉不可思议，"游泳池还能淹死人？"

"那是因为——"沈澜正要陈述详情，被牛弋戈一把拦住，"夏子衡，看来你是有备而来的。"

"我没想害谁。"夏子衡自我辩解，"我只是找回原本属于我的东西！我在艾达塔看过你们的智能数据分析引擎，跟我几年前开发的产品非常相似。"

"你也知道智能数据分析引擎？"牛弋戈惊奇地问道，"你以前在哪上班？"

"数据王国集团。"程盛勇代答，"首席数据分析师。"

牛弋戈郑重声明："我们的智能数据分析引擎，是我们的高管团队亲自开发的，这个过程我本人也参与其中，绝不可能抄袭别人。"

程盛勇帮腔："那到底是谁开发的？"

"程盛勇，夏子衡，原来你们真是来兴师问罪的。谁派来的？"牛弋戈脸色大变，"沈澜，你为什么要找这样的人跟我们合作？他们不是来做事的，他们是商业间谍，是竞争对手收买来搞垮我们公司的！"

程盛勇也火了："牛弋戈，你可以骂我本人，但绝不许你侮辱我的公司！我做了十几年会展，还没人敢骂我们是商业间谍。我今天所做的一切，只是帮朋友讨个公道！"

正说着，陈武进来道歉："对不起，牛总，我没追上魏雯和曾燕，打电话她们也不接。"

"夏子衡，你坏了我的大事，毁了我的 C 轮融资，你知不知道？"牛弋戈气急败坏，高声道，"快叫酒店保安，把他们两个抓起来，然后报警！"

"一定要报警吗？"沈澜也是当事人，估计害怕担责，一脸犹豫。"牛总，是不是先搞清楚之后再报？"

"这么大的事，必须报警！"陈武态度坚决。

"马上给我报警！"牛弋戈再次催促，"夏子衡，你不是说我们剽窃了你的产品吗，那就让司法介入吧。"

"先不要报警！"程盛勇见陈武真的拨电话，本能制止，"牛总、陈总、沈总，有话好好说，有话好好说。今晚的事我们肯定有责任，但有些细节毕竟不那么光彩，要是让媒体知道了……"

沈澜当然知道程盛勇所说的"细节"指什么，再度反对："牛总，还是先不着急报警吧。"

"陈总，等一下。"牛弋戈清醒过来，制止陈武，又问夏子衡，"你刚才说我的移动硬盘里有一个证明我陷害你的文件，是不是？"

夏子衡答："是。"

"虽然我随身携带的这个移动硬盘里没找到，但是，我还在另外一个硬盘做了备份，就在我车上，要不要一块去听听？如果那个硬盘里真有你说的那个文件，我牛弋戈就认罪。"

夏子衡与程盛勇对视，同时点头。

众人走出 VIP 厅，穿过大宴会厅，朝酒店门口走去。年会虽然半道中止，但艾达塔的员工并没有散，聚在一起议论纷纷。众人见老板牛弋戈出来，一起涌上去，关心询问。

就在这时，突然听见"轰"的一声巨响，会场上的大屏幕突然无缘无故倒塌，重重地砸在舞台上。众人惊呼。

几乎在同时，全场灯光熄灭，伸手不见五指。紧接着，就听见有人非常凄厉的一声惨叫，让人毛骨悚然。

灯光很快再度复明，众人循声望去，只见一人倒在地上，不是别人，正是牛弋戈。只见他表情痛苦，手上身上全是血，手指向夏子衡。夏子衡表情呆滞，手上捏着一把正在滴血的匕首。

"牛总遇刺了！牛总遇刺了！"陈武听到沈澜的一声高呼，也不知哪来的勇气，狮子一样扑向夏子衡，将他的刀撞飞，将他的人扑倒。众员工听说老板遇刺，纷纷涌过来，七手八脚把夏子衡死死按在地上。

第四章

山庄营救

1

夏子衡被艾达塔的员工押着带到山庄酒店地下二层的一个棋牌室，按在座位上。众人掏走他的手机，然后将他绑缚在椅子上，嘴里塞上毛巾。

刚刚他被众人叠罗汉时，被压得大脑缺氧，脑海一片空白。他努力回想，才想起大屏幕倒下瞬间所有人注意力全都转向舞台时，一个戴着肉色头套的小个子冲过来，对着牛弋戈全身一通猛扎，然后将刀硬塞给他，就飞速离开了。

重现这一瞬间，夏子衡便清醒过来：我被再次陷害了，上一次是卖智能数据系统，而这一次是谋杀。我居然两次掉进同一个坑，真是耻辱。

谁干的？难道是四哥？

四哥到底是什么人？是牛弋戈的同事，还是对手？

牛弋戈受伤严不严重？会不会有生命危险？

正想着，陈武进来审他："夏子衡，原来你煞费苦心参与我们的年会，就是为了行刺我们牛总。"

"我的同事呢？"夏子衡不见程盛勇和柳虹，担心他们被自己连累了。

陈武不理他："夏子衡，快说，你为什么要刺杀我们牛总？"

夏子衡白他一眼："牛总怎么样？我没有杀他。"

"身中数刀，命悬一线。夏子衡，你最好祈祷牛总没事，否则你定是死罪。"

"我再说一遍：我没有杀他。"

"那你手里的刀是怎么回事？"陈武举起装在塑料袋的凶器，"在场这么多人亲眼所见，你还敢否认？"

夏子衡如实说："一个戴头套的男子，捅了牛弋戈几下，然后把刀塞进我手里。"

"戴头套的男子？谁？我怎么没看见？"

"你可以查看现场监控。"夏子衡想起直播年会的无人机，"无人机有录像。"

"我会的。"陈武又问，"刚刚庆典环节时，大屏幕投影是不也是你干的？"

"我说不是我，你信吗？"夏子衡知道反驳没用，只能苦笑。

"程盛勇和柳虹是不是你的同伙？"

"你是谁？"夏子衡见陈武夹七夹八，牵扯到程盛勇和柳虹，冷冷道，"你又不是警察，凭什么审我？"

"好，一会儿我让警察来问你。"陈武气急败坏，摔门而出。

我被下套了，得尽快逃离魅力山庄，想办法找到真凶，否则若"二进宫"，就不是三年，而是三十年无期徒刑甚至死刑。夏子衡心道：牛弋戈伤得到底重不重？你可千万别死千万不能死！

却听陈武在棋牌室门口问艾达塔的一名员工："小孙，牛总怎么样了？"

小孙答："还在抢救。沈澜在那陪着。"

"牛总夫人呢？联系上了吗？"

"已经在返回路上。"

"报警了吗？"

"我要报警，可沈总坚持不让，说是牛总昏迷前特意叮嘱不许报警的。"

"不让报警？"陈武怒道，"这么大事为什么不让报警？沈澜一个小小助理，她不让报就不报？我来！"

陈武按下 1–1–0 三个数字，正欲按通话键，忽听身后有人大喝："慢！"

陈武回头一看，是同事向秋阳，身后跟着程盛勇和柳虹，高声道："向总，你怎么把他们俩放出来了？他们是夏子衡的同伙，也是这起凶杀案的嫌疑人！"

向秋阳不理睬陈武的问题，径直摆摆手："陈总，暂时先别报警。"

"为什么？向总，这是刑事案件，不能私了。"陈武一副大义凛然忠心耿耿的表情。

"我说的是暂时先别报，没说不能报警。"向秋阳表情坚定，语速中等，但口吻不容置疑，"牛总现在受伤，暂时不能任职。我是公司副董事长兼高级副总裁，按照公司章程，我有权出任临时 CEO，处理公司一切事务。"

程盛勇赔笑道："是啊，陈总，有话好好说，有话好好说。夏子衡和牛总不就是俩男人因为私人纠纷打了一架嘛，怎么能上纲上线为刑事案件？"

陈武冷冷道："程盛勇你什么意思？我们老板被人捅了，人命关天的事，还能私了？"

盛勇道："我没说要私了啊。我只是觉得暂缓报警，等确定牛总的伤情之后再说。再说，夏子衡可是牛夫人的前任，她要是知道了……"

陈武是个欺软怕硬的家伙，见程盛勇抬出魏雯，开始犹豫，转而问向秋阳："向总，牛总伤势怎么样？严不严重？"

"正在抢救。我刚去了山庄疗养院的急救室。据沈澜转述大夫的话说，牛总中了很多刀，而且有两刀在要害部位，伤得不轻，流了不少血。"向秋阳沉重说完，拨通一个电话，"沈澜，你来跟陈总说吧。"

陈武半信半疑接过电话，听了一会儿，这才无奈道："沈澜，你确定这是牛总的意思？牛总昏迷之前说的？……不、不、不，我信，不信……好，既然这样，那我听你们的，暂不报警。不过，如果牛总的伤情——喂，你怎么挂了？喂，喂，喂……"

向秋阳接过手机："陈总，现在你相信我说的话了吗？"

陈武不放弃："等牛总醒了，我再请示他。"

"这样，陈总，你去山庄疗养院的急救室等着吧。魏雯一会儿就到了，你来负责接待一下，我怕她跟沈澜……"

"怕她跟沈澜打起来？"陈武一脸幸灾乐祸，"好的。我马上过去。那这边就交给向总了。"

陈武离开后，柳虹问："向总，现在，我可以见夏子衡了吗？"

"柳小姐请便。"向秋阳伸手，做了一个优雅的请进动作。

2

夏子衡在棋牌室里听着门外的对话，脑袋一团乱麻，他唯一得出的判断是：牛弋戈与艾达塔集团的几位高管向秋阳、陈武、沈澜关系微妙，是敌是友，难以辨别。谁是四哥，谁是刺伤牛弋戈并嫁祸于我的人？

CTO 向秋阳与牛弋戈在公司战略上严重冲突；沈澜被牛弋戈深度倚重，又卷入艳事绯闻，被魏雯视为情敌；而办公室主任陈武，一边大收回扣，一边又对牛弋戈拍马屁，拼命取悦他。谁才是这次刺杀的主使？他们其中谁更可能是"四哥？"向秋阳、陈武还是沈澜？谁的嫌疑更重一点？

夏子衡还没理清头绪，目睹柳虹走进室内，奇怪问道："你来干吗？"

柳虹搬过一把椅子，在夏子衡正前方坐下，面无表情道："救你。"

夏子衡见柳虹突然之间跟换了一个人一样，眉宇间有一种不可侵犯的威严，直觉她大有来头，笑道："救我？怎么救？"

"我不想你因为伤害牛弋戈而第二次入狱。"

夏子衡被柳虹点破历史，登时感觉像被当众扒掉底裤，震惊道："柳虹，你调查过我？你是什么人？"

柳虹从兜里掏出一个证件，在他面前飞快晃了晃："我是本市新成立的'大数据犯罪预防实验室'的警官。"

"警官？哪来的警官？"

"大数据犯罪预防实验室。"

"大数据犯罪……预防……实验室？"夏子衡高声问，"那怎么会在程盛勇的——"

"小点声。"柳虹打断他，"我以会务的身份卧底，接近艾达塔集团，是为了调查一桩与艾达塔集团有关的数据犯罪案，没想到碰到今天的事。"

夏子衡猛想起年会开幕前，柳虹曾在机房拷贝牛弋戈电脑的文件，一开始还怀疑她是"四哥"的人，原来她在找证据，大喜："艾达塔涉嫌数据犯罪？是不是他们有高管在做非法数据生意？谁？牛弋戈吗？是不是跟我当年的案子有关？"

柳虹冷冷道："你还想不想我救你？"

"对不起，柳警官，能先给我松绑吗？"

"别叫我警官，叫我名字。目前只有你、程盛勇和向秋阳知道我的真实身份，你就当我们还是同事。"

向秋阳？为什么她对向秋阳可以坦白身份？夏子衡按下疑问，一边对柳虹敬礼，一边玩笑道："YES，MADAM！可以先给我松绑吗？"

"不行！"柳虹断然拒绝，"夏子衡，你为什么要谋杀牛弋戈？"

"谋杀？"夏子衡被这两个字吓了一跳，"牛弋戈……死了？"

"不管他死没死，你都是重要嫌犯，我希望你能尽快如实回答。艾达塔的人一旦报警，其他刑警介入，我就是想帮你，也没机会了。"

"你说。"

"刚刚的婚庆环节，有人临时替换了牛弋戈的演讲PPT，当着艾达塔全体员工、他夫人魏雯和投资人曾燕的面，恶意攻击他出轨、剽窃等罪状，这事是不是你干的？"

"我正忙着给我自己翻案，做这些下三烂的事干吗？"夏子衡一声苦笑。

柳虹质问："出事时，你在机房干什么？"

"找一样东西。"

"什么东西？"

"一个密钥。"夏子衡把他从接四哥匿名电话以来的事简要叙述了一遍。

柳虹问："你这次参加艾达塔的年会，就是为了这个目的？"

"不，我在接手这个项目时，对艾达塔、牛弋戈以及他和魏雯的关系一无所知。是程盛勇让我参与这个事，当时你也在场。"

"你听完录音后，认定牛弋戈就是当年偷走你的数据引擎、夺走你女朋友、害你坐牢的人，于是一怒之下就捅了他数刀？"

"我是找他理论，但真正刺伤牛弋戈的，是一个戴肉色头套的小个子，刀是他硬塞我的。”

"谁能证明？"

"你可以查看酒店的监控，还有，年会现场无人机拍摄的视频。"

柳虹听明白了："你认为幕后黑手是谁？"

"四哥。"

"我总结一下，你的意思是：四哥打着帮你洗刷冤案的名义，让你接近牛弋戈。与此同时，他另外派人刺杀牛弋戈，然后再嫁祸于你。是这样吗？"

夏子衡点点头："我敢打赌，三年前的事也是他干的。不然，他不可能对我的事知道得这么清楚。除了他，没人能想到以这种方式陷害我。"

柳虹严肃地问："我该相信你吗？"

"我说的全是事实。"

柳虹突然笑了："就算我相信，艾达塔的人也不信，包括你前女友魏雯。接手此案的刑警也不会相信，因为你有前科。"

窗外闪过一道蓝光，紧接着传来几声炸雷，像天庭开摇滚音乐会一样。夏子衡心头一紧，故作轻松地问："柳警官——哦，不，柳虹——要不你来接手此案？我觉得我们配合得很好，就像给这次做会务一样。"

"我刚说了，我是大数据犯罪预防实验室的警官，此次是受命卧底调查艾达塔集团的数据犯罪案，别的不能管，更不能过问刑事案件。"

"可是我的事与艾达塔集团密切相关。"

"抱歉，我不能插手。"柳虹表情仍旧冷冷的。

夏子衡叹了一口气，突发奇想，笑道："如果我现在向你们部门实名举报牛弋戈剽窃了我当年的智能数据分析引擎、侵犯我的知识产权呢？你们能不能介入？"

柳虹笑着摇头："需要领导审批，恐怕来不及。"

夏子衡跟着笑："你上次跟我抢出租车，应该不是碰巧的吧？"

"你想说什么？"

夏子衡决定孤注一掷，往前凑近："柳虹，你既然看过我的卷宗，那就应该知道，我之前是一名数据分析师。如果我不被刑警带走的话，也许能帮你彻查艾达塔集团的数据犯罪案。"

"你这是跟我做交易吗？"

夏子衡笑道："你应该早就知道，我能帮你。"

"老夏，你最好祈祷牛弋戈没事，否则我帮不了你。"柳虹一把抓住夏子衡的手，冷冷说完，转身离开，重重将门撞上。

夏子衡发现手心里多了一样东西，摊开一看，居然是一块新潮的智能手表，欣慰地笑了。

3

夜。

一辆警车在高速上鸣着警笛，呼啸着直奔魅力山庄而去。

4

柳虹刚走出棋牌室，就被程盛勇拉到一旁，悄声问："怎么样，柳虹？子衡是我的好朋友，你可要救救他！"

柳虹摇头："舅舅，我只能说，老夏的处境非常不妙。"

原来程盛勇乃柳虹的表舅，正是因为这层关系，柳虹才得以卧底他的公司，接近艾达塔和牛弋戈等高管。只是因为保密要求，程盛勇不敢对夏子衡说破这层关系。

"有多不妙？"

"他是刺杀牛弋戈的第一嫌疑人。"

程盛勇拍胸脯："我敢打包票，夏子衡虽然对牛弋戈有气，但绝不可能行刺他！"

"可是他的嫌疑真的非常非常高。"

"怎么讲？"

"一，牛弋戈的老婆是他前女友，两人是情敌，有历史恩怨；二，夏子衡几年前被偷的智能数据分析引擎，与牛弋戈公司的数据分析系统很像，他认为当年陷害他的人，就是牛弋戈，有报复动机；三，投影事故发生前，他在机房待了一会儿，有作案时间；四，刚刚他在宴会厅当着所有人的面攻击牛弋戈，有目击证人；五，刺杀牛弋戈的刀在他手里，有作案工具；六，也是最重要的一点，他有犯罪前科。如果你是警察，你会轻易排除他的嫌疑吗？"

"你不觉得巧合太多了吗？"程盛勇笑道，"我虽然不懂刑侦，也能看出这是明显的栽赃陷害。"

"因为巧合多，就相信夏子衡是清白的？"柳虹笑道，"舅舅您是不是影视剧看多了？"

"那你说该怎么办？"

手机响，柳虹看了一下："不好，艾达塔公司有人报警了，刑警应该很快就会赶到。"

"柳虹，你能不能接手这个案子？"程盛勇眼巴巴地望着柳虹，"看在我配合你们实验室赵主任办案的份上，舅舅求你……"

"您以为我接手，就能对老夏网开一面吗？"柳虹反问，"舅舅，如果我接手这个案子，照样会把夏子衡视为第一嫌疑人。"

"你真不接？"程盛勇半开玩笑，"那等下刑警来了，我可如实公开你的身份了。"

"舅舅！这种事不是我能定的。我的主要任务是暗地调查牛弋戈和艾达塔！"

"那你就请示你们赵主任！夏子衡的事明摆着跟牛弋戈有关系，事到如今，你已很难再卧底。"程盛勇道，"要论数据分析和挖掘能力，他在业界不敢说第一，至少不会出前十。如果你真想调查艾达塔集团的数据犯罪，你真的很需要夏子衡这个帮手。"

柳虹转身打了一个电话，然后说："程总，我们赵主任是这样回复的：如果可以证明夏子衡是清白的，而且他愿意以他的专业能力协助我们破案，那么——"

"你答应救他了？"程盛勇不等柳虹说完，欢呼雀跃道，"快说，接下来该怎么办？需要我做什么？"

"老夏说牛弋戈是被一个戴肉色头套的小个男人刺伤的。只要查找现场监控，就一定能找到他，通过他再顺藤摸瓜，就一定能找到幕后黑手。"

"事不宜迟，我们马上行动。"

柳虹和程盛勇先找年会现场拍摄的无人机，不知去向，两人只好来到魅力山庄的物业，管他们要监控，尤其是两个大门的监控视频。

可令他们失望的是，魅力山庄当天所有监控视频文件全部消失。程盛勇长叹："这可是关键证据，怎么没了？"

"有人比我们动作快，事情可能比我们想象的要复杂。"柳虹隐约觉得，夏子衡可能真的被栽赃了，但不便对程盛勇说破。

"要是子衡在这就好了，以他的技术，肯定能恢复。或许云端有备份。"程盛勇偷偷拍了几张监控视频的画面。

"我问问他。"柳虹说着，开始拨电话。

棋牌室的夏子衡正在回味刚刚与柳虹的对话，揣测她会动手营救，突然手腕上的智能手表开始震动，上面显示"柳虹"的名字，待接通，却是程盛勇的声音："子衡，山庄所有监控的本地文件全被删了，你能上云恢复吗？"

柳虹补充："我们希望尽快查清那个戴肉色头套的人的身份。"

夏子衡道："对方是个高手。云备份的视频估计也很难幸免。"

程盛勇道："你试试呗。万一还有呢？"

夏子衡叹道："我被关在棋牌室，怎么试？"

"老夏，我给你的智能手表带视频和投影功能。"柳虹道，"你现场指导我们吧。"

夏子衡简单鼓捣几下，手表果然将在线视频投在墙上，大喜："盛勇，我看看魅力山庄监控设备什么牌子。"

在夏子衡的远程指导下，程盛勇和柳虹果然恢复了一份删除的监控视频。两人快速浏览，发现最重要的视频有四段：

第一段：一个身材矮小戴肉色头套的男子从魅力山庄的后门偷偷翻墙进来，时间是晚上6：05。

第二段：头套男趁牛弋戈等人从VIP厅冲出来时，快速冲进大宴会厅，将舞台上的大屏幕推倒，时间是7：45。

第三段：头套男冲到牛弋戈身边，趁乱完成刺杀，将刀塞进夏子衡手中，然后飞快逃离，时间是7：46。

第四段：头套男再从进来的小门翻墙离开，消失在黑夜中。时间为7：52。

5

警车下了高速，驶向一条小路。

前面有一个指示牌，上面写着"魅力山庄25公里"。

警车按照指示牌拐弯，继续鸣笛狂奔……

6

程盛勇兴奋道："对上了！年会是7点整开始的，PPT出问题时，大概是7：30左右。"

夏子衡如释重负："柳警官，你现在相信我的话了吧？"

程盛勇问："这个人就是四哥，还是四哥所雇的杀手？"

"应该是后者。"柳虹不假思索道，"四哥这样的幕后操纵者，不大可能亲自出面干这种脏活。"

夏子衡突然听到外面响起警笛："柳虹，盛勇，你们听！"

"来得这么快？"柳虹道。

柳虹之前还怀疑夏子衡因为积怨一时冲动刺伤牛弋戈，但从目前的监控视频看，凶手比夏子衡矮瘦，身材差距明显，绝不可能是夏子衡。此人或许与牛弋戈有千丝万缕的关系，说不定还牵扯艾达塔集团的大数据犯罪案。要解开艾达塔的谜团，夏子衡不只是技术帮手，还是重要当事人，一定要救走他。她看了下手机："警车离魅力山庄二十多公里，大概十分钟就能到。我们要抓紧时间！"

程盛勇发愁："关键是怎么救，闯进棋牌室硬抢？"

柳虹道："棋牌室正门口有十几个艾达塔的员工守着，他们一定不会放老夏离开，我们两人也斗不过他们。"

夏子衡听不远处传来瓶子被击打的声音，立即道："对了，我想起来了，我所在这个棋牌室，边上就是游泳馆和保龄球馆。盛勇看能不能通过这两个地方寻找通道？"

程盛勇道："我试试。"

柳虹问："你估计打通墙需要多少时间？"

程盛勇看了看时间："最快也要二十分钟。"

柳虹沉着道："也就是说，我们还得想办法至少拖延刑警十分钟。"

"那怎么办？"

"这事交给我。程总，你去救老夏，我先去看看牛弋戈有没有生命危险。"柳虹说完，飞速朝正在抢救牛弋戈的山庄疗养院奔去。

7

程盛勇迅速找来电钻、锤子和斧子等工具，穿过游泳馆和保龄球馆，七弯八拐，来到一堵死墙面前。他看了看魅力山庄的结构图，确认隔壁就是夏子衡的棋牌室，这才用力敲了三下。

对面传来同样三声。这是他与夏子衡约定的暗号。果然夏子衡贴墙道："盛勇快点！"

程盛勇道："你得在门口制造点动静，否则我一砸墙，艾达塔的人就会发现。"

夏子衡于是跑到棋牌室门边，一边用凳子砸门一边大叫："快放我出去！快放我出！牛弋戈不是我刺的。"

在外面看守的一艾达塔员工道："夏子衡，这些话你跟警察说去，跟我们说得着吗？"

另一员工笑："这小子就是秋后的蚂蚱，蹦跶不了几下。"

外面的警笛声越来越近，夏子衡自知一旦落入刑警手中，以他的"前科"记录，再无逃脱可能。他一边拍门一边声嘶力竭地朝外面喊："我是被冤枉的，刺伤你们牛总的另有其人，你们这群废物！"

外面答："快闭嘴！警察马上就到。"

"等警察来了就晚了。"夏子衡边说边以凳子撞门，以配合程盛勇砸墙的节奏。

"夏子衡，快闭嘴，有冤情找警察说去！"艾达塔员工突然觉得不对，"咦，里面咚咚的是什么声音？"

夏子衡一听，赶紧将麻将桌掀翻，又用椅子疯狂砸地："快放我出去！快放我出去！"

艾达塔一员工贴着门冷笑："夏子衡，你就砸吧。实话告诉你，警察很快就到。回头你不但要坐牢，还要赔魅力山庄的麻将机。"

警察快到了？夏子衡立即跑到程盛勇一侧问："盛勇，好了没有？"

程盛勇在墙外自言自语道："我是不是砸到承重墙了？不对啊，图纸是这么画的呀。呀，图纸拿倒了。完了，完了，白干了。"

"天，这个时候你怎么能……"夏子衡欲哭无泪哀求道，"快点，我的好兄弟，警察就要到了。"

"我再试试。我再试试。你再整点动静配合我。"

"屋内的椅子和麻将机全被我毁了，没别的东西可砸了。"

程盛勇安抚道："放心，子衡，柳虹去拖延警察了。再坚持五分钟，就五分钟。我一定救你出来。"

为了配合程盛勇砸墙，夏子衡只得捡起地上已经散架的椅子和麻将机，重新再砸一遍，比在建筑工地上干活还累，只几分钟，他便累得全身酸痛。

很快，夏子衡就听见警车进了山庄，两分钟后，棋牌室外传来陈武的声音："警官，犯罪嫌疑人夏子衡就在这里面。"

"把门打开。"警官命令。

夏子衡一直在祈祷，柳虹尽快想办法阻止刑警的到来，为他逃出魅力山庄争取时间，可是，他的梦想终究还是破灭了。刑警到了，而柳虹不见踪影。难道她弃我而逃了，或者她压根就不是什么大数据犯罪预防实验室的警官？不，从面相和言谈举止上看，柳虹人品很正，绝不会骗我。

旧冤未洗，新罪又添，我绝不能"二进宫"，绝不能。夏子衡暗暗给自己打气，眼下唯一的办法就是自救。眼见陈武推棋牌室的门，夏子衡使出全身力气将麻将桌推到门口，一面催促程盛勇再快一点。

警官见陈武推不开门，立即说："我来！"

夏子衡正欲再搬沙发堵门，忽听门外传来柳虹的声音："这位警官，我能跟您说几句话吗？"

警官问："你是谁？"

"我是一名私家侦探，我姓柳。"乔装打扮后的柳虹努力表演，小声道，"我是受牛弋戈夫人之托调查他的感情问题。"

"私家侦探？"警官严肃道，"这在我国可是违法的。"

"我知道，警官。"柳虹笑，"不过，我意外打听到一些牛弋戈的情况，也许对本案有些帮助。"

"牛弋戈的事回头再说，我现在要见犯罪嫌疑人夏子衡。"

"警官，这事不能拖，必须现在说。"

警官怒了："这位女士，你是在故意阻挠我办案吗？"

"不、不、不，警官。"柳虹连忙摆手，"我是说，牛弋戈遇刺，犯罪嫌疑人可能另有其人。"

"你是证人？那在这等着，我等下找你。"警官不再搭理柳虹，转身推棋牌室的门，可是没推动。

柳虹也不知哪来的勇气，一把拉住对方胳膊："警官，情况很危险，犯罪嫌疑人如果抓不到，也许会对牛弋戈造成二次伤害。"

"放手！"警官冷冷地瞟了柳虹一眼。

"对不起，警官，我不是故意的。我是说——"

"这位女士，你要是再这样，我先拘捕你！"

柳虹只得松手退后，不敢再说话，闭上眼睛默默祈祷程盛勇尽快把墙凿开。警官用力推开门，四处找人，忽听身后有人大叫："警官！我是受害人家属，我找你有急事！"

"今天怎么回事？邪门了。"警官只得回头问陈武，"这是谁？"

陈武代答："这位是本案受害者我们总裁牛弋戈的夫人魏雯。"

8

牛弋戈遇刺时，魏雯正驾车在高速上狂奔。

如果要用一个词形容魏雯的心情，那就是懊悔。如果要给这个词加一个定语，那就是暴怒般的懊悔——懊悔没有阻止牛弋戈搞这场荒唐的庆典，懊悔邀请闺蜜曾燕来参会，因为刚刚在庆典现场暴出的丑闻，与其说是牛弋戈翻车，倒不如说是她魏雯丢丑。

魏雯早就知道沈澜是一颗定时炸弹，迟早会在某个时候爆炸，将牛弋戈和艾达塔炸碎，连带让她受伤。可是，她没想到，这个炸弹炸得这么快，这么不给她留一点体面，尤其是当着曾燕的面。

曾燕是魏雯大学时同宿舍的同学，既是要好朋友，又是竞争对手。两人在大学时关系非常要好。然而，毕业数年之后，两人默契地停止了联络，就像这世上很多好友，逐渐失联成为陌生人一样。

就在这次庆典前，沈澜出于立功的一己之私，力劝牛弋戈邀请她来参会，魏雯原本极其排斥。这让魏雯觉得自己是一个社交小人——数年不联系，一联系就是求助，向来心高气傲的她，做不出这种事。

为了牛弋戈，为了艾达塔，魏雯放下身段请曾燕来聚会。原本，魏雯想借这个机会向曾燕证明自己混得不错，在庆典前十分钟，事实也正朝这个方向发展。可是，几张从天而降的照片，把一切全毁了。

牛弋戈和她当场成为靶子，被打成筛子。在最好的同学面前，在牛弋戈所有的同事面前，魏雯被伤得体无完肤，心碎得连究查始作俑者的力气都没有。

曾燕见魏雯疯了一般将油门踩到底，好几次差点撞上前面的车，不停劝她停车。魏雯根本不听，依旧见缝插针地往外挤，终于到了高速入口，因为避让前车，魏雯的车撞在路旁的石墩上。望着掀起的车盖和冒起的白烟，魏雯再也忍不住，趴在方向盘上号啕大哭。

曾燕不断抚摸她的背："哭吧哭吧，哭出来就没事了。"

"燕子，让你看笑话了。"魏雯羞愧得不敢看曾燕的眼睛。

"亲爱的，你怎么这样说呢？"曾燕紧紧握着魏雯的手，"没人愿意看你的笑话。"

"我为他牺牲了这么多，可是到头来，伤害我最深的，却是……"

"牛弋戈确实太过分。"曾燕叹道。

"还有她那个女助理沈澜。"魏雯咬牙道，"这事肯定跟她有关。"

"沈澜？"

"燕子，我说一件事，你千万不要生气：其实我请你来，不只是——"

"不只是什么？"曾燕笑问。

"我——"魏雯正要说找她投资的事，手机响，是向秋阳打来的。之前陈武给她打过几个电话，她知道陈武是牛弋戈的心腹，一定是来劝她回去的，所以全挂了。但向秋阳不一样，犹豫片刻，魏雯还是接了。

魏雯听说牛弋戈遇刺生命垂危，便与曾燕匆匆返回魅力山庄，欲闯疗养院手术室，被向秋阳拦住："对不起，嫂子，医生正在抢救，这会儿谁也不能进手术室！"

魏雯焦急地问："怎么样？怎么样，他要紧吗？"

向秋阳道："胸部、腹部和腿部中了三四刀，有一刀离心脏只差一厘米，血流了一地。"

"怎么会这样？"魏雯眼泪哗地下来了，"有生命危险吗？"

"现在还不好说，但愿没事。"

"我得进去看看！"

魏雯欲进去，被向秋阳死死拉住。魏雯质问："到底怎么回事？谁跟牛弋戈这么大仇，下这么狠的黑手？"

向秋阳答："牛总事业做这么大，仇人肯定不少。据我所知，每年都有很多人举报我们。今天晚上的恶作剧你也看到了。"

"嫌疑人是谁？"

"当然是今晚跟他打架那小子。"

"谁？谁今晚跟牛弋戈打架了？"魏雯因为提前离场，错过了牛弋戈与夏子衡打架那一幕。

"年会活动承办方的一个员工，好像是姓夏，夏……什么子。"

"夏子——"

魏雯不敢往下说了。年会开始前，夏子衡突然出现在她房间，令她猝不及防。她与子衡失联几年，有一肚子疑问待澄清。可是夏子衡似乎在忙一件重要的事，既无暇叙旧，更无暇听她解释。

他在忙什么？他当时为什么着急找沈澜？

难道今晚的事，与沈澜也有关系？或者，是他与沈澜联手干的？

当众败坏牛弋戈的名声毁掉艾达塔的融资计划，还嫌不够，还要杀死牛弋戈？

子衡啊子衡，你为什么要这样？有什么怨恨，为什么不冲我来？想到这些，魏雯身子不由自主地颤抖："他人在哪？"

"娱乐宫地下二层的棋牌室。十几个同事正看着他呢。"

"带我见他！"

"先别急，嫂子。"向秋阳再次拉住她，"警察一会儿就到。"

"小小的庆典活动，为什么还要找会展公司承办？艾达塔市场部不行吗？"

"还不是沈澜的建议。"向秋阳火上浇油道，"牛总事无巨细全听她的。"

"沈澜在哪？"魏雯一听到这个名字就火冒三丈。

"我在这。"沈澜不知从哪冒了出来，"牛总他怎么样了？"

"你这个贱货，今天的事全都是因为你！"魏雯狠狠地抽了沈澜两个大耳光。

沈澜不服："我这都是为了照顾牛总，为了你们好，你凭什么打我？"

"照顾牛弋戈？在床上照顾吗？"魏雯想起刚刚在大屏幕上看到的照片，气不打一处来。

"难道您看不出有人在故意污蔑报复牛总吗？"

魏雯做了一次深呼吸，然后高声道："沈澜，你被炒了。马上给我滚蛋！"

"魏雯，您只是牛总的夫人，代表不了他本人。"沈澜冷静道，"我是董事长助理，要解聘我，要董事长批准，至少要牛总本人同意。您无权解聘我。"

"快给我滚！"

"对不起，牛夫人，今天不是周末。作为牛董事长助理，我有义务在他出现健康问题时待在他身边。牛总随时会醒来，处理紧急事项。这是我的工作。"

"你的脸皮真是比城墙还厚！"

魏雯扑上去与沈澜厮打成一团。就在这时，急救室医生出来喝止："别打了，牛先生醒了，谁是他家属？"

9

魏雯冷瞟沈澜一眼，整理一下衣服和头发，走进急救室。很快，她便被眼前的情景吓住了。牛弋戈身上插满各种管子，紧闭双眼，脸色苍白。想到他经历的痛苦和之前自己对他的恶劣态度，想到牛弋戈可能被人恶意诬陷，魏雯立即被悔愧之情包围，忍不住抽泣。

牛弋戈睁开双眼，用极度微弱的声音说："雯雯，对……对不起。"

魏雯趴在病床前，"弋戈，你别说话，你别说话……"

"我就知道……你还会回来。"

"我……"魏雯只说了一个字，接下的话便被泪水融解了。她心疼不已，好半天才说，"是不是很疼？"

"我现在终……终于明白猪被杀……被杀时为……什么要嚎叫不止了，被刀捅真疼啊。"牛弋戈忍着剧痛，努力保持他的幽默感。

"弋戈，你别说话。"

"没事，我好多了。"牛弋戈反过来安慰魏雯，"幸亏我英明，事先选了一个有医疗资源的会所开年会，否则……"

"你事先就知道有人要害你？"

"不。"

"我看看你的伤口。"魏雯刚掀开被子，突然听见外面警笛响起，吓了一大跳，慌忙住手。

牛弋戈生气："说了不让报警，是谁擅自作主报警的？简直就是……就是添乱。"

魏雯早知道打伤牛弋戈的人是夏子衡，听说警察来了，一时六神无主："警察来了你怎么说？"

牛弋戈已经知道夏、魏二人的关系，但他不知道魏雯是否知道他已知道，直勾勾地望着他，反问："你希望我怎么说？"

魏雯不知怎么回答。从法理角度说，他希望警察介入，抓住伤害她丈夫和艾达塔的人。但是，这个犯罪嫌疑人偏偏是前男友，而夏子衡报复丈夫，即使不是因她而起，也与她有关。她不知道怎么回答，尴尬之际，手机铃声帮她解围。见是陌生电话，她想了想接了："哪位？"

电话里传来一个女声："牛夫人吗？我是夏子衡的同事柳虹，有急事找您。"

"稍等。"魏雯冲牛弋戈点点头，走出手术室，"请说。"

"夏子衡是被人陷害的。"柳虹直奔主题，"刑警马上就到，我们需要你帮忙。"

魏雯赶到娱乐宫地下二层的棋牌室门口，警官已破门而入，忙道："警官，今晚的事，纯粹是因私事打架，谈不上刑事案件。"

室内的夏子衡听见魏雯的声音，且惊且喜，"腾"地站了起来，侧耳静听。却听警官道："是不是刑事案件，得要由警方定性。"

魏雯道："我老公想见你们。他说行刺的另有其人。"

警官对搭档说："小马，你先去病房找牛弋戈谈话，我随后过来。"

糟了，魏雯可能也拦不住。夏子衡飞快跑到程盛勇一侧："好了没有？"

"快了。"程盛勇在外面道，"图纸说这附近有一扇暗门，可是怎么找不着呢？难道这张美女图后面就是个暗门？"

夏子衡低吼："管他呢，赶紧！警察马上就要进来了。"

"我知道了。我知道了。你让一下。"

夏子衡闪到一旁，听门口魏雯继续纠缠："警官，我有证据证明此事与夏子衡无关。"

"哦。"警官停下脚步。

"牛弋戈被刺时，夏子衡跟我在一起。"

"跟你在一起干什么？"

魏雯羞涩道："聊天。"

陈武当场反驳："魏雯，你这不是公然撒谎吗？你当时一气之下离开魅力山庄，牛总遇刺时，你根本不在现场！"

魏雯道："我没有走，一直就在魅力山庄，不信你可以问门卫。"

警官问："您跟夏子衡都聊了些什么？"

"夏子衡是我的……前男友。我跟我老公牛弋戈最近在闹离婚，我犹豫不定，想征求他的意见。"

在场包括陈武在内所有的艾达塔员工听见此话，均是大惊。警官道："牛夫人，就算这样，我们还是要带走夏子衡调查。魏雯女士，如果夏子衡真是行刺牛弋戈的真凶，你这样说，就是做伪证，属犯罪行为，你可想好了。"

"警官，你为什么就是不相信我？"魏雯挡在警察前面。

"这不是相信不相信的问题，这是正常的办案程序，请让开一下！"

"相信我，警官，夏子衡真的不是凶手，他只是跟我老公打了一架。我求求你们了。"魏雯哀求。

"魏女士，您要再这样，我要怀疑您是不是本案同谋犯了？"警官听见房间传来大动静，"快把门撞开！"

陈武与几位同事合力撞开房门，发现里面空无一人。

警官问陈武和魏雯："夏子衡呢？"

"刚才还在啊。"陈武傻了，问艾达塔的员工，"刚才谁……谁来过？"

员工答："向副总裁带两人来过，一个女的还进门跟夏子衡聊了一会儿。"

"女的？是不是刚才那个自称私家侦探的女人？"

"对！"

警官等人在棋牌室一通搜索，终于在一幅画后面发现一道暗门："夏子衡跑了，快追！"

第五章

阿囊预言

1

多亏柳虹和魏雯的帮助，夏子衡才在警察破门而入的最后一刻逃离棋牌室。他与程盛勇飞奔穿过游泳馆和保龄球馆，由楼梯爬到地面，来到酒店门口停车场，与换了衣服在此接应的柳虹汇合。

可是，程盛勇的车停在酒店门口正中央，被墙上的大灯照着，一览无余。三人听见后面追击的脚步声非常近，如果贸然上车，可能车还没起步，就会当场被擒。

程盛勇问夏子衡："你能黑进魅力山庄的电力系统吗？"

夏子衡迟疑地望着柳虹，见她没有反对，照做。果然，魅力山庄灯光全无，瞬间陷入一片漆黑。

程盛勇跳上车，坐到驾驶位置上，招呼夏子衡和柳虹："快上车。"

"嘘……"夏子衡指了指车前。

程盛勇正准备打火，往前一探，发现一位身着印有艾达塔 LOGO 上衣的男士叼着烟、哼着歌出来，对着他的车前撒尿，没注意车里有人。直到他提起裤子，才发现程盛勇和夏子衡坐在正副驾驶的位置盯着他，随即大叫："快来人，夏子衡在这！"

"在哪在哪？"不远处传来陈武的声音。

"在停车场。"艾达塔员工说完，像老鹰扑向小鸡一样扑在车盖上。

程盛勇催促夏子衡："快走！再不走就真来不及了。"

"走！"夏子衡横下一条心。

程盛勇将车打着，快速倒车，左右几个大拐弯，将这位艾达塔员工甩下车，然后朝大门奔去。

从酒店到魅力山庄正门，大约有两公里，警车和几辆私家车在后面狂追，距离越来越近。大门守卫显然接到通知，正快速关铁门。程盛勇使出吃奶的力气，将油门踩到底，在大门即将合上一刻，冲了出去。

出了魅力山庄没多远，就是通向高速的辅路。此时虽已是深夜，但从高速进城方向入口到辅路上，延绵数公里，全是排队等待进城的大货车。程盛勇在大货车缝隙间灵巧穿梭了几个回合，在接近高速入口的最后几米，彻底走不动了。

警察终于追上来，举枪对着驾驶室："举起双手！"

程盛勇慢慢举起双手。

陈武与几名艾达塔员工也追上来，上车检查，车身和后备厢除了程盛勇，再无一人："程盛勇，夏子衡呢？"

"不知道，我又没跟他在一起。"

"那你开车跑什么跑？"陈武发现自己中了调虎离山计。

"刚刚有美女跟我约炮，欲火焚身，急不可待，限我半小时赶到她家。"程盛勇歪着脑袋问，"怎么，这也违法？"

警察掏出手铐："程盛勇，你因涉嫌包庇罪被捕了。"

2

就在警察等人全力追击程盛勇时，夏子衡正开着魏雯的车，在同一条高速上沿着出城方向狂奔，身旁坐着柳虹。

开出十几公里后，夏子衡这才郑重对柳虹道："谢谢！"

"谢什么？"柳虹笑道，"你最该谢的人，是程盛勇，还有魏雯。哦，不对，魏雨文。"

"你还是叫她魏雯吧。"夏子衡道，"你把我的事都告诉她了？"

"否则我怎么说服她相信你不是行刺牛弋戈的凶手？"

夏子衡不悦："你怎么能这样？"

柳虹也火了："夏子衡，是你求我救你出来的！你知不知道，我今天为了救你，已经违背了我的职业原则！"

"我是求你救我，可没让你找魏雯！"夏子衡吼道。

柳虹见自己一片好心当成驴肝肺，当即吼回去："夏子衡，你要是觉得我做错了，你现在就开车回去，找警察自首！"

夏子衡发完火，立即后悔："对不起。我不该这样说你。对不起，柳警官。"

"你还是叫我柳虹吧。否则，你只会一直提醒我，我不称职。"

夏子衡突然笑了："柳虹，你怎么想来程盛勇的公司卧底？据我所知，艾达塔集团的活，他是刚接的。"

"他是我表舅。"柳虹觉得已没有对夏子衡隐瞒的必要。

"啊？"夏子衡瞪大眼睛。

"当然，更重要的原因是，我表舅跟艾达塔总裁办主任陈武很熟。陈武这个人很贪财，据说对外没少收回扣。"

"今晚的事他有嫌疑吗？"

"他不在一线业务部门，不涉及数据交易。理论上他应该不是我的菜。不过，他倒是我们查找艾达塔集团数据犯罪线索的一个突破口。"

夏子衡听柳虹说"我们"，显然把他当战友，一丝感动涌上心头，情不自禁道："有件事，我还得向你道歉。"

"什么事？"

"我一度怀疑……"夏子衡鼓起勇气说，"我一度怀疑你是四哥的人。"

"哈哈哈……你不用道歉。"柳虹大笑，"因为我也一度怀疑你与艾达塔的数据犯罪有关。"

"那我们扯平了？"夏子衡如释重负。

"这个四哥很能耐，把我们俩耍得团团转。"

正说着，夏子衡手机响，他看着屏幕道："说曹操，曹操到。"

"四哥的电话？"柳虹立即反应过来，"接吧。开免提。"

夏子衡接通电话，却听四哥道："行啊，夏子衡，你居然从魅力山庄这个天罗地网逃出去了，厉害，祝贺！"

夏子衡冷冷道："让您失望了，四哥。"

"不过你还是挺有收获的，不是吗？至少你知道是谁在三年前害了你。"

"如果我没猜错，这事就是你干的吧？"

"怎么还扯上我了？"四哥干笑。因为他的声音被处理过，笑声诡异瘆人。

"如果你没参与，怎么会知道这么详细？"

"夏子衡，亏你还做过数据分析师。"四哥笑道，"你难道不知道'得数据者得天下'这句话吗？这世上就没有我不知道的事。地球上每天那么多起犯罪，我了如指掌，难道我都参与了？我参与得过来吗？我有必要都参与吗？"

夏子衡觉得四哥话里有话："那你从我这件事上，能得到什么？"

"我们有共同的敌人。"

"牛弋戈？"

"夏子衡，你只需知道：我不是害你，我是在帮你，真诚地帮你恢复名誉，帮你东山再起。"

"您真伟大。"

"过奖。"四哥补充道，"今日之事只是一个小测试。接下来，剧情会更精彩。"

"精彩还是留给你自己吧，我会很快把你揪出来。"夏子衡补充，"不管你是朋友，还是敌人。"

"我知道。所以我说我们的交锋才刚刚开始。下一个回合，你恐怕没这么容易逃脱了。"四哥最后道，"毕竟，你朋友程盛勇已被警察拘留，而你身边那位美女，恐怕也帮不上什么忙吧。"

夏子衡听着程盛勇因他被拘，心头一紧，甚是难过。却听柳虹激将道："四哥，躲在幕后算什么英雄？有种我们面谈。"

四哥笑道："柳美女，到了高潮环节，我自然会现身。成年人都喜欢高潮，不是吗?"

柳虹气得当场掐断电话。夏子衡担心继续被四哥跟踪窃听，将 SIM 卡取出折断，扔出窗外。

3

夏子衡和柳虹两人一直开到远郊农村，才在附近找到一个农家乐。两人心事重重，全无睡意，干脆煮水泡茶。夏子衡将茶端到柳虹面前，径直问:"为什么?"

柳虹一愣:"什么为什么?"

"为什么要救我?"

"哪那么多为什么?"

"你相信我是无辜的?"

夏子衡满以为会得到肯定的答复，谁知柳虹正色道:"老夏，其实我不是相信你，我是相信阿囊。"

"阿郎? 阿郎是谁?"

"不是阿郎，是阿囊。智囊的囊。"

"谁起这么个好玩的名字?"夏子衡笑道，"你领导?"

"怎么说呢，阿囊是我的一个同事兼朋友。"

"你们大数据犯罪预防实验室的警官?"

"不，严格地说，阿囊是我们实验室最新研发的一个智能机器人。他的主要工作职责，是基于现有的大数据，借助人工智能算法，精准发现相关犯罪线索，提前介入和预防犯罪，或者事后基于大数据寻找罪犯线索、缉拿真凶。阿囊刚上线不久，目前尚处于测试阶段。我跟阿囊接触的时间，还不到一个月。"

"你是研发人员之一?"

"我哪有那水平?"柳虹笑，"我不过是一名刚入职不久的新警官，还在实习期，连搭档的数据分析师都没有。"

"什么意思？"

"我们实验室一般是数名警官与一名数据分析师搭档，组成一个侦察小组。可是我们的数据分析师数量太少，而我是新人，所以……"柳虹无奈地摊了摊手。

"你是怎么发现艾达塔与数据犯罪有关的？这事与我又有什么关系？"

"别着急。"柳虹见水烧开了，问夏子衡，"茶还是咖啡？今晚我们估计没觉睡了。"

"我来吧。"夏子衡立即起身，要夺柳虹手里的电热壶。

"你别动！小心烫着。"

"那，茶，噢，不，咖啡吧。"夏子衡补充，"茶对我基本不管用。"柳虹给两人各泡一杯咖啡，继续道："半个月前，我的直接上司、实验室赵主任告诉我：阿囊在测试阶段输出了他的第一个预测：今年一月份，A城等三座城市将发生三起与艾达塔集团相关的大数据案件。严重等级：一级。"

"三起案件，而且都与大数据有关？"

"是的。第一起的时间是1月11日，地点就在我们所在A城。"

"今天不就是1月11日吗？"夏子衡惊呼。

"是。"柳虹道，"不过，一开始同事对这个预测结果持怀疑态度，认为阿囊可能计算错误。但我觉得这事特别好玩，于是主动请缨，参与对阿囊的测试。"

"事实证明，阿囊的预测是对的。他还预测了什么？"

"阿囊是一个新产品，各方面还不完善。他目前能提供的，只是一个相对模糊的运算结果。比如第一起案件，它只输出三个关键词。"

"哪三个关键词？"

"艾达塔、牛弋戈，还有……"柳虹说完，停顿了一下。

"第三个关键词就是我，对吗？"

"是。"柳虹点点头，"原本我对阿囊还半信半疑，今天的事情发生后，我对他彻底信服了。"

"所以，你决定在程盛勇的公司卧底，参与艾达塔的年会活动，借机调查牛弋戈和我？"

"是。"柳虹继续道，"最初看到你的名字，我非常惊讶，于是我让阿囊调出你的卷宗，才知道三年前发生在你身上的故事。我问阿囊，对此怎么评判，此事需不需要进一步调查？"

"阿囊怎么回答的？"夏子衡急切地问。

"阿囊说：'YES。'"

"能不能帮我问问阿囊，陷害我的人是谁？四哥的真实身份是？"

柳虹摇摇头，笑道："阿囊要是有这么智能，还需要我这么辛苦查案吗？"

夏子衡仿佛抓到一根救命稻草，急切问道："那我能去你们实验室，见阿囊一面吗？也许我能帮助他完善数据分析逻辑，优化算法，得到更精准的结果。"

柳虹断然否决："对不起，老夏。阿囊目前处于测试阶段，项目高度保密，赵主任要求我不能告诉任何人，更不允许任何无关人员进入实验室。我告诉你关于他的事，已经属于破例了。"

"理解。"

"当务之急，我们得尽快查明四哥的真实身份，确认刺杀牛弋戈的真凶是不是他。真凶落网，一切问题都将迎刃而解。"

"你说四哥要伤害的，到底是我还是牛弋戈？谁是终极目标，或者，第一目标？"

"应该是牛弋戈。毕竟他比你有钱——对不起，我实话实说，你别生气。"

"有什么可生气的？"夏子衡自嘲，"你说的对，我也认为牛弋戈才是终极目标，而我不过是替罪羊，一只完美的替罪羊。"

"替罪羊？"柳虹若有所思道，"你是说，四哥做这一切都是为了嫁祸给你？"

两人开始讨论案情。柳虹先说："我不懂大数据，先说一点外行话。按照数据分析的逻辑，这个凶手应该是你和牛弋戈朋友圈的交集。这个推论应该成立吧？"

"同时跟我们都认识的人，并不多。掰着手指头都能数过来。"夏子衡说着，真的开始掰手指头，"程盛勇、魏雯。你算不算？"

柳虹哈哈大笑，夏子衡愣道："你笑什么？"

柳虹仿佛吸了笑气，一刻不停地笑，身子跟着抖。夏子衡被笑懵了："我说错什么了？你不算还不行吗？"

"你……你居然真的掰手……手指，哈哈……"柳虹笑得喘不上气，"你知道……你知道你让我想起谁吗？"

"谁？"

"我爸。我爸数学不好，每次一到算数的时候就掰手指头，怎么劝都改不过来。你是数据分析师，数学应该很好才对啊，怎么还……还需要掰手指头呢？哈哈哈……"

"噢，你笑这个啊。"夏子衡羞愧道，"老毛病，改不了了。"

"不用改。我觉得挺可爱的，呵呵。"柳虹顽皮地望着他。

"我们说到哪儿了？"

"你跟牛弋戈的朋友圈交集。"

"盛勇和魏雯都不可能是害牛弋戈的人。"夏子衡肯定地说。

"你肯定？统计数据表明：所有涉及夫妻的案件中，配偶是第一嫌疑人。考虑到魏雯与牛弋戈正在闹离婚，她的嫌疑也不能完全排除。"

"我知道。"夏子衡认真道，"但魏雯不是那样的人，这一点我可以担保。至少，她不会通过嫁祸我的方式来加害牛弋戈。"

"为什么？"

"因为我们已经失联三年了。在今天之前，她根本不知道我这三年经历了什么。"

柳虹想起自己在电话里告诉魏雯三年前发生在夏子衡身上的事时，她语气确实非常震惊，不像假装的，认为夏子衡说的有一定道理，不过她却说："这不能说明什么。我舅舅呢？"

"你不会连你舅舅也怀疑吧？"

"老夏，你能不能别这么感情用事？"柳虹道，"我不是怀疑他，我是在努力排除他。"

"明白。"夏子衡先点头后摇头，"盛勇是个粗线条的人，想不出这么精密的刺杀和栽赃计划。"

柳虹又笑："总共两个嫌疑人，就这样说完了？"

"我和牛弋戈的朋友圈交集，一定还有其他人，只是我们暂时没发现而已。"

"我们能不能再换一个思路看这个问题？"

"你说。"

"复杂问题简单化：先不考虑你和牛弋戈的朋友圈交集，只考虑谁要杀他，然后在谋杀他的嫌疑人中，寻找对方与你的交集，这样会不会简单一点？"

4

"柳虹，你说的对！"夏子衡受到启发，大赞道，"凶手也许不是我跟牛弋戈的一手关联人，可能是二手甚至三手！也就是我们朋友的朋友。"

"谋杀无非几种情况：仇杀、情杀、财杀。像牛弋戈这种身份显赫家财万贯的人，财杀和仇杀概率远大于情杀。他的竞争对手、合作伙伴、客户、合伙人和员工，都有可能是嫌疑人。"

"那谁的嫌疑最大？"

"理论上，艾达塔有嫌疑的高管有三个：向秋阳、陈武、沈澜。"柳虹说着，在纸上写下三个名字：

向秋阳

陈武

沈澜

"同意。"

"向秋阳是艾达塔集团的创始合伙人，股份仅次于牛弋戈，技术开发出身，智商非常高。向、牛两人以前关系很好，但这半年来，随着艾达塔做大做强后，两人开始在发展战略上产生重大分歧，经常争吵。"

夏子衡道："我前天在艾达塔听到他们争吵了。分歧确实很深。"

"哦。吵什么？"

夏子衡将经过简要说了："平心而论，我认为两人各有道理，很难说谁对谁错。"

"谁对谁错不重要，重要的是，向秋阳是否产生异心。有传言说向秋阳跟艾达塔的竞争对手比格爱眉来眼去，暗中出卖艾达塔的原始数据。艾达塔的数据犯罪案，也许跟他有关。"

"怎么会？向秋阳可是全力提防比格爱的！"

柳虹用手机展示向秋阳多张聚餐的照片："这几位就是比格爱的高管。如果他们联手除掉牛弋戈，向秋阳可以全盘掌握艾达塔集团，而比格爱则将抢走艾达塔的重要客户，在市场份额上受益，极大的双赢结局。"

"向秋阳的嫌疑确实不能排除。"

"老夏，你能帮我做一些数据挖掘和数据分析吗？"

"我？"夏子衡伸出"残废"的双手，苦笑道，"我早就被禁止干这行了。"

"我授权你干，行不行？"

夏子衡考虑片刻："我需要一台电脑。"

"这哪有电脑？"

"稍等。"夏子衡出了房间，几分钟后，拎着一台极其破旧的电脑回来了，"搞定！"

"哪来的？"柳虹非常惊讶。

"农家乐老板的。我花几百块钱买的。"

夏子衡得到授权，仿佛士兵收到冲锋号令，他搜索片刻，将电脑屏幕转过来，朝向柳虹："你看看，艾达塔有员工在网上发帖说：向秋阳强烈反对牛弋戈主导的 C 轮投资，并不是真的反对融资，而是希望引入自己牵线的投资机构，以便自己将来接手董事长和总裁的位置。"

柳虹倒吸一口冷气："向秋阳胃口不小啊。"

"他有毁掉牛弋戈的动机。"夏子衡道，"牛弋戈不是想让雨文的同学曾燕投资艾达塔吗？今天年会上的投影事故，成功达到了激怒曾燕、阻止她投资艾达塔的目的。"

夏子衡提到魏雯时，下意识地说出她的旧名'雨文'。柳虹心里暗道：这说明他还是不接受她的新名，还在吃牛弋戈的醋。她假装没注意，笑道："更重要的，是向秋阳有这个能力。刺杀牛弋戈、再嫁祸给你这种事，恐怕只有他这种智商超高、逻辑严谨的理工男才能想出来而且能精确实施。"

夏子衡猛然想起一件事："对了，你在棋牌室见我前，是不是对向秋阳透露了你的真实身份？他为什么同意你来见我？"

"这个以后再说。我觉得眼下，最大的犯罪嫌疑人是陈武。"

"理由？"

"贪婪。陈武爱财如命，为人特别抠，做人做事无底线，而且在偷偷卖艾达塔的数据。牛弋戈最近找他谈过话，严重警告过他。不排除陈武恼羞成怒，铤而走险。"

夏子衡笑："他要是不贪财，盛勇恐怕还拿不到艾达塔这个客户。"

"艾达塔这个客户，是陈武帮助我舅舅拿到的，而你，恰恰是他的员工，是这个项目的具体负责人。因为年会的事，你才与牛弋戈发生接触。"柳虹跟着笑，"老夏，你觉得这仅仅是巧合吗？"

夏子衡一惊："你是说，我被搅进今天的事，有可能是陈武一手安排的？"

"我听到的传闻是，市场部当时强烈反对将年会活动外包，是陈武一力主张的。他这样做，仅仅是为了吃回扣吗？会不会有别的原因？"

"有可能。"夏子衡回想之前四哥的几个电话，点头道，"我还纳闷四哥为什么对我的一举一动了如指掌。如果陈武是四哥，这一切就说得通了。"

柳虹却道："不过，据我所知，陈武不是技术出身，也不是那种特别聪明的人，杀人嫁祸这种事，他恐怕想不出来。他可能对牛弋戈不满，但杀害老板的动机并不强烈。"

夏子衡在电脑上搜索各种与陈武相关的各种公开数据，然后道："陈武是一个社交简单、生活单调的人，全靠艾达塔的高福利养着他，毁掉牛弋戈，对他没什么好处。"

"那沈澜呢？她真的跟牛弋戈有一腿吗？"

"作为牛弋戈的助理，沈澜确实无微不至地关心他的生活起居。我听说，连牛弋戈的内衣内裤和药品都是沈澜帮他买的。有一次，牛弋戈出席一个重要活动，在车里喝咖啡时，不小心弄脏了衬衫，沈澜立即从车里拿出备用衬衫，他居然当着她的面换上。魏雯知道后，还跟牛弋戈大吵一通，威逼他开掉沈澜，牛弋戈就是不同意。"

"为什么？"

"因为牛弋戈认为，他跟沈澜是清白的，没有任何绯闻。再则，沈澜能干且忠心，对艾达塔的融资上市工作至关重要。"夏子衡指着屏幕，"你看这个，艾达塔员工在网上的公开吐槽。"

"今天庆典环节的 PPT 是沈澜亲手改过的，她确实有嫌疑。"柳虹沉思，"可是，我当时就在机房。我拔掉数据线之后，宴会厅大屏幕仍然在显示，说明上面的内容不是来自沈澜的电脑。"

"大屏幕上的照片说牛弋戈出轨沈澜。如果这事是她干的，这不是给自己身上泼脏水吗？不合常理。"

"是啊。"柳虹道，"我跟沈澜虽然接触不多，不过凭我直觉判断，她是个正派姑娘，就是……"

"就是什么？"

"好像受过什么伤，或有什么心事，所以用冷淡刻意遮掩。"柳虹突然换了话题，"对了，老夏，那位四哥说话的声音像男声还是女声？"

"声音经过变声软件处理，也有可能是女的。"

"从牛弋戈的角度分析完了，现在，我们把你的因素考虑进去，向秋阳、陈武和沈澜三人，谁与你的交集最大？"柳虹说完，喝了一口咖啡，身子往座椅上靠了靠。

5

夏子衡找牛弋戈，原本只为给自己洗冤，没想到阴差阳错卷入一场数据犯罪案和一场谋杀案，头绪复杂，甚觉头大。听到柳虹的问题，他一时不知如何回答，硬着头皮道："我实在想不出，我与他们三个有什么交集。如果一定选的话，就选陈武吧。"

"那谁最可能了解三年前发生在你身上的事？"

"不知道。"夏子衡摇头，"我当年的事上网了，如果他们想知道，都能查到。"

柳虹突然想起一件事，身子前倾："老夏，四哥的电话和位置能反向追溯吗？"

"不能。四哥用了一种特别牛的反追踪技术，完全没法追查。我们的对手，水平真的很高。"夏子衡黯然道，"也许是我的技术落伍了。"

"那你能查出四哥与你通话期间，向秋阳、陈武和沈澜都在忙什么吗？如果三人中有人碰巧在打电话……"

"我大致记得我们两次通话的时间：一次是前天我们在魅力山庄筹备年会；一次是今天我们在高速上逃跑时。是不是查清楚这两个时段，向、陈和沈三人都在忙什么，就能缩小嫌疑人范围？"

"对！"柳虹赞道，"老夏，你上道很快嘛。"

"第二个时段他们都在山庄，或许无人机正好拍到他们了。"

"可惜，无人机找不着了。"

夏子衡突然想到那个刺伤牛弋戈的头套男："要不，我们还是从那个刺客寻求突破点？他逃跑时，面罩曾经被拉开，我好像在哪见过他。"

"是吗？在哪？"

"前天我打车离开山庄找牛弋戈算账时，在上高速前见到一辆车迎面开过来，那个司机好像就是刺伤牛弋戈的人。也许他是来魅力山庄踩点的。"

柳虹大喜："他长什么样？开什么车？"

夏子衡努力回忆，以失败告终："没注意看。"

柳虹命令道，"你躺下。"

"嗯？"夏子衡愣了一下。

柳虹把夏子衡按倒在床上："闭上眼睛。"

"你还懂催眠？"

"回到现场，当时你着急从山庄离开，迎面过来一辆车，开车的是一个小个子男人……"

夏子衡努力把自己的眼睛想象成一台可以变焦的相机，眼前的景象逐渐清晰起来："一个二十来岁的小伙子，脖子上好像有一块伤疤。"

柳虹问："哪种伤疤？烫伤、咬伤、还是刀伤？"

"应该是刀伤。对了，还有……他左手臂上有一个老虎纹身。"

"很好！"柳虹赞道，"他开的什么车？"

"一辆崭新的金杯面包车。"

"什么颜色？"

"白色。"

"车牌？"

"新买的。还没上车牌。"

"那车上有电话吗？"

"电话……没有。"夏子衡挥舞双手，"等等。挡风玻璃下方好像有几个麻将牌。"

"麻将牌？"

"对，麻将牌组成的临时停车号码。"

"号码是？"

"前几个是幺鸡、五万、八筒、白板……后几个被一个出入证盖上了，看不到。"

"幺鸡、五万、八筒分别代表1、5、8，白板是第七个风，代表7，那手机前四位就是1587。可以了。"柳虹把夏子衡唤醒，笑道，"数据分析师先生，以你的水平，寻找一个刚买一辆金杯面包车、手机前四位是1587、脖子上带有刀疤的二十多岁小伙，应该不是什么难事吧？"

夏子衡起身，在电脑上敲了几下："找到了。车主名叫黄二狗，男，无业游民。从他的手机信号看，他前天和今晚确实到过魅力山庄。"

"他这几天与向秋阳、陈武和沈澜联系过吗？这是他们三个人的常用号码。"柳虹说着，递上一张纸。

"这三个号码都没有。"夏子衡摇头，"但不排除他们用别的号码联系黄二狗。"

"黄二狗人在哪？"

"手机关机了，暂时没法定位。"夏子衡道，"我设置了一个开关，他一开机电脑就会自动报警。"

柳虹打了一个大哈欠："后面事很多，我们得抓紧时间眯一会儿。"

"眯？"夏子衡瞟了一眼房间里唯一的大床，呆呆地望着柳虹，"怎么眯？"

"那不还有沙发吗？"柳虹往角落里一指。

6

A 市某刑侦局。

金警官和搭档小马正在连夜审讯程盛勇："你是怎么协助夏子衡谋杀牛弋戈的？"

程盛勇反问："你们有什么证据证明牛弋戈是夏子衡刺杀的？"

"夏子衡有犯罪前科，与牛弋戈的妻子魏雯关系特殊，而且事发前暴力攻击过牛弋戈。事后，魏雯又千方百计为他做伪证，拖延警察执法，这些不都是证据？"

"夏子衡上一次坐牢是被冤枉的，这一次也是。这是一次有预谋的栽赃，目的是为了把杀害牛弋戈的罪名安在他身上。"程盛勇淡淡道，"你们应该找真正的凶手，而不是在这里审我。小心凶手继续行凶，杀害牛弋戈。"

"程盛勇，你公司是不是还有一个名叫柳虹的女员工？"金警官举着一张照片笑问。

"是。"

"我听说她是刚入职的，也参与了艾达塔的活动组织工作。"

"是。"

"牛弋戈遇刺时她在哪？"

"跟我在一起。"

"夏子衡跟她熟吗？"

"不熟。他们刚认识两天。"

"那你知不知道，今晚她为了救夏子衡，故意假扮私家侦探拖延我抓夏子衡的时间？"

"是吗，还有这事？"程盛勇笑，"那她真够有才的。"

"一个普通女孩，冒着被警方当作同案犯的风险，营救一个刚刚认识两天的男同事，而且这个男同事还是一个刚刚刑满释放的罪犯，怎么解释？"金警官追问。

"我说实话吧，警官。"程盛勇笑，"柳虹是我外甥女，对夏子衡一见钟情，所以才跑到我公司来干活，两人很快就好上了。女人为了心爱的男人赴汤蹈火，不很正常吗？"

"好一个仗义的外甥女！"小马讥讽道。

"关键时刻，女人本来就比男人仗义。"

"好口才。"金警官笑，"夏子衡真没白交你这个朋友。"

一名技术分析员敲门进来，上前报告："金警官，没找到柳虹的任何公开资料。"

"怎么会？"金警官奇道，"难道她是外星人？接着找。"

"是！另外，刚刚检测有人在网上频繁搜索'牛弋戈、向秋阳、王武、沈澜、魏雯'这些关键词。"

"IP 地址对应什么位置？"小马问。

技术分析员答："本市北郊的一个农家乐。"

"一定就是夏子衡和柳虹。"金警官瞟了程盛勇一眼，冲小马挥挥手，"我们走！"

7

农家乐，柳虹和衣睡在床上，而夏子衡则斜躺在一张椅子中间。

突然电脑"嘀嘀"作响，夏子衡腾地坐起来："那个号码开机了！"

柳虹问："在哪？"

夏子衡查看地图："一家 VR 吧。离这约十公里。"

"赶紧走！"

两人正准备出发，柳虹见窗外警灯闪烁，奇怪问道："警察怎么这么快就发现我们了？"

"当然是因为它。"夏子衡指指桌上的电脑。

"那我们快走！"柳虹催促。

夏子衡眼见警笛越来越近："恐怕来不及了。"

"怎么，你要自首？"柳虹夺门而出。

"稍等。"夏子衡一把拦住柳虹，"相信我。"

警车鸣着警笛快速驶过来，却没有驶进他们所在的农家乐，而是驶进斜对面的另一家农家乐。确认他们进院后，夏子衡这才拉着柳虹一块出院，驾车去找黄二狗。

柳虹一边开车一边问："老夏，你是不是故意修改了电脑的 IP 地址？"

夏子衡笑道："我只是借用了一下对方的 Wi-Fi。"

"还挺有心眼的！"

两人驶出好几公里，金警官和搭档小马才发现扑空了，紧追上来，死死将他们咬住。

柳虹车技虽然不错，无奈刚刚闯出魅力山庄时，一个车胎被扎破了，有点亏气，故而跑不快。眼见后面警车越来越近，柳虹道："老夏，快想想办法！"

夏子衡探出车窗看了看："现在几点？"

"十二点差五分。你问这个干吗？"

"手机给我！"夏子衡在柳虹手机上快速搜索了几下，大声道，"看见前面的火车站了吗，十二点整，将有一辆火车经过。摆脱追击，全靠这辆火车。"

柳虹道："你怎么知道十二点整将有一辆火车经过？"

"这附近有一个旅游景点，靠火车通勤。最晚一班回城的车，在晚上十二点通过这个小火车站，我以前经常坐。"

"借火车甩掉追击？好主意！"柳虹见火车越来越近，兴奋又紧张，"坐稳了！"

夏子衡系好安全带，闭目等待。只见柳虹拉上手刹，狂踩油门，待列车临近，这才松开手刹，汽车与车头擦身而过。待火车通过，他们已甩出金警官他们好远好远。

柳虹和夏子衡来到市中心的一家 VR 吧，但见里面热闹得像个农贸市场，里面全是十几二十岁的小年轻，头戴各种 VR 眼镜，深度沉浸各种游戏中。

两人用手机的照片对比，没有找到黄二狗，于是拨他电话，电话也没人接。柳虹想到一个主意，突然高喊："门口那辆金杯面包车是谁的？警察在贴条！"

连喊好几遍，VR吧角落一个隐蔽角落总算有小伙子回应。他将帽子和耳机摘下，抬起来看见夏子衡，先是一惊，然后飞快戴上帽子，埋头继续上网。夏子衡看见他脖子上的伤痕，认定他就是黄二狗，与柳虹打个手势，从两边包抄。

黄二狗见自己暴露，突然站起来将一个准备离开的小女孩推倒，冲向VR吧后门。早已被守候在那的夏子衡一腿将他扫倒，然后一个鱼跃，将他扑倒在泥水里。

黄二狗目光呆滞，头发乱，衣冠不整，身上散发出汗味，似乎多天没有洗澡。柳虹将他铐住，带到一个僻静的巷子问："谁雇你来刺杀牛弋戈的？"

黄二狗满不在乎："你谁啊，我不知道你在说什么。"

"我在魅力山庄的宴会厅见过你。"

"我从没去过什么魅力山庄，你可不要血口喷人！"

"你左手臂上有一个老虎纹身。"夏子衡说完，强行将他的袖子往上撸，果然。

黄二狗色变，愣了片刻，不安地抓着袖子："有纹身怎么啦？纹身犯法吗？"

柳虹平静道："牛弋戈死了。"

"什么，牛弋戈死了？"黄二狗突然跳了起来，"怎么可能？"

柳虹见黄二狗上当，暗喜，见夏子衡诧异地望着他，严肃道："牛弋戈流血过多，没多久就死了。"

黄二狗傻眼了："牛弋戈真的死了？这……这……这怎么可能？TA一开始不是这么说的。"

夏子衡问："TA是谁？男的女的？"

黄二狗答："男的。"

柳虹立即用手机调出向秋阳和陈武两人的照片："是不是他们中的一个？"

黄二狗想了想，指着向秋阳："这个吧。"

柳虹道："你确定？"

黄二狗犹豫了，又指向陈武："他也挺像。"

柳虹急了："到底是谁？"

黄二狗伸出手指，哆哆嗦嗦，在手机上来回翻照片，在向秋阳身上停留好长时间，然后停在陈武身上："应该是他。"

柳虹问："你确定？"

黄二狗带着哭腔："我们是在网上认识的，只在付钱时见过一面。他当时蒙着面，我也不知道他长什么样，不过，从身材看，长得很胖，他更像一点。"

果然是陈武。柳虹问："他雇你杀牛弋戈，给了多少钱？"

"共总才一万。"

夏子衡笑道："一万？这么少？牛弋戈可是个亿万富翁，杀他怎么也得百万起吧？"

黄二狗道："他没让我真杀死他，就是吓唬和警告，所以我没怎么下狠手。"

"胡说八道！"柳虹反驳，"牛弋戈身中几刀，全身是血，正在抢救，你还敢说没下狠手？"

"怎么可能？我真的只是做做样子。"黄二狗一脸无辜，"牛弋戈真的是个亿万富翁？"

"生意做亏了吧？"夏子衡想起一个关键问题，"黄二狗，为什么你在刺杀牛弋戈之后，要把刀塞进我手里？"

"我不是故意的。"黄二狗道，"我当时怕被人抓住暴打，就想着尽快离开，随便把刀一扔。我也不知道谁把刀接住了。"

是这样吗？夏子衡不信，却听柳虹低声道："陈武还在魅力山庄，我们这就把黄二狗带回去对质。"

"我们现在去魅力山庄，会不会是自投罗网？"

"放心，没人想到我们这个时候敢回去。"

两人带着黄二狗朝停在路上的车走去，夏子衡赞道："柳虹，行啊，没想到你不仅会催眠，还会使诈。"

柳虹笑："心理学可是我们的必修课。"

"回头我也——"

"哎哟，我肚子疼！"黄二狗突然大叫一声，捂肚下蹲，"我要上厕所！"

柳虹相信他跑不掉，将其手铐解开。黄二狗走了两步，突然捡了一个东西朝他们二人砸来，逃跑，瞬间消失在黑暗中，再出现时，已是半里地之外。

两人起身去追，来到一个十字路口。夜半时分，来往车辆稀少，黄二狗贸然闯过红灯，快速跑向对面一个小胡同，正要过马路，突然被一辆不知从哪冒出来速度惊人的小车迎面撞上。

黄二狗头部受伤鲜血四溅，当场倒地一动不动。小车司机下车查看，犹豫片刻，上车逃逸。

柳虹目测小车时速至少在 120 公里以上，黄二狗这一下被撞的着实不轻，离他数十米外的广告牌、护栏和电线杆上都溅有鲜血，便知他凶多吉少。柳虹见夏子衡惊呆，忙道："快去救人！"

"哦，好的。"

两人快速跑过去，离黄二狗所躺之地还有十几米时，突然一辆救护车鸣笛飞速冲过来，停在他身边，正好挡住他们的视线。

只见救护车上下来两个穿白大褂的医护人员，飞速将黄二狗抬上车，扬长而去。柳虹想找司机打听情况，都来不及。

"谁叫的救护车？"夏子衡不解。

"怎么这么巧？"柳虹道，"黄二狗刚被撞，就有救护车出现？"

"一个人在大街上被撞，本身是极小概率事件，救护车立即出现救他，概率更小。这两件事同时发生的概率，几乎为零，可它居然真的发生了……"夏子衡喃喃道，"这里面的水真是深不可测。"

柳虹问："你还相信陈武只是想吓唬吓唬牛弋戈吗？"

夏子衡摇头："陈武是个戏精，什么事都干得出来。"

一声炸雷后，大雨倾盆而下。一会儿工夫，眼前一片模糊。柳虹给牛弋戈、沈澜和魏雯、向秋阳等人打电话，不是关机，就是提示不在服务区，脸色大变："不好，牛弋戈危险！我们必须马上赶回魅力山庄，再晚就来不及了。"

第六章

创业艰难

1

魅力山庄远在郊区，雨下得比城区还大，此刻也被暴雨包围。

疗养院病房内，夜深人静，悄无声息，牛弋戈经过紧急抢救后，已无大碍，此刻正静静地躺在病床上，望着窗外的瓢泼大雨，他思绪万千，无法入眠。想到自己创业十几年，眼看就要大功告成，没想到最后一刻，居然遭此大劫，声名扫地，身受重伤。今夜的大雨是与我同悲，还是来嘲笑我的？

牛弋戈生性霍达，原是个极度乐观的人，每遇困难，都认为是上天的考验，一笑了之。但此时此刻，他居然有点怕了——万一我闯不过这一关，怎么办？艾达塔要是资金链断裂，不得不破产清算，几百号员工怎么办？尤其是那些背负几百万房贷、月供一两万的员工怎么办？

牛弋戈本指望靠魏雯的同学曾燕救急，帮艾达塔临时筹个几千万，没想到最关键时刻魏雯拂袖而去，曾燕反目成仇，融资彻底泡汤。艾达塔如果现金流断裂，怎么办？

牛弋戈屈指一算，未来三个月，艾达塔至少需要三五千万到账，才能度过难关。远的不说，自己今晚刚刚承诺的一千万年终奖，就必须在三日内兑现。若不兑现，员工必然心生怨气。大数据服务这个行业竞争非常激烈，稍不留神，能人就会被挖走。钱不是留住他们的充分条件，却是必要条件。谁能给我三五千万救急？想到这，牛弋戈内心灰暗，不由长吐了一口气，头重重地砸在墙上。

在病房内陪床的魏雯被惊醒，起来问："弋戈，你醒了？"

"睡不着。我长这么大，每天睡眠从不超六个小时。让我一天睡十几个小时，简直就是受罪。"牛弋戈苦笑。

"我知道你天生觉少，可你现在受伤了，必须多休息。"

"我没事了。"牛弋戈浑身疼痛，咬牙摆摆手，"雯雯，你累一天了，回酒店休息吧。这里根本睡不好。"

魏雯反倒走近了："伤口疼不疼？我看看。"

"不用！"牛弋戈坚持不让看。

"我看看。"

牛弋戈越是死扛，魏雯越坚持要看，说着要掀被子。牛弋戈强力阻止，两人争执不休，不小心把床头柜上的一个保温杯碰倒，重重砸在地板上。

半夜里的这一声巨响，立即惊动了在对面房间值班的向秋阳、陈武和沈澜。三人先后冲进病房："牛总，发生什么事了？"

"没事，没事。"牛弋戈虚弱地挥挥手，低声道，"这么晚你们在这守着干吗？天亮了公司还要接着开会，都回酒店休息。我没事。"

沈澜走过来，掀开被角："牛总，伤口又流血了，要不还是转到市区的正规医院吧？在这待着不是个事。向总，陈总，你们的意见呢？"

"我同意。"向秋阳率先表态。

"我也同意。"陈武说完，又转向魏雯。

"我问问大夫。"魏雯见沈澜独享查看她老公伤口的权力，视她为无物，越发来气。她轻蔑地瞟了沈澜一眼，开始拨电话，立即大惊失色："没信号？"

向秋阳、陈武、沈澜和牛弋戈先后掏出手机看，均无信号，面面相觑："怎么回事？"

说着，外面一声炸雷，雨下得更大了。向秋阳忧心忡忡："魅力山庄附近有一条大河，会不会是洪水把附近的基站给冲毁了？"

"那怎么办？"陈武道，"我们连夜开车把牛总送到市区医院去？"

向秋阳道："只怕通往市区的高速，早就堵死了。"

魏雯急了："那就眼睁睁地看着弋戈他——"

"我死不了。"牛弋戈用尽全身力气说，"生死有命，富贵在天。艾达塔还没上市，跟着我的兄弟姐妹还没实现财富自由，我死不了，我也不能死！我今晚就在这待着，明天开完年会的全部日程再说。今夜的暴雨，就是老天爷不让我离开。"

"牛总都这样了，还想着我们这帮兄弟，真是让我们……"陈武再说不下去，一半真诚，一半表演。

沈澜道："要不，还是听牛总的。大家先回去休息吧？有牛总夫人一人在这就够了。"

魏雯冷冷地鄙视沈澜，不答话。向秋阳和陈武客气一番，见牛弋戈意志坚决，于是二人与沈澜一同离开。

刚刚热闹的病房再次安静下来，魏雯陪牛弋戈聊天："今晚的事，你认为与谁有关？"

"不知道。"牛弋戈虚弱地摇摇头，"警察找我问话了，我也是一头雾水。"

"他们问了什么问题？"

"问我跟夏子衡是什么关系，有什么矛盾。"

"你怎么回答的？"魏雯小心翼翼地问。

"我如实说了，他是你前男友，我今天才认识他。"

魏雯坚定道："弋戈，今天的事不可能是夏子衡干的。我了解他的为人，就算他恨我，也不可能做出这样的事。"

牛弋戈抬头，呆呆地望着房顶，停了一会道："雯雯，我要是告诉你，晚上大宴会厅发生的事不是我第一次遇险，你信吗？"

"什么？"魏雯一惊，"你还遇到过什么险情？"

"我差点死在游泳馆。"

"为什么？你游泳那么熟练，怎么会遇到这种情况？腿抽筋？"

"不，下午我在山庄游泳馆潜泳时，发现水位急剧下降，我感觉不对劲，正准备上浮，突然被泳池底部的排水口吸住了，无法摆脱。我在水底拼命挣扎，可是游泳馆的工作人员根本看不到我。要不是沈澜带人及时赶到，我可能就……"

"有这事？"魏雯一震，"你怎么不早说？"

"我原本以为是游泳馆工作人员误操作，不小心启动了排水开关。"

"你是说在你游泳时，有人故意排水要害你？"

"游泳馆的人说，当时夏子衡也在场，还到过控制进排水的总控室。"

"真的是他？"魏雯想起今天夏子衡的种种反常表现，不寒而栗。

"目前只是猜测，一切让警方定性吧。这也是我迟迟不愿报警的原因。你在宴会上看到沈澜与我亲吻的照片，其实是她在给我做人工呼吸。拍这张照片的人，当时一定在现场。"

"是这样？弋戈，我……"魏雯此时方知自己误会牛弋戈和沈澜的关系了。她见丈夫两次大难不死，均因她和夏子衡而起，而他还时时刻刻为她着想，极力保全，感动、惭愧、怜爱之情一同涌上心头，一把抱住他的头，潸然泪下，"对不起，弋戈，我……"

"但愿一切都是误会。"牛弋戈也紧紧回抱她，"雯雯，好好睡一觉。一切都会过去的，都会过去的。我唯一的希望，就是在三天内搞定五千万，哪怕是三千万也好。"

"三千万？"魏雯若有所思，"我想想吧。"

"这事你别管了。我有办法解决。"

"那你早点休息，有事随时叫我。"魏雯离开病房，走向走廊上的座机，拨通电话，轻声问，"曾燕，你休息了吗？……还没有？……那我去你房间说说话。"

2

魏雯离开后，牛弋戈看了看时间，已过零点，困意再度袭来，于是躺下再睡，不一会儿便睡着了。

雨越下越大，老天爷似乎觉得不过瘾，还带着狂风，摧枯拉朽一般，把房顶砸得叮当作响，越发让疗养院的气氛显得阴森恐怖。

也不知过了多久，一个戴头套的男子悄悄闪进病房，手持锋利尖刀，一点一点靠近牛弋戈的病床，凝神静气，等待最佳杀戮时机。

突然，外面一道闪电，紧接着几声轰隆隆的炸雷，把熟睡的牛弋戈惊醒了，他发现了刺客，惊问："谁？"

头套男不答话，提刀便刺向他胸口。牛弋戈受过伤，胳膊活动不便，仍拼尽全力闪躲。头套男没刺中，换个方向再刺。

牛弋戈本能用胳膊去挡，只听"噗嗤"一声，手臂被刺中。牛弋戈大叫一声，从床上滚落，急得满地爬，很快便被刺客逼至墙角。

刺客见牛弋戈受伤，自信大增，持刀跟进。眼见牛弋戈就要死于刀下，一个身影冲进病房，撞向刺客。

来人正是柳虹，身后还跟着夏子衡。刺客被柳虹撞倒在地，见病房里同时冲进两人，自知不敌，先是冲进病房的卫生间，然后跳窗逃离。夏子衡欲追，被一个人死死抱住，回头一看，居然是魏雯。

魏雯大叫："子衡，你给我住手！——快来人！快来人！"

夏子衡知道她误会了："雨文，刺客另有他人。你快放开我，快放开我！"

魏雯不放手："不是你是谁？"

柳虹喝道："魏雯，快放开老夏，刺客刚刚跑了！"

说话间，陈武和沈澜也冲进病房，目睹眼前场景，俱是震惊不已。

原来二人虽口头应允回酒店，但担心他有事，均未回去，只在牛弋戈隔壁房间休息。向秋阳因为要主持第二天的会议，故而回酒店休息，不在疗养院。

沈澜不知柳虹身份，怒道："夏子衡、柳虹，你们不杀死牛总，誓不罢休，是不是？"

柳虹道："沈总，事情不是你想的那样。我们是来救牛总的。"

"你们摇身一变成好人了？"陈武不信。

"真不是他。"牛弋戈捂住胳膊上的伤口，一脸痛苦道，"刚刚是他们救了我。"

"到底怎么回事？"魏雯将牛弋戈扶起来，见他全身被血染红，忙帮他包扎伤口。

"我来报警！"陈武欲拨电话，可手机还是没信号。

牛弋戈拼命摆手："不用。不用，只是蹭破一点皮而已。"

柳虹道："牛总，我知道刺客是谁派来的。"

魏雯、沈澜和陈武齐声问："谁？"

柳虹先盯着沈澜看，把她看毛了："你看我干什么？"

柳虹见沈澜全身上下没有被淋湿的迹象，不可能是刚刚逃走的刺客，她转身面向另一人："陈总，可否告诉我，今晚牛总遇刺是怎么回事？"

陈武强笑道："我怎么知道？"

夏子衡追问："今晚发生的一切，难道不是你策划的吗？"

陈武慌了："我？我策划什么？"

柳虹亮出手机上黄二狗的照片："这就是今晚在宴会厅行刺牛总的人，你不会不认识吧？他可认识你。"

夏子衡补充："我们刚刚聊了一会儿。"

"什么？"魏雯有点难以置信，"陈总，为什么要这样做？"

牛弋戈不知是伤痛发作，还是大脑短路，他茫然地望着陈武："不会吧？"

"都这个时候了，你还帮他说话？"魏雯怒道。

"事情不是你们想象的那样。"牛弋戈道，"陈武没有害我。"

魏雯越发愤怒："牛弋戈，你是不是鬼迷心窍了？还是有什么把柄落在他手里？"

牛弋戈忍痛道："陈武不仅没害我，而且一直在帮我。"

魏雯奇道："帮你？帮你什么？"

牛弋戈咬牙道："能不能等明天早上再说？"

"还是现在就说吧。"柳虹道。

"牛总，还是我来说吧。"

陈武环视一圈，见众人都用一种敌意的目光望着他，不仅没有犯罪嫌疑人的惊恐和不安，反而像是刚刚完成一个艰巨任务的英雄，满脸轻松和自信，成就感满满。他把手机递给牛弋戈，牛弋戈看后，脸上闪过一丝惊喜，清清嗓子道："今晚的事，是我授意陈武干的。"

3

柳虹和夏子衡刚刚挖出陈武这个"真凶"，就被牛弋戈反转，极度震惊。牛弋戈刚刚与陈武的互动，就好比法官在法庭与正被审判的犯罪嫌疑人商量后者是否犯罪，先征求他的意见，然后再宣布他的罪名是否成立。

为什么会这样？柳虹唯一想到的是：难道牛弋戈与陈武之间有某种不可告人的交易？

到底是什么交易呢？柳虹正沉思，却见牛弋戈脱掉病号服，扯掉身上被血染红的纱布，朗声道："其实我没受伤。魅力山庄发生的事，简单地说，就是三个字：苦肉计。"

"苦肉计？"魏雯待了片刻，"演给谁看？目的是什么？"

牛弋戈道："演给在场所有人看，包括艾达塔的员工。当然，你和曾燕也看到了。"

"我和曾燕？"魏雯惊得捂嘴，"难道你是为了……骗曾燕的钱？"

"魏雯，你听我慢慢说。"牛弋戈道，"一个月前，我得知公司营收急剧下跌，公司现金流几乎枯竭。很多高管要离职，几个骨干还要跳槽到竞争对手那。也就在这个时候，魏雯你听信各种谣言，跟我闹离婚。我是里里外外焦头烂额，想死的心都有。"

陈武续道："前两天几个原本希望非常高的融资都黄了，公司连下个月工资都发不出来，于是我对沈澜提议，借年会之机，搞一个公司三周年庆典和牛总夫妻的皮婚庆典。我承认，这个提议很功利，目的就是为了邀请魏夫人的同学曾燕参会，希望她能提供紧急援助，帮公司渡过难关，不管她是以机构名义，还是个人名义。"

魏雯怒问："你们让我请她来，就是为了让她看你们演苦肉计？"

陈武道："一开始没这个想法，真正产生这个念头，是牛总在游泳馆出事后。"

魏雯问："你在游泳馆差点淹死，也是苦肉计的一部分？"

"不，这个是真的。"牛弋戈道，"俗话说，大难不死，必有后福。这个意外，给了我一个启发。我最担心的，是就算曾燕答应给我们投资，放款也不会太快。只使用常规手段，恐怕力度不够。游泳馆差点被淹死，我灵光一闪，决定使用'苦肉计'，让魏雯加大说服曾燕的力度。于是，我就让陈武雇人，趁我在台上演讲时，当着你和曾燕的面来行刺我，以此激发曾燕的同情心。"

魏雯问："为什么我当时没看到？"

陈武答："那是因为黄二狗这小子睡过头，迟到了。等他赶到时，牛总已经跟夏子衡打起来了。"

牛弋戈奇道："夏子衡跟我打架，不是你安排的吧？"

"我为什么安排他，我跟他又不熟。他找你算账，只能说是这个苦肉计的意外插曲。"陈武道，"我接着说，夏子衡也不知道什么原因，跟牛总打了起来。两人在 VIP 室吵了一会儿，然后往外走。这时黄二狗才赶到，假装刺杀牛总。"

沈澜问："我记得牛总当时流了很多血，都是假的？"

陈武道："是。我提前买的猪血包。"

沈澜又问："既然是假刺杀，医生怎么没看出来？还给他住院治疗。"

牛弋戈道："因为医生也是假的。这个魅力山庄是我朋友开的，医生是他找人假扮的。"

"牛弋戈你……难怪你死活不让我送你去医院。"魏雯气得发抖，按捺不住，狠狠打了牛、陈二人耳光，"你们不仅利用我，还利用我的同学，你们实在是……太过分了！太无耻了！"

柳虹问："魏雯，你同学曾燕真的给艾达塔投资了？"

"三千万。半个小时前，我厚着脸皮找她借的。"魏雯道，"牛弋戈，陈武，你们马上把钱还给曾燕。马上！"

"这个……"牛弋戈甚是为难，"恐怕有点难。钱一到账，其中两千万就立即支付给供应商了。"

"不还是吧？不还我就报警，说你们诈骗——柳警官，他们这算不算诈骗？"魏雯问。

"警官？"牛弋戈、陈武和沈澜三人惊讶地望着柳虹。

柳虹终于听明白了事情的原委。心道：难道这就是阿囊所预测的艾达塔数据犯罪线索？此事貌似跟大数据没什么关系啊。是阿囊错了，还是背后隐藏着我尚未发现的线索？她亮明身份道："我个人观点，这事关键是曾燕本人怎么看。"

"柳警官言之有理。如果是借，就谈不上骗。"陈武摸摸脸，倒也不恼，淡淡说道，"魏雯，我们这也是被逼的没办法，才出此下策。眼下艾达塔内忧外患，有能力而且有意愿救我们的，只有曾燕，毕竟她之前也表达过投资艾达塔的意向。只有'苦肉计'，才能让你说服曾燕帮我们渡过难关。我承认这招有点损——"

魏雯再斥："陈武，曾燕答应借给我的，是她个人的钱，不是公司的。她的钱也不是大风刮来的，你们怎么能利用别人的同情心骗钱？"

牛弋戈辩解："魏雯，你以为我愿意这样做？实话告诉你，艾达塔若没有这三千万救急，各种危机就会暴发，各种负面报道就会接踵而来。轻则估值缩水，重则公司倒闭。我牛弋戈创业十几年，艾达塔是我唯一做成的公司。换作你是我，你会怎样做？别忘了，你也是股东。"

魏雯冷冷道："可这事传出去，别人会怎么看你？你不觉得很无耻吗？"

"无耻？你们觉得我无耻？那是因为你没有体会到什么叫走投无路！什么叫天天不应叫地地不灵！因为你不在创业第一线！"牛弋戈平静道，"我知道你们在嘲笑我鄙视我。没关系。这些年，嘲笑我、鄙视我、打击我的人，多了去了，我在不乎。创业是什么？创业就是冒险就是赌命，就是有时候你必须放下清高、牺牲道德，甚至以命换钱。为了让艾达塔活下去，再丢脸的事我都必须干，而且只能我来干。你同学曾燕的钱，我肯定还，就是变卖房子，我也会还。只是时间可能得晚几个月。我说完了，魏雯，你是离婚也好，报警也罢，都随你。我全认。"

众人沉默，房间里静悄悄的，唯一能听到的，是窗外没完没了的暴雨和狂风。

"真没想到，事情的真相居然是这样。"沈澜第一个开口。

柳虹却道："我还有两个疑问。首先，如果今晚的事只是苦肉计，年会上大屏幕上恶意攻击你的照片是怎么回事？难道这也是苦肉计的一部分？"

"这事我也纳闷。"牛弋戈问陈武，"你是故意这么写的吗？"

陈武摇头，指向夏子衡："难道不是他干的吗？"

夏子衡见众人目光齐刷刷射过来，尤其是魏雯眸子里满是困惑，淡淡道："还真不是我。"

陈武问："那是谁？"

柳虹答："这就涉及我的第二个疑问：如果之前在宴会厅发生的事是苦肉计，那么刚刚来牛总病房行刺的真刺客是谁？"

"真刺客？"陈武大惊，"哪有什么真刺客？"

柳虹一把拉住牛弋戈被鲜血染红的右臂："牛总，你刚刚受的伤不是假的吧？"

牛弋戈疼得龇牙咧嘴："哎哟，轻点！"

陈武查看牛弋戈的伤，果然伤口很深，皮肉都已掀开，惊奇道："黄二狗这次下手怎么这么狠？"

柳虹问："陈武，你确定是黄二狗干的吗？"

"是啊。"陈武道，"苦肉计后，牛总见曾燕那边迟迟不转账，以为是力度不够，于是让我晚上再来一遍，把戏做真一点。"

柳虹问："陈武，你几点给他打的电话？"

陈武看了看时间："大概 40 分钟前。"

柳虹道："40 分钟前，黄二狗正在城区的一家 VR 吧里打游戏。"

陈武问："你怎么知道？"

夏子衡答："因为，我们刚刚见过他。黄二狗身材矮小，而刚刚行刺的人身材高大，绝不可能是黄二狗！"

"我说他这次下手怎么这么重。"牛弋戈恍然大悟，又突发奇想，"会不会是黄二狗嫌钱少，把这活外包给别人了？"

陈武立即道："不可能！我明确告诉他，这事绝不能让第三人知道。"

夏子衡道："在我们来疗养院前，黄二狗被车撞了。刚刚发生在病房的事，绝不是什么苦肉计。"

牛弋戈彻底懵了，瘫坐在病床上："真的有人要杀我？难道，有人在搭我们苦肉计的便车？"

柳虹严肃道："事情可能更复杂。凶手不只是要杀你，而且要嫁祸给别人。"

"嫁祸给谁？"牛弋戈问。

"我。"夏子衡道，"因为你们的苦肉计，我成为行刺你的犯罪嫌疑人，警察至今还在追捕我。"

魏雯被接二连三的反转给绕糊涂了。丈夫牛弋戈刚从"被害人"变成"骗子"，眨眼间，又从"骗子"重新变回"受害者"，面临被刺杀的危险。而前男友夏子衡，刚刚从"行凶者"变成"拯救者"，顷刻间，又从"拯救者"变成"被嫁祸者"，一时难以摆脱行凶罪名。

到底怎么回事？魏雯刚刚对牛弋戈的怒火和对夏子衡的埋怨，立即被担忧和恐惧取代。她瞟了一眼牛弋戈，又看了看夏子衡，想到这事居然把前男友也牵扯进来，心里生出一种奇怪的愧疚感，向柳虹求助："柳警官，这个幕后凶手是谁？"

"我们目前唯一知道的，是一个自称'四哥'的人。"柳虹将这三天发生的事简要说了，"目前看，他既是谋杀牛总的人，也是陷害夏子衡的人。我高度怀疑，此人与艾达塔集团有关。"

"四哥？"牛弋戈、魏雯、沈澜和陈武异口同声道。

柳虹快速打量魏雯、沈澜和陈武，见他们三人表情木然，不像假装，心里闪过一个念头：难道"四哥"是向秋阳？于是问牛弋戈："牛总，事关重大，我能单独跟您谈谈吗？"

"当然可以，柳警官。"牛弋戈爽快答道。

沈澜和陈武知趣地退出，到对面房间等待。夏子衡见魏雯尴尬，于是约她单聊。

4

夏子衡与魏雯来到隔壁房间，四目相对，一时不知从何说起。终于还是魏雯打破沉默："子衡，你受苦了。"

夏子衡原本有一肚子怨气要冲魏雯撒，此刻居然烟消云散，只淡淡说道："没事。都过去了。"

魏雯有一堆问题要问夏子衡，猜测他也有一大堆问题要问自己。先提问还是等他问，魏雯鼓足勇气道："你一定纳闷我为什么没出国，为什么会嫁给牛弋戈。"

夏子衡苦笑："确切地说，我昨天才第一次听说艾达塔和牛弋戈这两个名字。"

"怎么会？"魏雯觉得不可思议，"难道这三年你都没上过网？"

"我几乎不看科技新闻，连智能手机也很少用。"

魏雯张大嘴，努力控制自己不喊出那个"啊"字，一脸苦涩："我还以为你早就结婚生子早就把我忘了。"

"为什么？"

"其实那天我去酒店找过你，看见你在台上演讲，神采飞扬，踌躇满志，激情澎湃。那一刻，我才突然明白，你真正爱的，不是我，也不是别人，而是事业。你对恋爱心不在焉，你不想谈论任何与结婚有关的话题，不是不喜欢我，而是因为，你更喜欢工作。只有工作，才能给你激情和生活的动力。"

夏子衡惊讶魏雯对他外科手术般精准的心理剖析，他想反击，可是找不到反击的理由："你说的对。那时的我，确实很白痴，现在……更白痴。"

"我在酒店外面哭了一会儿，才上出租车，然后……"

"然后什么？"

"我错过航班了。再然后，我被拒签了。"魏雯说着，眼眶湿了，"我当时想：也许是老天不让我走吧。几天后我打你电话，你关机；又过几天，你停机了。"

夏子衡淡淡道："那时我在拘留所。"

"我以为你不理我了。"

"我以为你已到英国。"

"可能这就是缘分吧。"魏雯叹了口气，"缘分天注定。这些年我最大的启发是：绝不要跟上天较劲。是你的，终归是你的；不是你的，强求也没用，就算勉强得到，也不会……"

夏子衡知道眼下最重要的事，是尽快找出行刺牛弋戈、栽赃于他的凶手，不宜过多怀旧，于是单刀直入："雨文，据你所知，牛弋戈周围哪些人有刺杀他的嫌疑？"

"弋戈是个典型的理工直男，智商高、情商低，性格耿直，这些年没少得罪人，嫉妒和仇恨他的人应该不少。不过，我平时基本不参与艾达塔的具体业务，也很少出席他的应酬活动，与他的同事、客户和合作伙伴没什么来往，我实在想不出谁会因为嫉妒而杀他。"

"向秋阳、陈武和沈澜三个人有可能吗？"

魏雯思考了一会儿，认真道："我虽然不太喜欢陈武和沈澜，但我觉得他们俩可能性不大。"

"向秋阳呢？"

"那就更不可能。"

"为什么？我听说他与牛弋戈分歧很大，最近常常争吵。"

"据我所知，向秋阳是一个很聪明、正直而且非常有原则的人。作为艾达塔的合伙人和第二大股东，他与弋戈有分歧很正常。要说分歧，我跟弋戈的分歧更大。"魏雯笑，"难道我也是刺杀他的嫌疑人？"

"我不是这个意思。"夏子衡见魏雯把话题往自己身上引，于是顺水推舟道，"我听说你们最近在……闹离婚？"

"是。"

"因为沈澜？"

"近半年，我们吵了无数次架，确实已到离婚边缘。"魏雯补充，"这次年会如果不是为了我同学曾燕，我也决计不会参加的。可是我万万没想到，牛弋戈他居然在给我演戏。"

"他也是不得已。"夏子衡正要安慰魏雯，又听她说道："对了，昨晚大屏幕上攻击牛弋戈的内容，好像没有显示完整。也许是一个重要线索。"

"你指什么？"

"那个四哥指控弋戈干了几件坏事，除了出轨和剽窃你的技术，好像还有一样。我当时在现场，看得很认真，但最后一行显示得不清楚，我只看到'顶替'两个字。"

"顶替？"夏子衡奇道，"牛弋戈不会顶替别人上大学吧？"

"不会。"魏雯非常肯定地说，"他那么聪明，哪用得着顶替别人上大学？只是那个四哥把这件事放在最后，一定认为它很重要，说不定就是寻找真凶的突破口。"

"有道理。"夏子衡真诚说道，"谢谢你，雨文。"

魏雯："子衡，拜托你帮柳警官尽快抓住刺杀弋戈的凶手！我是说第二次真刺杀那位！拜托！"

"我会的。因为他极可能就是陷害我的人。"

说话间，柳虹来找夏子衡，让魏雯与其他人早点休息。魏雯离开后，柳虹道："我跟牛弋戈、陈武和沈澜都谈完了。"

"怎么样？"

"二人都没有作案时间。至少，今晚后半夜的事与他们无关。"

"那向秋阳呢？"

正说着，向秋阳匆匆赶过来："柳警官，我听说牛总又出事了？"

柳虹正色问："向总，晚宴上牛总遇刺后到现在这段时间，您在哪里？"

向秋阳平静道："我在开会。"

"跟谁？"

"总裁执委会主要成员，商讨牛弋戈遇刺的善后事宜——哦，除了陈武和沈澜。"

"在哪？"

"我房间。"

"一直到现在？"

"是的。"

"能把这些人的名单给我吗？我要一一核实。"

"没问题。"向秋阳追问，"牛总情况怎么样？我能看看他吗？"

柳虹点点头："通知你们公司员工，谁都不许离开魅力山庄。"

"明白。"

向秋阳离开后，夏子衡将魏雯所说如实转告柳虹，"你说四哥刺杀牛弋戈的动机，是否与'顶替'一事有关？"

"有可能。"柳虹道,"我们必须找到那个PPT的原件。"

"它一定在某台电脑里。"夏子衡自信道,"说不定这台电脑还在魅力山庄。"

"那我们重回大宴会厅现场。"柳虹刚说完,手机震动,她瞟了一眼,突然神情大变,"金警官好像发现我们的位置了,正朝魅力山庄赶。"

"我们有多长时间?"

"最多半小时,快!"

5

两人来到山庄酒店大宴会厅,分头寻找,柳虹负责大屏幕,而夏子衡负责机房。夏子衡顺着机房顶上垂下的线缆爬上天花板,终于在一个夹缝中找到一个转换头和一条数据线。数据线通往宴会厅十几米外的一个杂物房,里面满是杂物和灰尘。夏子衡从天花板上跳下来,找到了一台崭新的笔记本电脑,心想:这应该就是牛弋戈演讲时播放篡改后PPT的那台电脑。

可是他开机后,却发现电脑硬盘已被低级格式化,所有文件均无法恢复,气得他一通乱踢。不小心碰到一个黑色塑料袋,被其中一个尖锐的物体刺痛。

他撕开塑料袋,赫然发现里面就是之前丢失的那架无人机。夏子衡大喜,取出无人机上的存储卡,与柳虹汇合。

柳虹用夏子衡购买的旧电脑读取存储卡的数据,搜索它航拍的年会庆典环节画面,终于找到篡改PPT的最后画面,果然发现"顶替"字样,可惜后面几个字非常模糊,看不清楚,于是请夏子衡帮忙。夏子衡将视频截图,用修复软件进行还原,不一会儿便呈现一句完整的话:

一个靠顶替别人上大学的混蛋,他的人品和公司还值得信任吗?

夏子衡大惊："难道牛弋戈真顶替了别人上大学？难道那位四哥是为此事报复他？"

"牛弋戈果然还有危险！"柳虹立即反应过来，"老夏，能查到他这两天的日程安排吗？"

"我看看。"夏子衡在那台破电脑上搜索一会儿，尖叫起来，"我找到了。看这是什么？"

"邀请函？同学会的邀请函？"

"1 月 12 日，也就是明天，哦，不，是今天，牛弋戈将在 B 城悠悠酒店参加一场高中毕业二十周年聚会。十天前，沈澜帮他订了一张今天早上 6：30 去 B 城的高铁票。"

"牛弋戈要去 B 城？"柳虹变色，"阿囊预测的第二桩案件的发生地，就是 B 城。"

"是吗？关键词是什么？"

柳虹掏出手机念道，"牛弋戈、夏子衡、柳虹。"

"还有你？"

"我早进黑名单了。"

"第三桩案件？你全都说了吧。"

"C 城。关键词是：牛弋戈、沈小明、夏子衡。"

"沈小明？沈小明是谁？"夏子衡想用电脑搜索相关数据，可惜速度奇慢，打不开任何页面。

"先不管沈小明。现在几点？"

"快 4 点了。"

"走，快去找牛弋戈，一定不能让他去 B 城！"

两人敲开魏雯和牛弋戈入住的 1830 房间，魏雯说牛弋戈没跟他住一起，而是在隔壁房间。可是服务员过来开门，却发现房间里空无一人，牛弋戈随身携带的背包也不翼而飞。

两人又敲沈澜的房间，无人应答，服务员将门打开，房间里秩序井然，被子、枕头等没有被动用过的迹象。夏子衡立即意识道：沈澜从山庄疗养院回酒店后，根本就没有进房休息，而是直接离开了。

"弋戈与沈澜一块失踪了？"

魏雯惊讶之余，又将向秋阳和陈武也叫醒，两人均表示不知情，于是将目光投向夏子衡和柳虹："他们去哪了？"

柳虹问道："你怎么知道他们是一块离开的？"

"我问一下弋戈的司机小黎。"

魏雯走到走廊尽头，敲开另一间房。一个三十岁左右的中年男迷迷糊糊开门："谁啊？"

"小黎，你知道牛总去哪了吗？"魏雯问。

"不知道啊。"小黎口中带着浓重的酒味，"我喝多了，回房倒头就睡了。出什么事了？"

"中间牛总没找过你？"

"没有。"

"没事了，小黎，你接着休息吧。"魏雯要关门。

"等等！"柳虹问，"小黎，牛总说过今天要去外地吗？"

小黎奇道："今天集团不是要继续开总结大会吗？牛总会去哪？"

夏子衡问："他有没有提过 B 城？"

"B 城？好像……没有。"小黎搔头，"不过……"

"不过什么？"柳虹追问。

"不过我好像听沈澜在打电话时提过一嘴。"

"她说什么了？"

"当时我在车里，她在车外，具体说什么我没听清。"

"谢谢你，小黎。"柳虹重重把门关上，对夏子衡道，"看你的了。"

"魏雯说的对，沈澜跟牛弋戈在一起。"夏子衡端着电脑说，"就在昨天，沈澜租了一辆越野车，目的地就是 B 城，租车用途是回家过年。"

"她回家过年租越野车干吗？"柳虹问。

"再看这个。"夏子衡说着，又打开魅力山庄一个监控视频。

十几分钟前，牛弋戈一边接电话，一边走出酒店大门，来到停车场，站在一辆越野车旁交谈。他刚说了没两分钟，突然从他身后窜出一个身材高大的光头男子，手持面巾将他迷倒，然后飞速将塞进越野车的后备厢。

魏雯捂嘴："弋戈被沈澜和同伙绑架了？"

"难道那个四哥是沈澜，或者她的同伙？"柳虹也大感意外。

三人来到魅力山庄酒店门口，果然见草地上有打斗痕迹，不远处还有牛弋戈的手机壳。这证明他确实被绑架了。柳虹问："老夏，能查到沈澜所租的那辆越野车的下落吗？"

夏子衡指着屏幕上的一个红点说："魅力山庄南边三十公里的高速上。"

夏子衡听见山庄外传来警笛声："应该是来抓我的。雨文，我们先走了。"

魏雯问："子衡，要不要对金警官说明真相？"

"来不及，也说不清。"夏子衡道，"再说，牛弋戈在B城有危险。他要再出事，我就是跳进黄河也洗不清了。"

魏雯主动请缨："我能不能跟你们一块去？"

"不，雨文，你有更重要的事。"夏子衡递给魏雯一个优盘，"把这个交给金警官，请他们尽快释放盛勇，盛勇是无辜的。"

第七章

数据悖论

1

柳虹一面驾车紧追,一面笑叹:"艾达塔集团真是人才辈出。牛弋戈刚跟他的总裁办主任演完苦肉计,又被他的女助理给绑架了。真是一波未平,一波又起。"

夏子衡也觉得不可思议:"你说,这会不会又是一出苦肉计?"

"不像。我只是奇怪,沈澜为什么要绑架牛弋戈?难道她与牛弋戈顶替上大学的事有关?"

"有可能。"夏子衡在电脑上操作,"不过,除了沈澜为牛弋戈工作,我暂时找不到两人有什么其他交集。"

"沈澜是怎么做到加盟艾达塔、又是怎么当上牛弋戈助理的?董事长助理这个职位,一般都是特别信得过的人才行。"

"我再查查。"夏子衡正欲对牛、沈二人的关系做进一步的挖掘,突然发现屏幕上的红点突然停住了,"沈澜停车了。"

"哦。什么地方?"

"城郊公园边上的一个小树林里。"

"糟了！"柳虹脸色大变，猛踩油门，"沈澜不会真的要杀死牛弋戈吧？"

两人赶到树林，果然发现前面停着一辆越野车，于是悄悄靠近。只见那个将牛弋戈迷晕的光头男子，将他从后备厢拉出来，撕下眼罩，扯掉嘴里的袜子，推进一个深坑。深坑边上是高高的土堆和一辆挖掘机。

牛弋戈似乎不知道被谁绑架，惊恐问："你是谁？为什么要抓我？"

光头男："被你害惨的人。"

"我根本不认识你！"

牛弋戈话音刚落，被人踹下深坑。

"从现在开始，我问你几个问题。你每答错一次，我就让挖掘机往你身上倒一斗土，直到把你活埋为止。"光头说完，爬上挖掘机，开始挖土。

"救命！"牛弋戈绝望地高吼，空旷的树林里无一人响应。

"第一个问题：你的姓名和身份？"

牛弋戈吼道："你们连我是谁都不知道，为什么要绑架我？"

"少废话，快说！"

"牛弋戈，艾达塔集团创始人、董事长兼总裁。"

"错！"光头男说着，操纵挖掘机铲起一堆沙土，当头从浇下。

"我哪说错了？"牛弋戈在坑里拼命闪躲，委屈地问，"我就是牛弋戈，我的身份不信你们上网查查。"

"不是你的头衔，是你的名字。好好想想，你真的叫牛弋戈吗？"

"我就是牛弋戈。"

"错！"光头男说完，又是几堆土当头浇下。

眼见土至膝盖处，牛弋戈明白了："你这是要把我活埋吗？你到底是谁？"

光头男继续问："第二个问题，二十年前，你在 B 市二中毕业，顺利考上凤凰大学，对不对？"

"是。"

"错！"

挖掘机继续工作，又是一大堆土浇下，牛弋戈在坑里问："我哪说错了？我确实是 B 城二中毕业的！"

光头男不答，继续问："第三个问题，二十年前，你是不是冒名顶替别人上的大学？"

"二十年前？冒名顶替？"牛弋戈语无伦次，"你胡说什么？"

一旁观看的夏子衡和柳虹也惊呆。原来艾达塔年会大屏幕上提到的"顶替"一事，不是捕风捉影，而是确有其事。难道这个要活埋牛弋戈的光头男，就是这一切的幕后主使？他与沈澜是什么关系？沈澜人呢？

却听光头男问："牛弋戈，到底是不是？"

牛弋戈耐心渐失："你们要我干什么就直说，少给我绕弯子！"

"连续答错！"三堆土浇下，土渐至牛弋戈的腰。

牛弋戈有点害怕了，带着哭腔问："你们到底是谁？为什么要这样对我？"

光头男又问："你上大学时为什么要改名字？"

"改名字犯法吗？"

"错！"又一斗土倒下，埋至牛弋戈的胸口。

牛弋戈大骂："我改名字关你屁事？！"

"你改名字不关我事，可是你冒名顶替我哥上大学，就关我事！"

"我凭自己本事考的大学，顶替谁了？"

"错！"光头男说完，连续两斗土落在牛弋戈身上，几乎快没到他的脖子了。

"操！"牛弋戈原本极度恐惧，可是真临近死亡边缘、知道自己逃生无望，反倒豁出去了，"有本事你把我活埋了。"

光头男高吼："我最后问一遍，你是不是用'沈小明'这个名字上的大学？"

沈小明？夏子衡与柳虹对视一眼，这就是阿囊预测 B 城案件的关键词之一。原来牛弋戈因为他而被绑架。

却听牛弋戈吼道："老子生下来就叫沈小明！我堂堂正正上的大学，关你屁事！"

"宁死不招，有种。"光头男被激怒了，连浇了三四堆土，终于将牛弋戈的头顶没了。

夏子衡见光头男真要活埋牛弋戈，看不下去了，当时就要跳出去阻止，被柳虹死死拉住，生气道："身为警官，你怎能见死不救？"

"嘘！你那看边。"柳虹往前面的亮点一指，"他们没有杀死牛弋戈的意思，只是在逼供。"

过了几十秒，光头男按了一个遥控器，只听"咚"的一声，坑里沙土开始下降，差点被"活埋"的牛弋戈露出头，大口大口地喘气呕吐。

光头男回头道："姐，我没招了，你上吧。"

一个女子跳下挖掘机，朝坑中的牛弋戈说："牛总，现在您可以说实话了吗？"

牛弋戈抬头，万分震惊："沈澜，难道今晚要杀我的人是你？"

2

夏子衡和柳虹躲在越野车后面，听沈澜问："牛总，我该叫您牛弋戈，还是该叫您沈小明？哪一个才是您的真名？"

牛弋戈这回老实了："都是。"

"高考前叫什么？"

"沈小明。"

"不，你高考前不是这个名字，是为了顶替别人才改的名。"

"我再说一遍：我没有顶替过什么沈小明。我就叫沈小明。"

"还在撒谎？"沈澜冷笑，"知道真正的沈小明是谁吗？"

"他是谁？"牛弋戈无奈，"如果你认识一个跟我同名同姓的人的话。"

沈澜悲愤道："一个被你顶替、失去上大学资格、穷困潦倒的人！"

牛弋戈惊奇道："真的还有一个沈小明？他是你什么人？"

"你冒用他的身份、借用他的成绩上大学，居然不知道是谁？"沈澜继续道，"牛弋戈，二十年前你剽窃了别人的成绩、掠夺别人的资格上大学，你难道就没有一点羞耻感、没一点愧疚感吗？承认顶替上学这件事，怎么就这么难？"

牛弋戈仍旧一脸无辜："我真不知道你所说的那个沈小明是谁。我甚至不明白，你凭什么认定我顶替他上了大学。"

夏子衡见牛弋戈和沈澜各执一词，一个比一个理直气壮，看不出谁在撒谎，暗自纳闷。他瞟了瞟柳虹，发现她也是一脸迷茫。

却听管沈澜叫姐的光头男冷笑道："牛弋戈，都这个时候了，你还要装！莫非你真的不怕被活埋？"

牛弋戈也很冤："你们所说的那个沈小明到底是谁?!"

"我大哥。"沈澜飞快答道，"我的亲哥哥。"

"我堂兄。"光头男补充道。

"沈小明是你大哥？"牛弋戈明白了，"这么说，沈澜，你加入艾达塔给我当助理，就是为了今天？"

沈澜冷冷道："你以为我真是为你的几个臭钱才给你打工，成天端茶送水侍候你吗？"

牛弋戈突然笑了："沈澜，看在我们共事一场的份上，我告诉你两件真事。一，我以前真的叫沈小明；二，我不认识你哥。如果你们的大哥当年真的被顶替，一定是别人干的，跟我没有关系。"

沈澜不信："顶替别人上大学这么大的事，你是当事人和受益者，怎么可能不知道？"

光头男喝道："姐，少跟这种人啰嗦！他要再不承认，就把活埋了，帮小明哥报仇！"

"牛弋戈，你的脸皮可真厚！"沈澜说着，将一个公文袋扔进深坑，"你好好看看，你上学时的照片是不是我哥的？"

牛弋戈接过一看："我的档案袋？哪来的？"

"你只说是不是你的？"

"是。"牛弋戈快速翻看，"都是。除了大学时的材料是假的，其他都是真的。"

沈澜蹲下来："牛弋戈，我问你一个问题：当企业家、做名人的一个条件，是不是习惯撒谎、成天睁眼说瞎话？"

"沈澜，你什么意思？"

"牛弋戈，你抢了夏子衡的女朋友，把她变成你老婆，你不承认；你剽窃夏子衡的智能数据分析引擎、把他弄进大狱，你也不承认；你顶替我哥上大学，你还是不承认。你的心得多黑人得多渣，才能干出这么多龌龊无耻的事？你以为你能永远逃脱法律的惩处吗？如果你以为只要有钱，就能摆脱一切，那你就错了！我就是坐牢，也要毁掉你毁掉艾达塔！"

夏子衡听沈澜如此帮自己说话，一时五味杂陈百感交集，对沈澜心生敬重。牛弋戈似乎听进去了，苦笑道："沈澜，你做我的助理也有一年了，你觉得我是这样的人渣吗？"

"每个人都有不为人知的一面。表面越堂皇，背后越阴暗。"

"看来无论我怎么说，你都不信。说吧，我要怎么补偿你哥，你才能放过我？我今天还有一大堆事——"

"补偿我哥？"沈澜悲愤道，"你补偿得了吗？"

"你哥怎么啦？"

沈澜道："他已经死十几年了。因为穷困潦倒，又染了一身病，后来抑郁自杀了。"

"自杀？"牛弋戈大惊。

夏子衡和柳虹听到这，也是极度震惊。却听沈澜继续道："我听我妈说，当年我哥上高中时成绩一直很好，自认为考个重点本科不是什么问题，可是结果他考砸了。他向来自尊心很强，高考失利后，备受打击，觉得特别没面子，就瞒着我们全家偷偷跑到南方一个小城市打工，拒绝与所有同学和亲友来往，彻底失联。我父亲南下数次找他，杳无音信，没多久就病倒去世了。那时，我还不到十岁。因为你，我一下失去两个亲人……"

"对不起。"牛弋戈见沈澜伤心哭泣，喃喃道，"沈澜，你哥的事我很抱歉，只是，你是从哪听说我顶替了你哥？这谣言的源头是哪？就是死，我也要死个明白。"

这也是夏子衡和柳虹关心的，二人于是凝神静听。却听沈澜道："我哥和我爸出事后，我母亲艰难供我上大学。毕业后，我在 A 城一家科技公司打工，几年后做到中层。有一天，我收到一条匿名短信，说我哥当年是被人冒名顶替才没上成大学的。落款是：'一个好心人'。我当时非常震惊，因为我小时候听到过这种传言，但苦于没有证据，不敢当真。我立即与对方联系，要求面谈。对方拒绝见面，只对我说，一定帮我找到顶替者。"

牛弋戈笑问："这个好心人是谁？不会就是今天想杀我的人吧？"

沈澜继续道："我开始追查当年我哥被冒名上大学的事。因为时间隔得太久，当年我哥上高中时的班主任和校领导，不是去世，就是退休失联。你上大学后，全家也从 B 市搬走了。一个知情老师对我说：如果中学不好查，不如去大学查。我记得当年我哥曾说，当年他报考的是凤凰大学。"

"然后？"

"凤凰大学因为前些年与别的大学合并，有些招生数据已经没有了。我查找了二十年来 B 城入学凤凰大学的全部生源，没发现名叫沈小明的。我把情况反馈那个匿名好心人，对方只给我回复七个字母：A–I–D–A–T–A。翻译成中文就是三个字：艾达塔。"

牛弋戈苦笑："终于跟我扯上关系了。"

"一年前我加盟艾达塔集团人力资源部，借这个机会，我调查了艾达塔的所有员工。我查看了所有人的简历，包括毕业院校、专业和生源地，发现没一个符合要求。唯一的例外，就是你牛弋戈。"

"是啊。我是老板，公司人力资源部可以不保存我的个人资料。"

"当我通过别的渠道，发现你是从凤凰大学毕业时，我开始怀疑，你就是顶替我哥的人。为了更方便调查你的一切，我想方设法通过向秋阳副总裁的帮忙，成为你的助理。"

"我说你为什么跟向秋阳关系这么暧昧。"牛弋戈冷笑，"他不会就是那个匿名'好心人'吧？"

这一点极其重要。夏子衡心道：牛弋戈的怀疑没错。向秋阳一方面在公司经营理念上，与牛弋戈发生严重分歧，另一方面，又积极帮助沈澜卧底在牛弋戈身边，可谓用心良苦。难道他就是"四哥"？从目前的数据关系看，唯一与牛弋戈、魏雯和沈澜三人同时产生交集的，似乎只有向秋阳。如果他是四哥，他是怎么知道我的事的？

夏子衡耐心等待沈澜的回答，谁知她似没听见牛弋戈的问题一般，继续道："我没日没夜地侍候你，就是为了取得你的信任，尽量了解你的私生活。我越深入接触，就越相信：你是最大的嫌疑人。"

"说说看，我到底是哪露出破绽的。"

沈澜清了清嗓子："证据有三条。首先，你从不对人说老家是 B 市，可是你却能听懂 B 市的方言。"

"你是怎么知道我能听懂 B 市方言的?"

"我试过一次。有一次我故意用 B 市方言叫你吃饭,你立即回应。"

"我们家是外来户,不是土生土长的 B 市人,家里只说普通话,不说 B 市话。但我毕竟在 B 市出生长大,听懂几句方言,有什么难的?"牛弋戈一脸坦诚,仿佛在与一个老朋友叙旧。

"第二,你从不在任何场合对任何人主动说自己的毕业院校、专业和学历。"

"英雄不问出处。"牛弋戈不屑道,"一旦你坐上我这个位置,就会发现,周围的人只关心你是否能给他带来利益,你是哪毕业的、什么学历、什么专业,你是高是矮,是胖是瘦,普通话是否标准,通通不重要。"

"最后一条,你从不谈论自己的父母和家乡。"

"因为从我记事起,我们家一直在搬家,没完没了的搬家,所以我打小就没有家乡的概念,从不把 B 城当故乡。"牛弋戈似乎触及伤心处,声音突然凝重起来,"至于我不谈论我的父母,主要是因为我的父亲。我恨他,恨他毁了我的一切。不想将他与我母亲、与我现在的生活发生任何关联。有时我甚至觉得,谈论他,是对我母亲的侮辱。"

"说来说去,你在把责任往你父亲身上推。"沈澜不信,"我深入调查,发现你在毕业后改过名字。我查过你的毕业证原件,上面明确写着'沈小明'的名字。至此,我彻底确认,你就是顶替我哥的罪魁祸首。"

"于是你开始展开报复行动?"

"其实当我知道这一切时,我不知道该怎么办。我问最初告诉我大哥被顶替的匿名好心人,希望他给我一点建议。他很久才回复:'我唯一的义务,是帮助你获得真相。'"

牛弋戈赞道:"真是一个大善人。哪天见到他的真容,我一定当面感谢他。但愿他不是向秋阳。"

"我正想着怎么逼你承认时,机会来了,它就是公司的年会和你们夫妻的结婚三周年庆典。我听说你要使用苦肉计骗曾燕的钱,于是决定顺水推舟,报复你一把。"

"顺水推舟刺杀我?"

"不，我才不会杀你。"

"那你想干什么？"

沈澜晃晃手机："曾燕借给你的三千万，转到了公司的一个备用账户上。只有我才知道这个账户的密码。如果你不承认顶替我哥的事，这笔钱你根本动不了。"

牛弋戈大惊："你的目的是骗钱？"

"不！"沈澜高声道，"我要你答应我一件事。"

"什么事？"

"当着我哥全班同学，不，是全年级同学的面，说清原委并道歉。"

"你哥全年级的同学？道歉？"牛弋戈愣了一下，继而笑道，"漫说这个事不是我干的，就算是，我怎么当着这么多的人道歉？再开一个年会？"

"他们班今天在 B 城有一个毕业二十周年的全年级同学聚会。你当众道歉，说你冒名顶替了我哥，为他的死负责，我就把账户密码告诉你。否则，我一定把你所有的糗事发到网上，彻底毁掉你和艾达塔。"

"你已经毁得差不多了。"

"亡羊补牢，犹未为晚。"

牛弋戈警告道："沈澜，你知不知道，你已经涉嫌绑架？这是犯罪！犯罪知道吗，要判刑的。"

"无所谓。反正有你陪着我坐牢。"沈澜突然笑了，"真进了监狱，我还给你当助理。"

牛弋戈突然想起另一件事："沈澜，昨晚在魅力山庄病房刺杀我的人，真不是你派来的？不是这位光头小弟？"

"我暂时还不想让你死。"

牛弋戈听说沈澜不想杀他，反倒更恐惧了："那到底谁要杀我？我要去回 B 城，这么大的聚会，怎么确保我的安全？要不要报警？"

沈澜笑："牛总，你可以报警，让警察出面保护你。只是那样一来，我可能就要当着警察的面，把你的丑事再讲一遍了。"

"先别报警。"牛弋戈思之再三，叹道，"你再说一下 B 城同学会的具体时间地点。"

眼见沈澜和光头男带着牛弋戈朝越野车走来，夏子衡想冲上去抓住沈澜和牛弋戈，带他们回警局，把所有事情说清楚，被柳虹拉到一旁的草丛中："不急。"

夏子衡问："为什么？"

"放长线，钓大鱼。"柳虹在离开越野车的最后一刻，在车上放置了一个跟踪器。

沈澜和光头男将牛弋戈押上越野车，朝B城方向开去。待他们走远，夏子衡和柳虹这才跟上。

夏子衡问："柳虹，你刚说的长线和大鱼指什么？"

"这事越来越扑朔迷离了。我原以为，要杀牛弋戈的人是沈澜。可是刚刚你也看到了，沈澜并不想杀他。她只想让牛弋戈在他哥的同学聚会上当众道歉，承认当年冒名顶替大上学的事。"

"你是说杀牛弋戈的另有其人？"夏子衡问，"四哥还是向秋阳？或者他们就是同一人？"

柳虹谨慎措辞："向秋阳确实有嫌疑。"

"我们要不要回魅力山庄再找向秋阳对质？"

"如果你是四哥，如果你还想杀牛弋戈，并嫁祸于人，你会怎么办？"

"跟牛弋戈一块去B城。"

"只是不知道这一次，四哥要嫁祸的人是谁？"

"除了我，还有别人吗？"

"也有可能是沈澜。"柳虹严肃地道，"你有没有发现，你和沈澜都是四哥精心挑选出来的最佳被嫁祸者？"

"精心挑选出来的最佳被嫁祸者？数据挖掘技术？"夏子衡陡然醒悟，喃喃道，"你是说，B城将重演A城的故事？"

<h1 style="text-align:center">3</h1>

为防追击，柳虹特意不走高速，而是选择走一条废弃的省道，可是没多久，后面便响起警笛声。她使出浑身解数，总算把对方给甩掉了。

正庆幸，手机响，一个陌生号码，她盯着屏幕道："我猜一定是金警官，接不接？"

夏子衡阻止："先别接。"

柳虹犹豫片刻，把电话挂了。过了一会儿，手机再响，同样的号码，只得接了。却听金警官道："柳虹，我不知道你是什么身份，我只知道，夏子衡是凶杀案的嫌疑人，必须回去接受调查。"

柳虹道："对不起，我不知道他在哪。"

"跟我还玩这些？"

"夏子衡没有刺杀牛弋戈。你们不是抓到程盛勇了吗？他知道真相，问他就够了。"

"夏子衡是本案犯罪嫌疑人，你协助他逃跑，就是同案犯，我说得够清楚了吗？"金警官郑重警告。

柳虹只得说："金警官，我只能说：夏子衡是另一起重要数据犯罪案件的重要知情人。"

"什么数据犯罪案件？"

"对不起，金警官。我得挂了。"

柳虹挂断电话，正欲关机，又有来电，她看了下屏幕道："完了，我们实验室赵主任。"

夏子衡立即明白怎么回事："看来你的身份已经暴露。应该是金警官找他告状了。接吧。"

柳虹硬着头皮接了，强笑道："赵主任，这么早给我打电话？"

电话里传来赵主任威严的声音："柳虹，你在哪？"

"我在……魅力山庄啊。"

"干什么？"

"帮我舅舅做会务，顺便跟进艾达塔那个数据案。"

赵主任呵斥道："柳虹，我只让你调查大数据犯罪的经济案，你介入刑事案干什么？"

"我……"柳虹一时不知该怎么反驳。

"那个夏子衡是一个有前科的人，这次又持刀伤人，你怎么能帮他逃亡呢？"

"有充分证据表明他是被冤枉的，牛弋戈在魅力山庄遇刺，不过是一次精心策划的苦肉计。"柳虹被警笛声搅得心神不宁，"赵主任，夏子衡与艾达塔的数据犯罪案以及艾达塔董事长牛弋戈个人有千丝万缕的联系。牛弋戈目前有生命危险，我们必须想办法阻止凶手。"

"谋杀案有金警官负责，你把夏子衡这个案子交给他不就完了？"赵主任下令，"不要再管夏子衡的案子，你立即把他交给金警官，然后在早上八点之前来见我。"

赵主任说话声音太大，柳虹从夏子衡的表情判断，他一字不落全听见了。为免尴尬，她干脆打开免提道："来不及了，赵主任。有线索表明：今天 B 城将发生另一个谋杀案，与牛弋戈和夏子衡相关。"

"你怎么知道？"

"这是阿囊预测的。"

"阿囊预测的？"赵主任听上去有点惊讶，"你怎么知道夏子衡不是真正的凶手？万一他也在演'苦肉计'呢？就算在 A 城他是无辜的，你怎么保证他不是冲 B 城而去？就因为他是你舅舅程盛勇的朋友，你就相信他无辜？柳虹，是不是过于感情用事了？"

赵主任这个新奇的角度，不仅出乎柳虹的意料，连夏子衡也感觉十分惊讶。在这一瞬间，他想起了"疑邻盗斧"那个成语故事。无论你多么清白，只要你有前科，只要你落下把柄，别人就能合理怀疑。在拿到确凿证据前，自己无法洗清刺杀牛弋戈的嫌疑。金警官把自己当犯罪嫌疑人来追捕，乃是本职工作，无可厚非。

柳虹耐心做说服工作："赵主任，您相信我，夏子衡确实是无辜的。我之所以带他去 B 城，是因为他是一名资深数据分析师，能帮我找到刺杀牛弋戈的凶手，还有艾达塔集团数据犯罪案的线索。目前两个案子搅在一起，很难完全分开。"

赵主任却没耐心："柳虹，我提醒你，别忘了你只是我们实验室新入职的警官，还在实习期，你敢以你的职业生涯担保，夏子衡一定不会再犯罪吗？"

"我——"

夏子衡原本准备了一长串的话来反驳赵主任，为自己辩护，可是转念一想，这样做只会让柳虹更为难。柳虹已经在尽可能帮他，自己再靠她庇护，再连累她，还是男人吗？当即大声道："柳警官，把我交给金警官吧。你去找赵主任汇报。我没事的。"

柳虹摇头："不行，夏子衡，我不能这样做。"

"柳虹，就按夏子衡说的做，然后来实验室见我，如果你还想保住这份工作的话。"赵主任说完，挂了电话。

柳虹不知道该说什么，不停地深呼吸。夏子衡拍了拍她的胳膊，安慰道："相信我，柳虹，我没事。就算我去不了 B 城，我也一定能帮上你。"

"我不能把你交给金警官！绝对不能！"

"柳虹，该妥协时必须妥协。你需要我的帮助，我更需要你的帮助。你不能失去这份工作。"

"可是……"

"没事的。正好可以拿我交换程盛勇。"

"好吧。"

柳虹主动与金警官通话，确认程盛勇可以被释放后，把车停在路边，两人下车等候。

不一会儿，金警官的警车便追上来，对柳虹打招呼："柳警官，谢谢！"

柳虹道："金警官，你是怎么知道我身份的？"

金警官神秘说道："你能保密，我为什么不能？"

柳虹丝毫不掩饰自己的不悦："你居然找我上司告状？"

"被你逼的。"金警官冷冷转身，"夏子衡，上车吧。"

"我先跟程盛勇通一个电话。"

夏子衡与程盛勇通完电话，主动要求戴手铐："金警官，辛苦了！"

金警官撇撇嘴："还行。你只折腾我一个通宵没睡觉，算是比较厚道的疑犯了。"

"好奇地问一下：您怎么知道我们走这条废弃的省道？"

"怎么，我们搞刑事案件的，就不配懂数据分析？"金警官不服，"夏子衡，我知道你是数据分析师。实话告诉你，我们刑侦组的数据分析师，水平不比你差！"

"不，金警官，我不是那个意思。我只是奇怪，您怎么这么快就追上我们了。"

"十几分钟前，我们确实接到了一个匿名举报电话，说看见你们俩上了省道。"

"匿名举报电话？"夏子衡大惊，"打电话的人是不是声音低沉沙哑？"

金警官大惊："你怎么知道？"

夏子衡感觉不妙："他就是四哥！"

金警官问："四哥是谁？程盛勇也提过他的名字。"

"他就是真正的——"

夏子衡话没说完，突然见右前方一道刺眼亮光，疑是一辆大货车呼啸着朝他和金警官撞过来。

4

金警官和柳虹均背对着大货车，对即将到来的危险尚不知道，只本能地回头看。"小心！"夏子衡一面警告柳虹，一面奋力推开金警官。

可是，他还是反应慢了。大货车先撞上警车一角，警车急速旋转，尾部撞在金警官身上，金警官撞在他身上，二人被巨大冲力撞飞，远远摔在地上。

柳虹离警车较远，加上有夏子衡警告，飞速闪开卧倒，躲过一劫。货车撞完警车后，又加大油门，绝尘而去，眨眼间便消失在夜幕中。柳虹起身去查看夏子衡和金警官的伤势。夏子衡倒无大碍，但金警官受伤较重，嘴角流血，四肢不能动弹，两人忙开车将他送到就近医院抢救。

然而，让他们意想不到的是，没走多远，陆续有几辆车，从四面八方涌过来。有大货车，有越野车，甚至还有挖掘机、轧路机和铲车。开车的柳虹大惊："怎么有这么多车？"

夏子衡道："而且有一个共同点。"

"什么共同点？"

"都没有司机，全都是无人驾驶。"

"四哥在背后操控?"柳虹暗暗叫苦,"他居然连挖掘机、轧路机和铲车都能操控?"

"就差操控地铁和火车了。"夏子衡苦笑。

说话间,前方又出现公交车,迎面朝他们驶来,而且也全都是无人驾驶。柳虹情知被包围了,他望着流血不止表情极度痛苦的金警官,焦急地问:"老夏,快想办法,不然我们很快就会被包围堵死。"

"我看看能不能找别的路。"

"不行!"柳虹反对,"你能找到,四哥也能找到。能不能黑进他们的系统,让这些车停下来?"

夏子衡在电脑里操作几下,摇头:"对方算法太复杂,一时破解不了。"

柳虹望着越来越小的包围圈,冲夏子衡吼道:"我不管!你给我想办法,一定有办法!"

"一定有办法……一定有办法……一定有……"夏子衡不停重复柳虹的话,他抬头往窗外望去,发现不远处有一个5G基站,大喜,"有了!这些无人驾驶车一定是通过这个基站通信的,毁掉这个基站,他们应该就会失控。"

柳虹苦笑:"这么高的基站,我怎么毁?"

"开车撞?"

"没用。基站没事,我们的车先报废了。"

"你没枪吗?"

"我还在实习期,没有枪。"

"我有。"躺在座位上的金警官用微弱的声音指着他的腰间。

"太好了!"

柳虹飞快拔枪,对着基站的收发台和控制器精准射击,果然,围堵他们的车队要么减速,要么失去方向控制,原地转圈,相互碰撞,乱成一团。柳虹抓住这个难得的时间窗口,从他们的缝隙中穿过,终于摆脱他们的包围圈。

赶到医院,柳虹将金警官安置好后,打了几个电话,这才对坐在长椅上的夏子衡说:"我跟领导汇报了。金警官的事,赵主任会尽量妥善安置,但不排除还有其他警察继续通缉你。"

"那我怎么办?"

"赵主任将这个案子升级了,同意你协助我破案。"

"是吗?"

夏子衡还没来得及高兴,听到手机震动声,可声音并非源自柳虹的手机,而是来自他所坐长椅的下方,登时呆了。

柳虹弯腰,小心翼翼将手机取下来,见上面没有来电显示,便道:"应该是四哥预留的。你接吧。"

夏子衡接通电话,质问:"刚刚是不是你干的,四哥?"

"为了给你一个警告。"果然是四哥的声音。

"警告什么?"

"不要再随便扔我的手机!"四哥的声音越发低沉,像荒原中的狼嚎。

"我们之间的合作不是已经结束了吗?"

"剧情还没过半呢,何谈结束?"

"你到底是要报复牛弋戈,还是要栽赃我?"

四哥停了一下,然后疯狂地咳喘:"就不能……就不能一石二鸟吗?"

"你要在 B 城重演 A 城的栽赃故事?"夏子衡冷笑,"指望我在同一个坑里摔倒两次?"

"数据分析师就是聪明,跟你这样的对手玩游戏,真过瘾。"

"这一次,你要栽赃的人是谁?我还是沈澜?"

"夏子衡,你总算开窍了。"

"帮助沈澜查找她大哥被顶替真相的'匿名好心人',是不是你?"

"到了 B 城,你就全明白了。我们 B 城不见不散。"四哥狞笑着挂了电话。

夏子衡陷入沉思:不知道魏雯是否已完成他交办的事。

5

魏雯心乱如麻。

从昨天下午沐浴后在房间偶遇夏子衡,到今天凌晨牛弋戈被两度"刺杀"乃至绑架,太大的信息量,一时让她难以消化。结婚三年来,牛弋戈不是出差就是加班，两人聚少离多，作为妻子的她，生活平淡得如同一潭死水。

有时半夜梦醒，魏雯也想回到那个赌气与夏子衡分手、负气出国的时刻——如果让我重新选择，我还会这样做吗？牛弋戈真的是我要嫁的人吗？

魏雯心潮起伏，来回在对牛弋戈欺骗的愤怒、他受伤的怜悯以及被绑架的担心之间徘徊，在椅子一坐就是好半天。眼见天空渐渐放亮，她疲惫地用手揉眼睛，这才发现手里还握着夏子衡给他的优盘。对，子衡让我查找真正刺杀弋戈的嫌疑人，我怎么把这么重要的事给忘了？魏雯记得夏子衡告诉她：优盘的视频文件来自无人机，是寻找刺杀牛弋戈和栽赃夏子衡真凶的关键证据。她深知此事的重要性，小心翼翼地将优盘插进电脑，生怕损毁，先复制再放到电脑硬盘里，然后把优盘收好，再行播放。

她按照夏子衡给她的两个时间段，寻找这期间向秋阳、陈武和沈澜是否在打电话——谁在打电话，谁就可能是幕后遥控夏子衡的"四哥"。

魏雯心里默定沈澜为第一嫌疑人，重点查看她，可是她用倍速播放了一遍全部视频，也没有找到沈澜打电话的画面。

难道我遗漏了什么？魏雯不信，又重新播放一遍，还是不见沈澜打电话。难道真不是她？魏雯又挑选重点时段，以半速慢慢播放。

终于，她在一个极不起眼的角落，发现有人在打电话。只是因为离无人机较远，且所处之地光线不好，看不清长相，但从身材和长相看，似乎有点像副总裁向秋阳。

难道他就是"四哥"？魏雯回想牛弋戈晚上遇刺时，陈武和沈澜都在场，只向秋阳一人回房睡觉了。莫非向秋阳就是那个从窗口逃脱的刺客？难道他对牛弋戈已经仇恨到要杀死他的地步？他们可是一块合伙创业、同甘共苦多年的手足兄弟啊！果真如此，就太可怕了！

正胡思乱想，外面响起敲门声，魏雯吓了一跳，立即将播放暂停。敲门声持续："魏雯，起来了吗？我是向秋阳。有急事找你。"

难道向秋阳发现我在调查他？魏雯定了定神，颤抖问："什么事，向总？"

"你能开门吗？"

"稍等。"魏雯将电脑转了个方向，整理了一下衣服头发，大方开门。

向秋阳站在门口："有牛总的下落吗？"

"没有。我正想问你呢。"

"我听说沈澜把牛总带走了，真的吗?"

魏雯冷冷道："不是带走，是绑架。"

"真不敢相信沈澜……"向秋阳自责道，"都怪我，还推荐她给牛总当助理，我真是……"

"之前没发现沈澜有什么异常吗?"

"没有。都怪我。"向秋阳沉痛答道。

向秋阳这是来干吗? 道歉还是试探? 如果他真是"四哥"，会不会连我也要杀? 他会不会光天化日之下，就在房间门口把我杀了?

魏雯暗暗做好防守准备，表面上淡定道："我已经报警了。还有其他的事吗?"

"上午的总结大会还开吗? 员工现在议论纷纷……"

"你的意见呢?"

"我认为要开，否则艾达塔的人心就全散了。"

"我也同意。"魏雯心不在焉地说。

"那等下你能不能代表牛总讲话稳定一下集团人心?"

魏雯没有自信："我能吗?"

向秋阳鼓励道："只有你能，你一定能!"

魏雯犹豫片刻，点点头："那怎么解释他和沈澜的失踪?"

"就说沈澜带牛总去市区正规大医院治疗去了。你觉得这个说法可以吗?"

"你想的很周到。谢谢你，向总!"

"不，该我谢谢你! 还有牛总。"向秋阳补充道，"魏雯，我虽然在公司发展战略上与牛总有重大分歧，但我还是非常敬佩他的敬业精神，以及他为挽救艾达塔所做的一切努力。他的'苦肉计'虽然有点上不了台面，但我非常理解。牛总真的很不容易。"

"谢谢!"魏雯被向秋阳这段话感动了，心道: 难道刚刚在视频上看到的那个人不是他? 难道是我神经过敏多疑了?

向秋阳刚要离开，不小心瞥见了电脑屏幕："魏雯，你在看视频?"

"哦，追剧。"

"追剧?"

"对，一部悬疑剧。"魏雯信口道，"可好看了。"

向秋阳眼中闪过一丝狐疑，推了推眼镜："片名是什么？"

"嗯，好像是……"魏雯本能回头，清晰可见电脑屏幕的画面，便发现自己这个谎撒得有点笨拙。但事已至此，只能硬撑，"对了，是《神探狄仁杰》。"

"我也喜欢《神探狄仁杰》。改天我们交流一下？"向秋阳仿佛没看清电脑播放的内容，露出孩子般的笑容，转身离开了。

必须尽快找一个人，把视频中的画面放大修复，以确定那个人是谁。魏雯心道：艾达塔技术人员多如牛毛，随便找几个高手，都能完成这个任务，但我谁都不能找、也不敢找。艾达塔的员工即使不是凶手，也可能与向秋阳有千丝万缕的联系，他们谁也不能保密。我只能找艾达塔以外的人。

可是谁能做到这一点？夏子衡虽然可以，可是他现在人不在 A 城，远水救不了近火。我还能找谁？魏雯突然灵光一闪，想到了一个人。

6

B 城在 A 城之南三四百公里，坐高铁，一个多小时便到；驾车走高速，需要两三个小时；如果走省道，挤在一堆大货车中间，时间则更长。夏子衡现在是通缉犯，高铁自然不能坐，而之前他和柳虹为了摆脱金警官的追击，不得不走省道，速度较慢，加上金警官被撞一事，耽搁了较多时间。

柳虹看看时间，已是早上六点多，为了尽快赶到 B 城，为了尽快见到并拯救牛弋戈，她决定冒险走高速。

不出赵主任所料，刚走高速没多久，他们后面便被两辆警车死死盯住，而且越逼越近。"他们应该是金警官的同事。"柳虹心道，她使出全部车技，在车流里穿插游走，好不容易摆脱追踪，但车也因此报废，彻底趴窝了。

两人下车徒步走了一段，又饿又困。夏子衡提议先找个地方用点早餐，略微休息一下。

柳虹咖啡就早餐，闲聊道："老夏，你是怎么想到从事数据分析这个工作的，好玩吗？"

"不好玩。"

"怎么讲？"

"责任太重。有点类似证券交易师，或者股票操盘手。"

"打一个不恰当的比方，你们就是数据操盘手？"

"可以这么说吧。不过，比股票操盘手责任更重，一旦程序或算法出错，误导决策，风险更大。"

"举个例子？"柳虹晃晃手里快见底的咖啡杯，"我有点犯困，指望你的故事给我提神。"

"嗯……"夏子衡思考片刻，"美苏冷战时期，具体地说，是1983年9月的一个深夜，一个名叫彼得罗夫的军官值班时，发现计算机发出英国核导弹攻击苏联的预警，数量从一枚增至五枚。按照职责，他必须上报高层，让高层决策是否采取报复行动。可是他知道，如果上层将此解读为美国发动核打击，必然实施报复。美苏两个核大国一旦开战，就是世界末日。"

"有这种事？"柳虹听得毛骨悚然。

"彼得罗夫工程师出身，会编写计算机代码，他的直觉不是美方发动核战，而是苏方的计算机算法出问题了。因为美国真对苏联核打击，数量绝不会是五枚，而是上千枚。可万一是真的呢？如果不上报，苏联将惨遭毁灭，他的每一次犹豫，都可能给祖国带来灭顶之灾。彼得罗夫在痛苦中煎熬，吓得两腿发软，可是他坚信，是程序和算法错了，不应该上报。"

"后来呢？"柳虹手托腮帮，学生一般地表情。

"彼得罗夫等了二十分多钟，最后确认，这确实是算法错误导致的误警报，虚惊一场。有人说他拯救了世界。"

"他受到表彰了吗？"

"不，挨批了。因为他违反职业规范。"

"嗯。这个故事有意思。"柳虹又问，"数据分析的原理是什么？"

"数据分析的本质，是在看似无关的数据中建立联系和逻辑，如同在沙滩上作画，沙子就是数据，沙子的排列组合方式就是我们要寻求的答案。"

"怎么做数据分析？或者说，有哪些手段？"

"具体地说，有排序、筛选、关联、分类等应用。"

"怎么做到的？"

"数据挖掘技术，尤其是基于人工智能的智能数据分析。"

"AI？"柳虹来了兴趣，"那大数据和人工智能、算法这二者之间又是什么关系？"

"简单地说，人工智能大发展，需要三驾马车：算力、算法和大数据。如果把人工智能比作一辆车，算力就是发动机的马力，算法就是发动机和驱动装置的设计方法，大数据就是油或电。20世纪90年代互联网产业兴起后，大数据兴盛。与此同时，芯片技术的发展，也推动了算力的进步。再加上算法的不断革新，天时、地利、人和三者都具备后，人工智能就进入第三个大爆发阶段。其中最关键的是算法。在面对相同大数据和算力资源时，谁的算法更先进，谁就有更强的竞争力。"

柳虹推论："在算法相同时，谁拥有更多的大数据和算力，是不是也会胜出？"

"当然。"

"人工智能是好事还是坏事？"

"火和菜刀是好事还是坏事？"夏子衡反问，"没有绝对的好坏，关键是被谁掌握怎么管理。"

"对了，我记得有一年，国际象棋大师加里·卡斯帕罗夫被IBM超级计算机'深蓝'（Deep Blue）击败，据说是因为深蓝下出了人类看不懂的招式，还在计算过程中采取了一些故意延长思考时间的欺骗战术，是这样吗？"

"是。人工智能一旦掌握深度学习，能不断快速进化，衍生出超常智慧。所以霍金说，'人工智能最可怕的不是他的意愿，而是他的能力。'他还说：'一个有超常智慧的人工智能将非常善于实现目标，如果那些目标与我们的目标不一致，那我们就麻烦了。'"

柳虹打了一个寒战："你说那位四哥，时时处处赢在我们前面，是因为他掌握了更高的智能吗？他是个人行为，还是团伙作战？"

夏子衡想了想，摇头道："截至目前，我认为四哥只是个人行为。他的目的，是为了杀死牛弋戈，不是什么数据犯罪集团的集体行动。"

"为什么？"

"如果四哥真是数据犯罪集团的头目，能量巨大，一旦掌握超级算法，足以控制全世界，这个时候，他还需要栽赃别人吗？这不是脱裤子放屁——多此一举吗？"

"哈哈哈……"柳虹大笑，"那四哥是一个什么人？如果对他进行画像，你觉得他是一个什么样的人？"

"从职业层面看，他有几个特征：一，从事过大数据和人工智能产业；二，有一定技术功底，对数据分析颇有研究；三，与牛弋戈存在私仇和激烈的利益冲突。至于犯罪心理方面我不懂，你来说吧。"

柳虹继续道："四，他应该有极深的积怨，有报复牛弋戈的强烈冲动；五，他防守心态重，自我保护意识强，所以要嫁祸他人；六，思维缜密，行事严谨，有嫁祸他人的完美方案和执行能力。"

"有道理！可是这样一个人，居然完全找不到一点迹象。"夏子衡叹道，"要么这个人在网络上极其低调，在网上很少有足迹，要么他有极强的数据清除能力。"

"一个不折不扣的'数据清道夫'，是吗？"

"也许吧。"

"你说，四哥会不会是一台 AI 机器？"柳虹突然问，"毕竟，到目前为止，我们都没见过他的尊容。"

"机器？"夏子衡被柳虹这个脑洞大开的想法惊着了，"也许是。不过，任何机器人都是服务人的。除非机器人已经完全脱离人类的掌握。"

"也就是说，我们的对手，归根到底还是人，对不对？"

夏子衡受到启发，郑重点头："也许只有一个人才能把他揪出来。"

"谁？"

"你们实验室研发的智能机器人阿囊。"

"阿囊？恐怕不行。"柳虹摇头，"赵主任曾明令我，阿囊处于保密测试阶段，没有更高上层授权，不能随便接受计算任务。"

"好吧。"

柳虹见夏子衡情绪低落，身子前倾，又问："老夏，再问你一个问题：如果算法与直觉发生矛盾时，你更相信算法，还是直觉？"

"我没听懂。"

"我换个说法：当人性与数据发生矛盾得出完全不同的结论时，你选择相信什么？人性还是数据？"

夏子衡闭目沉默，用手揉了揉眼睛，良久才道："不知道。"

"为什么？"柳虹追问。

"因为我还没有真正体验过彼得罗夫所面临的那种事关生死存亡的重大决策。"

"如果一定要你选择呢？我们就当是玩游戏。"

"理论上，如果算法逻辑正确无误的话，应该是机器更可信。"

"如果你不能确信算法一定可信呢？"

夏子衡笑了："我就知道你一定不赞同我的说法。"

"不过这是我预料之中的答案。"柳虹举起咖啡杯，"来，为我们答案一致干杯！"

夏子衡不理柳虹，目光呆呆地盯着室外的车流："好像有人给我们送来了交通工具。"

第八章

凤凰浴火

1

柳虹见夏子衡大步流星往外走，以为他遇到老朋友，没想到，他却迎面拦住一辆外形像面包的空驶无人车，招呼柳虹上车。

无人车热情自我介绍："乘客，您好！欢迎乘坐无人车，我叫嘉嘉。有什么问题可随时问我，我一定竭诚服务。"

柳虹见无人驾驶车行驶极其缓慢："靠这速度，我们只怕猴年马月才能到 B 城。再说，嘉嘉的行驶路线应该是事先设定好的，应该不能去 B 城吧？"

嘉嘉答："没错，我最高限速 40，只能环城行驶，不能去 B 城。"

"总会有办法。"夏子衡指着驾驶盘上一个类似菱形的符号，"知道这是什么吗？"

嘉嘉抢答："问题不清晰，请重新提问。"

"不知道。"柳虹一脸茫然。

"我上一个雇主的 LOGO。"

"然后？"

"听过 Intel Inside 这个广告吗？"

"当然。董——冬——董——冻！"柳虹声情并茂道，"所有采用英特尔（Intel）芯片的电脑，都有这段广告。印象可深刻了。"

"所有曾经采用我们机构的底层智能数据分析引擎的智能硬件，都有这个标志。"

柳虹大喜："你是说，这辆智能汽车的数据分析引擎是你开发的？"

"不完全是。我只参与了一部分。"夏子衡道，"不过，我也许能修改源代码，从而改变这辆车的速度上限和行驶路线。"

"太好了！现在就动手吧！最高能提高到多少？"

"理论上可以提高到 140，不过太快了还是不安全。"

"110 吧。太快了容易被交警盯上。"

夏子衡掀开驾驶舱的铁皮盖，挖出一根数据线，与电脑相连，调试了一会儿："好了。"

"哪好了？车还是很慢啊。"

"坐稳了！"夏子衡高高抬起手臂，然后重重下落，敲击电脑回车键，"加速！"

无人车像一匹被主人猛抽了鞭子的骏马，遽然狂奔，而且越来越快，近乎失控。柳虹色变："怎么回事？"

"糟了！参数设置有点问题。"

"那怎么办？能改吗？"

"我试试。"

夏子衡试了一会儿，无人车不仅没有好转，而且速度越来越快，不一会儿就升至 180。眼看路上所有车都被无人车超越，柳虹感觉若再不控制，车必翻，高喊道："老夏，有没有别的办法？"

"本来可以切换到人工模式，但驾驶舱那个开关被人毁掉了。"

"还有别的办法吗？"

"车身下应该还有一个控制开关。"夏子衡又掀开一个盖子，"我下去看看。"

"我来吧。"柳虹将夏子衡推开，主动道，"我是警官，这种危险的活我来干！"

"太瞧不起我了。"

"是来不及了。你愿意车毁人亡吗？车速 200 了。"

"好吧。"

柳虹将上半身探进车下，让夏子衡拉住她的双腿，按照夏子衡的指示，几番折腾，终于在车速达到 220 时，切成人工模式。

夏子衡握住方向盘，将速度降了下来，让柳虹先休息一会儿。柳虹笑道："那就辛苦夏师傅。我一会儿替你。"

柳虹睡了半个小时，便与夏子衡交接，让他睡会儿。夏子衡虽然困，可是满脑子一会儿四哥，一会儿牛忒戈，根本睡不着，干脆坐起来找嘉嘉聊天："嘉嘉，讲个笑话吧。"

"好的。"嘉嘉道，"有一家金融机构，经常被黑客勒索，每半个小时就断一次网。金融机构的 IT 人员动用各种技术手段，就是查不出原因。后来黑客落网后招供，他们买通了写字楼的保安，每半个小时拔一次网线。"

"哈哈哈……"夏子衡大笑，立即不困了。

柳虹也乐坏了："还有这种黑客？"

"是啊。"夏子衡感叹，"当年我设置各种密码，保护我开发的系统，就像守护保险柜一样。谁知道，我失去它，居然是因为几杯酒。"

"技术并不可怕，最可怕的，还是人。"

"所以，我怀疑'四哥'一定是牛忒戈身边的人。"

"陈武暂时被排除，嫌疑最大的就是沈澜或向秋阳了。"柳虹说着，突然指着前方一块户外广告牌，"看，凤凰大学的招生广告！"

"凤凰大学？我们到哪儿了？"

"C 城。"夏子衡本是问柳虹的，谁知无人机嘉嘉飞快抢答。

"C 城？阿囊预测将发生第三起罪案的 C 城？"夏子衡一骨碌爬起来，"我们要不要下车？"

"可阿囊说第二起罪案发生在 B 城，四哥也明确约你在 B 城见面。"柳虹问无人车，"嘉嘉，我们目前距离凤凰大学多远？多长时间可以到？"

"十五公里。最快需要十分钟。"嘉嘉答，"主人，需要切换行车路线吗？"

柳虹征求意见："老夏。我们要不要顺便去一趟凤凰大学？"

"目的？"

"沈澜一口咬定牛弋戈顶替了她哥，而牛弋戈坚决不承认。两人必有一人在撒谎。"

"你觉得谁在撒谎？"

"沈小明出事时，沈澜还是个孩子。她对她哥的事，并没有亲身经历，是后来听别人说才知道的，记忆可能不准确。"

"你的意思是，她也许被四哥，哦，不，那个'匿名短信客'利用了？"

"沈澜也有可能被人骗。"柳虹当机立断，"老夏，你能黑进 B 城招生办的数据库吗？"

"我试试。"夏子衡用电脑黑进大学数据库，"查到了，凤凰大学二十年前在 B 城一共招了十三人。"

"有名叫沈小明的人吗？"

"有。"夏子衡脸上出现困惑的表情，"不过……"

"不过什么？"

"有两个沈小明。"夏子衡将屏幕转向柳虹，"一个在管理系，一个在计算机系。"

"什么？"柳虹看了一眼，不敢相信，拼命揉眼睛，"是碰巧，还是录入错误？"

"不可能！"夏子衡指着屏幕说，"你看，这两个沈小明的出生日期不一样，一个是 5 月，一个是 8 月。两人的身高体重和家庭住址也不同，不可能是同一个人。"

"有照片吗？"

"我看看。"夏子衡点开两个沈小明的资料，都没有照片，"奇怪，照片呢？"

"你看看其他同学的资料，有没有照片。"

"都没有。"

"会不会是网络问题？"

"我刷新一下页面。"夏子衡点了两下鼠标，果然照片出来了，但让他目瞪口呆的是：两张照片都是牛弋戈。他身子往后一仰，下意识地撇了撇嘴，"这事好玩了。"

"你还觉得好玩？"

"非常好玩。"夏子衡道，"如果不是工作人员的失误，就是有人为此做了精心的准备，真是处心积虑啊。"

"处心积虑？"

"柳虹，我有一个大胆的假设：沈小明当年确实被人顶替了，这个人可能是牛弋戈，也可能是另外一个人。"

"另外一个人？"柳虹不解，"如果是另外一个人顶替了沈小明，那牛弋戈改什么名字？他吃饱了撑的没事找事吗？"

"这也是我百思不得其解的地方。"夏子衡叹道，"可惜现在无法找牛弋戈求证。"

柳虹再问无人车："嘉嘉，我们目前距离凤凰大学多远？多长时间可以到？"

"八公里。最快需要四分钟。"嘉嘉答，"主人，需要切换行车路线吗？"

"老夏？"

夏子衡答："凤凰大学档案室可能有沈小明入学的纸质材料。这是无法篡改的，如果还在的话。"

柳虹立即下令："嘉嘉，去凤凰大学。"

"是，主人！"嘉嘉答毕，立即来了一个平稳且优雅的右转弯。

2

程盛勇被释放后，收到几条短信，其中一条是魏雯的，让他见信后尽快到魅力山庄找她。程盛勇见留言甚短，知道事态严重，人刚出警局，立即打车朝魅力山庄奔去。

艾达塔的年会还在继续，魏雯正在台上代表牛弋戈讲话，号召全体员工团结起来，渡过难关。她的演讲声情并茂，让人动容。程盛勇等她讲完，走下舞台，这才约她在一个僻静角落见面。

魏雯递给他一个优盘："盛勇，你能找人把其中第 48 分钟第 56 秒的画面修复吗？"

程盛勇奇道："这是什么？"

"刺杀弋戈的真凶。"魏雯将程盛勇被捕后发生的事简要说了。

"小事一桩。"程盛勇笑道，"我虽然水平不如子衡，但这些年跟他一起混，好歹会几脚猫爪功。"

"真的？"魏雯大喜。

"电脑给我。"

等待开机的时间，魏雯漫不经心地闲聊："盛勇，子衡这些年是不是特别恨我？"

"没有的事。"程盛勇当即否认，"不过，他确实有点郁闷。"

"郁闷？"

"主要是不能做自己喜欢且擅长的事。十年禁止从业，搁谁也受不了。"

"我知道。我知道。"想到夏子衡各种憋屈，魏雯有点难过。

"你们谈过了？"

"简单聊过几句。他后来没再……谈过恋爱？"魏雯鼓起勇气问。

"据我所知，没有。"

"那个柳警官对他好像还不错。"魏雯小心试探，"他们怎么认识的？"

"那是我外甥女，受命到我公司卧底。"程盛勇听出魏雯的弦外之音，朗笑道，"子衡以技术功底帮她破案，她以警官身份帮子衡洗冤，强强合作，非常互补，哈哈哈……"

"这样啊，难怪。"魏雯隐隐有点吃醋，虽然她认为自己早没这个资格。

"总算开机了。"程盛勇开始修复视频截图，"妖怪，快快现形吧……等着，马上就好……魏雯，看看这是谁？"

一个熟悉的身影清晰地映入眼帘。魏雯瞪大眼睛，脸上极其恐怖："真的是向秋阳？"

程盛勇也紧张起来："你是说，向秋阳就是四哥？"

魏雯掏出手机："我得赶紧通知子衡！"

"慢！"程盛勇制止，"雨文，先别打电话！"

"为什么？"

"子衡的手机一定被四哥监听了。这个时候，千万不能打草惊蛇。"

"那通知你外甥女柳警官呢？她的手机应该没法被监听吧？"

"问题是，我们的手机也有可能被监听。"

"那怎么办？"

"你把优盘给我，我去找金警官。"程盛勇抱起电脑，"柳虹好像跟他达成了什么协定，不然他也不会把我放了。"

"也好。"

"不过，光有这张图还证明不了什么。四哥在要挟子衡时，艾达塔很多人都在打电话，不可能所有人都是嫌疑人。"

"但向秋阳伤害弌戈的动机最强。"魏雯想了想，又道，"要不我再找他谈谈？果真是他，他一定会露出其他破绽的。"

"那就这样。我先走了。"

程盛勇离开后，魏雯犹豫再三，还是忍不住电夏子衡："你还好吧？"

"有事吗？"夏子衡接到这话有点意外。

"没事。"魏雯想起程盛勇的警告，"我就是突然想起，有一年我们曾经去杭州旅游，一块去灵隐寺烧香。那天下着小雨，特别冷，可路上堵得厉害，打不着车，于是我们一路走着去。到灵隐寺时，天都快黑了，差点没让我们进。"

"你怎么想起说这个？"夏子衡问道。

"当时我们是几月份去的来着？"

"好像是国庆节假期间。"

"那可真是一个难忘的假期，一个迷人的季节，一年之中最好的季节。"魏雯努力控制自己不说出那个"秋"字。如果向秋阳在窃听，他马上就会知道她在说他。

"你怎么想起说这个？"夏子衡越发困惑。

"没什么。我就是想，不知道 A 城有没有类似灵隐寺这样的寺庙？如果有，我现在就去烧烧香，求菩萨保佑你和弌戈平平安安，渡过眼前的难关。"

"谢谢！"夏子衡想起之前交代魏雯的事，"那事有结果吗？"

"没有。"

"那抓紧吧。"

"好的，有结果我就告诉你。"

"还有事吗？"

"没事了。我就是有点担心，说出来就好了。"

挂断夏子衡的电话，魏雯约了向秋阳，向秋阳约她十分钟后在三楼咖啡厅见面。魏雯足足花了五分钟做心理建设，终于鼓足勇气，抱电脑坐电梯来到三楼。

整个咖啡厅静悄悄的，空无一人，连服务员都没见着。是时间太早，还是我走错地方了？恐怖之感油然而生，魏雯心"腾"地悬起来，只觉双臂发麻、两腿发软，哆哆嗦嗦打电话："向总，我们是约的咖啡厅吗？你在——"

魏雯话还没说完，被人从身后飞速抽走电脑，然后重重地扣在她头顶……

3

夏子衡接到魏雯的电话，见她一味怀旧伤感，不知道该如何接话，匆匆敷衍几句，就挂了电话。柳虹见他神色异常，猜测对方是魏雯，不便过多打听，默契地沉默。

两人赶到 C 城凤凰大学时，已是上午。所幸此时学校已放假，大雾笼罩下的校园里静悄悄的。夏子衡溜门撬锁，一番折腾，终于来到大学招生办的档案室，各种查找。

"找到了。"柳虹突然指着前面书柜说，"这一片是二十年前入学的新生材料。"

"我看看。"夏子衡走过来，见眼前一片密密麻麻的文件夹，倒抽一口凉气，"这么多。那得看到什么时候？"

柳虹提醒："我们是不是只需要看管理系和计算机系就可以？"

"哦，对，你真聪明。我们分下工，你看计算机系，我看管理系，好不好？"

夏子衡翻腾半天，终于找到了："看，这才是真正顶替沈小明的那个人。"

柳虹接过档案一看，只见这个名叫"沈小明"的小伙子长得比较瘦弱，眉宇间有一种愁苦气，脸上黯淡无光，不是那种特别开朗和外向的人，与牛弋戈标新立异、勇于冒险、敢作敢当的气质完全相反。也许他高考前自知成绩不好，对未来缺乏信心，在拍高考证件照时才会表现得如此颓废和文弱。

柳虹也直觉他是顶替沈小明的人，但不敢百分百确定，故意问："你怎么知道是他顶替，而不是牛弋戈？"

"因为我记得沈澜说，他哥的高考成绩是 555 分。顶替他的人，必然用同样的成绩，你看他的高考成绩。"

"正好是 555。"

"还有一点，这个'沈小明'是管理系，而牛弋戈是计算机系毕业的。"

"真的是他？"

夏子衡感慨："难道牛弋戈是被冤枉的？"

"那沈澜为什么认定是他？"

"说不定沈澜被那个匿名好心人误导了。"

夏子衡先拍照，然后把"沈小明"档案扯下，刚揣进外衣内兜，正要往外走，忽然听到天花板上传来动静，大惊，悄声对柳虹说："上面有人！"

"我看能不能上去。"柳虹说着，快速迈过几组书柜，一眨眼人不见了。

夏子衡猫着身子在档案室转了好几圈，没发现柳虹，怀疑她出事了。他正要找梯子爬上天花板，身后传来一个男声："别动！"

夏子衡慢慢转过身，发现柳虹脖子上架着一把刀，持刀的人不是站在地上，而是从天花板用绳子系着倒垂下来的。

男子虽然戴着头套，但夏子衡还是从他的眼神、身材和呼吸频率判断，他是一个中老年人。下意识问："你就是四哥？"

对方道："少啰嗦！快把档案给我！"

头套男说话干脆利落、中气十足，与四哥低沉的风格完全不同，他们应该不是同一人。念及此，夏子衡又问："你就是那个给沈澜发匿名短信的好心人？"

"我再说一遍：快把档案给我，否则我杀了她！"对方阴森森道，"第二天，所有人都会认为，人是你杀的。"

夏子衡冷笑："我凭什么当这个冤大头？"

"就凭你在 A 城魅力山庄干的坏事。"

夏子衡又是一惊：对方既然不是四哥，怎么知道我在魅力山庄的事？他就是四哥？难道他电话里的声音是伪装的？他要这些档案干什么？却听柳虹道："老夏，不能给他！你不要管我！"

"我只数三下。"蒙面人使劲将刀往柳虹脖子上按压。

夏子衡远远看见柳虹脖子上渗出鲜血，犹豫了。虽然柳虹坚持劝他别妥协，他还是从怀里掏出档案，冲中年男子一扬："你先放人！"

"你先给我！"

夏子衡没有筹码，只得把档案扔过去，对方接过，一把将柳虹甩向一个铁柜，夏子衡慌忙去扶。趁这工夫，对方按了一个随身带的遥控器，只听"吱"的一声，绳子飞速上移，将他吊到天花板上，飞速离开了。

夏子衡扶住受伤的柳虹："你没事吧？"

"我没事，快去追他！"柳虹摸了摸额头上的血迹。

"擦擦。"夏子衡掏出纸巾给她。

"你帮我上去，我一定要抓住他！"

"你踩我肩上！"

柳虹在夏子衡的帮助下，双手刚够着天花板，上面再次传来轻微的动静，像是玩具车行走的声音，而且逐渐加速。这里怎么会有玩具车？柳虹心想，她将身子探出天花板，往里看，果然发现一辆巨大的遥控玩具车快速朝她驶来，上面还装着一个大塑料桶。

不待柳虹思考，随着冷风倒灌，一股浓重汽油味已扑面而来，她大喝一声："不好，老夏，对方要放火！"

"快下来！"夏子衡说。

"我先把天花板合上！不能让他烧了档案室！"

"我必须阻止它！"

柳虹虽然想办法把她头顶的天花板合上，但另一处天花板突然又开了。只在瞬间，一股液体泼下来，夏子衡一闻便知是汽油，他还没开口，一个烟头飞了过来，汽油腾地被点燃。

两人夺路而逃，发现门被人从外面反锁，怎么也拉不开。柳虹急中生智，拉开一扇柜门，带夏子衡躲进去。

只一瞬间，整个档案室变成火海，浓烟滚滚。档案室虽然安装有自动灭火装置，但似乎过期损坏，根本不管用。火越烧越大，浓烟渗进柜子，让二人喘不过气来。

柳虹道："老夏，在这躲着不是事，一定要尽快出去。"

"火太大了，出去准烧死。"

"可是不出去，一会儿就得呛死。"

"没想到我们死在 C 城。"夏子衡自嘲道，"难道四哥不想跟我们在 B 城见了？"

千钧一发之际，门外传来砸锁声。夏子衡甚感意外："现在学校已放假，档案室又在特别偏僻的地方，谁会来救我们？"

柳虹安慰道："兴许是留校的老师？"

很快门被砸开了。夏子衡携柳虹冲出档案室，发现让他们死里逃生的，居然是金警官。

柳虹奇道："金警官，你不是受伤住院了吗？"

"一点轻伤而已。"金警官强忍伤痛笑道，"你们一走，我就从医院逃出来追你们了。"

"谢谢！"柳虹真诚说道，"金警官，我欠你一个大人情。"

"都是同行，客气啥？我叫金超。"金超说着伸出手，"警局领导吩咐了，这个案子我全力配力你，柳警官。"

"是吗？"柳虹被这个突如其来的反转惊呆了，"感谢支持！"

夏子衡更高兴："金警官，真的不抓我了？"

"暂时。"金超严肃说道，"夏子衡，除非你帮我们抓到刺杀牛弋戈以及袭击我们的真凶，否则你就无法摆脱嫌疑。"

夏子衡问："二位警官，你觉得刚刚放火的，与之前调集无人车撞我们的，是同一人吗？"

柳虹摇头："我感觉不是。"

金超道："那就意味着，四哥还有同伙。这个放火烧你们的究竟是谁呢？"

柳虹提示："想想谁最怕沈小明被顶替的事曝光？"

金超道："当然是真正顶替沈小明的人。"

柳虹笑："老夏，看你的了。"

夏子衡对档案上的少年"沈小明"照片进行"衰老"处理，变成一个跟牛弋戈年龄相当的中年人。再以此照片进行搜索，很快找到匹配者：C城某金融机构，果然有一个名叫沈小明的中年员工。

柳虹一惊："难道刚刚在档案室放火烧我们的人是他？"

"不可能！"夏子衡坚决否认，"刚刚放火的人，年龄应该有五六十岁，而沈小明，不过三十来岁。"

"五六十岁？"柳虹喃喃道。

夏子衡突然想到另外一件事，又问，"金警官，程盛勇释放了吗？"

"他去找魏雯去了。"

"能帮我联系一下他们俩吗？我感觉魏雯欲言又止，好像有重要的事要跟我说。"

金超电话程盛勇和魏雯，发现二人均关机。夏子衡顿感不妙："不好，魏雯和程盛勇可能都出事了！"

"那怎么办？"柳虹道，"我们现在有点忙不过来，不可能再赶回 A 城。"

金超道："要不这样，我马上赶回 A 城，带人寻找魏雯和程盛勇？"

"那就辛苦金警官了！"柳虹道，"老夏，我们也分下工吧，你留在 C城找假'沈小明'，我去 B 城找沈澜和牛弋戈。四哥一定会在这次同学聚会上搞事，一定要赶在聚会前抓到他和他的同伙。我们三条线同时推进，不管谁先突破，都是重大进展。"

4

与柳虹和金超告别后，夏子衡突然一阵心慌头晕，他扶着墙站定，这才意识到可能是饿了。他走进一家路边餐厅，随便点了份快餐，一边回想智能机器人阿囊的预言，感慨万千。

柳虹说阿囊曾预测，A、B、C三城在一月内有三场与艾达塔相关的犯罪案，截至目前，阿囊的预言基本正确。

这样说来，B城的事，也好不到哪去。难道B城有更大的危险在等着我？这就是柳虹主动要求去B城的原因？我之前怎么没想到这个？让女人为我冒险，我真不是男人。人工智能已经发展到这种恐怖的程度了吗？难道真的是"道高一尺，魔高一丈"？夏子衡想，阿囊的代码是谁写的？全是人力所为，还是它深度学习自我演进的结果？此案完结后，能否让柳虹安排机会拜访下阿囊？

夏子衡忽又想到，B城的案件与A城有何不同？为什么C城的案件会提前发生？是机器计算有误，还是因为外人干预？四哥真的能够在警方参与且提前预防的情况下，完美刺杀牛弋戈并且栽赃给别人吗？他与真正的沈小明到底是什么关系？

正胡思乱想，夏子衡突然发现对面一个高档小区的门口，走出一个身穿蓝色羽绒服、身材瘦削、面色苍白的中年男子，身边是一个挺着大肚子的孕妇，两人有说有笑地走着。夏子衡冲出餐厅，迎上去："沈小明先生？"

"您是……"中年男子奇怪问道。

"我是凤凰大学招生办的，有点事想跟你聊聊。"夏子衡笑道。

"凤凰大学？"男子意外且警惕。

"你母校？"一旁孕妇惊讶地瞟夏子衡一眼，道，"老公你都毕业那么多年了，怎么还……"

中年男子让他老婆先走，平静地对夏子衡说："先生，您是不是认错人了？"

"82372……"夏子衡掏出手机，边说边按下一串数字。

"您说什么？"

"这是你们公司人力资源部的电话。你觉得，他们要是知道你是顶替'沈小明'上的大学，你的饭碗还能保住吗？"夏子衡指着他妻子远去的背影，"你夫人快生了吧？"

"沈小明"看了看时间，指着对面的肯德基问："我们能换个地方谈吗？"

落座后，夏子衡将整件事的来龙去脉简单交代一下，直奔主题："一个名叫牛弋戈的人正在为你的错误付出代价，你是不是该说点什么？"

"您还是叫我唐逊吧。"假沈小明一脸懊恼，"很久没人公开这么叫我了。"

"唐逊。"

"但这个事，我也是一头雾水。我也不知道，我是怎么在一夜之间变成沈小明的。"

"怎么讲？"

"高考第二天，我开始发烧。我咬牙坚持考完，就被送进医院，急性肺炎。烧了一个礼拜，我的脑子是木的，每天昏昏沉沉，连查成绩、填报志愿这种事都是我爸代劳的。中间我爸告诉我，我成绩很好，因为网络问题，志愿填报失败。为了补救，只能换一个名字重新填。我爸当时跟我说，必须在半个小时之内补填，否则永远失去上大学的机会。我当时在病中，没有能力做任何事，报考志愿的事全部委托他来做。"

"你想用一场肺炎，来为你的顶替开脱？"

"我当时真不知道。"唐逊愧疚道，"其实我平时成绩还可以，可能是因为发烧影响了发挥。"

"到底怎么回事？"

唐逊道："我病好后，从我爸手中接过录取通知书，发现上面写着'沈小明'的名字，我就问他怎么回事。我爸说，因为我高考最后一天持续高烧，预估成绩不好，他担心我考不上大学，就偷偷替我做主，借用了别人的成绩。我跟他大吵一通。可是事已至此，我也没有办法，只好用沈小明的名字上学。"

"具体是怎么办的？"

"我听我爸说，这件事是我们两家协商的。沈小明家穷，高考那一年，父亲生大病，他好像是因为没考上理想大学，不愿上，就把成绩和身份卖给我了。"

"卖？"夏子衡感觉大脑的白质区和灰质区被人用锤子凿通了一条隧道，"高考成绩和身份还能卖？这些不都是联网的吗？"

"是。当年网络和监管还没那么发达，这种事当年就是公开秘密。这事，是我父亲和他父亲操办的，两人商量以五万块钱的价格，买了他儿子的成绩和身份。"

"你觉得这笔买卖划算吗？"

"二十年来我一直被这事折磨，夜夜失眠，你看头发掉得没几根了。"

"因为你，已经有几人死伤。"夏子衡沉痛说道，真沈小明已经死了，加上黄二狗，就是两人。至于受伤，更有数人。

"怎么回事？"

"沈小明——我是说真沈小明——的妹妹，这些年一直在寻找顶替他哥上学的人，一心要为他哥讨个说法。可惜她找错了人，找到另一个叫沈小明的人，你在凤凰大学的校友。"

唐逊震惊："我们学校还有一个沈小明？"

"你不知道？"

"真不知道。说实话，这二十年来，我既害怕这一天，又天天盼着这一天能早点到来。我知道这件事，迟早会有一个说法，得解决。就算真正的沈小明不露面，我也打算主动出头，澄清事实。哪怕我重新高考一次，我也要拯救自己的灵魂。如果时光能倒流，再给我一次选择的机会，我宁愿复读再考。哪怕上一个普通三本甚至大专，也比现在踏实。我成天心慌胸闷，像是被一块大石头堵着，大夫说我心脏有问题，建议我做搭桥手术。其实我知道，我这是心病，心病只能靠心药医。"

"凡事都有代价。"

"是啊。"唐逊点点头，又问，"对了，你刚说死了人，谁啊？"

"真沈小明。"夏子衡道，"被你顶替的人。"

"真沈小明死了？什么时候的事？"

"毕业几年后吧。"

"真沈小明死了？不可能！"唐逊叫道，"两个月前他还找过我。"

夏子衡大惊："他在两个月前找过你？电话还是面谈？"

"先电话，后面谈。他说这些年混得很惨，都是因我而起，要我赔偿他十万块钱损失。我说我刚买房，每月还贷一万多，手里没有余钱。好说歹说，他才减了五万。我东拼西凑给了他五万块，才把他打发走。"

"他长什么样？"

"他当时戴着口罩，我没看清。"

夏子衡惊奇道："那你怎么判断他就是真沈小明？"

"他手里有沈小明的身份证和准考证，还说了一些关于高考的细节。"

"后来呢？"

"后来就再没他消息了。"

"你有他电话吗？"

"有。"唐逊试着拨了一下，电话里传来提示音，"对不起，您所拨的电话是空号。"

真沈小明没死？难道他才是四哥？夏子衡被这个新发现惊得差点窒息。是啊，要论复仇动机，还有谁比真正的沈小明更强烈？莫非他报复牛弋戈，也是出于同样的原因？莫非他认为牛弋戈也是毁掉他人生的罪魁祸首之一？

想到这，夏子衡郑重道："沈小明的妹妹沈澜搞错了人，把牛弋戈当成了你。你能陪我去一趟B城，参加真沈小明他们班的同学会，当众把这事说清楚吗？沈澜需要的只是真相和道歉，如果她知道她哥还活着，一定会非常高兴。无论如何，还是辛苦唐先生跟我去一趟B城。"

"我……能不能等我夫人生完孩子之后？"唐逊在做剧烈思想斗争，"这几天就是预产期。我今天是要陪她做产检的。"

"可是凶手不等人。恐怕还会有人为这事受伤甚至丧命。"

"好吧。我向我老婆请个假。"

唐逊起身，走到一旁打电话。夏子衡也顺便电柳虹，可是一直提示不在服务区，正想着再电金警官，却见唐逊打完电话回来，垂头丧气道："对不起，夏先生，我……"

"怎么？"

"我可能暂时不能跟你去B城。"

"为什么？"夏子衡愤怒。

"我……我还没准备好。这事太大了，如果我去了，我的家庭、前程和人生就全完了。我没法对我老婆和领导开口，更不知道该怎么面对以前的同学。如果我现在说了，我不仅会失去工作和房子，还要失去老婆和孩子。这个代价确实太大了。我需要一点考虑的时间。对不起，夏先生，请原谅我的软弱。我暂时不能陪你去。"唐逊说着，两腿不由自主地颤抖，似乎恨不能给夏子衡跪下。

果然是个软弱的男人。若在三年前，他早就对唐逊动手，拳脚相加，义正词严地逼他同行。可是，经历三年灰暗的人生低谷后，夏子衡变了，变得心软，变得特别有同理心了。每个人都有特别无助脆弱和走投无路的时刻，尤其是一个已经结婚即将当爹的男人，身上的责任比别人更重。他的选择，比我这个单身汉少多了。

夏子衡一声长叹："好吧。不过，我希望你能跟沈小明的妹妹通个电话，她有权知道真相。"

"好的，等你到 B 城之后吧。"唐逊全身抖了一下，掏出钥匙递给他："夏先生，您可以开我的车去 B 城。车在我们家小区车库地下三层。"

"谢了！"

夏子衡爽快地接过车钥匙，缓缓走向地下停车场。上车后，他再拨柳虹电话，还是不通，于是编辑一条短信"顶替沈小明的人名叫……"，还没写完，他上身突然被人从座位后搂住，脖子上被电击，他"啊"的一声，全身发麻，手机从手中滑落，当场晕厥……

5

柳虹从 C 城赶到 B 城悠悠酒店时，已是下午四五点。隔着老远，她就看见悠悠酒店门口有一块巨大的电子显示屏，上面持续滚动一句广告语："热烈祝贺 B 市＊＊＊届同学毕业二十年聚会成功召开"，一个巨大的音箱，播放着一串二十年前的老歌，怀旧的气息扑面而来。

走进酒店，柳虹被乌泱乌泱的人群和巨大的签到台所震撼，一群身着统一聚会服装的男女同学将她包围，热情地问她是哪个班的，不由分说要拉她签到。柳虹含糊地说一句"我是家属"，从包围圈中逃脱。之后，她找了几个同学打听，问他们是否记得本届有一个名叫"沈小明"的同学，全都摇头。

柳虹一开始觉得不可思议，但转念一想：这是全年级的聚会，也许自己所问之人，与沈小明不是一个班的。如果沈小明内向低调，毕业二十年后，很多人不认识或不记得他，也属正常。

柳虹决定多找几个人碰碰运气，余光瞟见一个穿着奢华的中年女子朝她张望，一副欲言又止的样子。她见柳虹朝她走过来，撒腿就跑。

柳虹快速将她截住，再三追问，她才说她叫刘丽莉，是沈小明的同班同学："你找他干什么？"

柳虹表明身份后道："他涉嫌一桩重大刑事案件。"

"刑事案件？"刘丽莉吓了一跳，"不可能吧？他是那么老实内向的人。"

"你跟他很熟？知道他的下落吗？"

"同学而已。小明人很聪明，以前成绩很好，可是高考前好像受了什么打击，无心学习，高考成绩不理想。他一下之下，就跑到南方打工。完全自暴自弃，被一些不三不四的朋友给带坏了，一度流落街头乞讨为生。"

"你怎么知道这些？"

"我在南方见过他一次。"

"除了你，你们还有其他同学跟沈小明有联系吗？"

"我不知道。沈小明性格孤僻，上学时就没什么朋友。"

"你喜欢他，是吗？"

刘丽莉不答，使劲吸烟。

"要不我换一个词：暗恋？"

"其实我从初中时就喜欢他了。"刘丽莉擦了擦眼泪，"我们中学六年，当年真的幻想过嫁给他呢。"

"哦。"

"小明虽然天分高，但偏科厉害。数学和物理特别好，语文和英语不行。我说的是那种单纯的聪明，不食人间烟灭，为人很轴，一根筋，认准的事一条道走到黑。不会变通，为人敏感脆弱。可能是高考被顶替这件事，给了他很大的刺激。"

"你觉得他有反社会人格吗？"

"反社会人格？什么意思？"

"就是把自己的失败归咎于社会，对他人实施报复。"

刘丽莉歪着脑袋想了想："可能有一点吧。我也说不好。"

"最近他一直在 B 市吗？"

"那倒没有。好像去过一趟 A 市。"

A 市？柳虹暗惊，难道在 A 市刺杀牛弋戈的人，真的是沈小明？问："你确定？"

"确定。票还是我帮他买的。你看，这是购票记录。"

柳虹接过刘丽莉的手机，上面果然有两张在 C 城和 A 城往返的电子车票，时间分别为三天前和一天前，只是姓名不是"沈小明"，而是"沈浩"，于是问："这个沈浩是谁？"

"沈浩是沈小明现在的名字。"

原来沈小明真的还活着。柳虹大喜："能帮我把他约出来吗？"

"难。"

"我们只在南方见过一面，后来再没见过，只在网上聊天，都是有一搭没一搭的。"

"他最近一次找你，是什么事？什么时候？"

"一两天前，找我借钱。"

"你是说，他最近很缺钱？"

"是。听说他还借过不少高利贷。"

"把他电话给我。"

柳虹掏出手机记号码时，发现两个夏子衡的未接电话，以及一条写着"顶替沈小明的人名叫"的短信，嘟囔一声"怎么短信发一半"，给夏子衡回电，发现关机。她没有多想，给沈浩打电话。

电话通了，柳虹以提供低息借贷为由，约他十分钟后在一家快餐厅见面，沈浩一开始有点犹豫，听说是刘丽莉推荐的，便答应了。

6

柳虹先到，落座后再拨夏子衡电话，仍然关机，心情逐渐沉重：难道他也发生意外了？她紧闭双目，双手抱头，暗自祈祷：老夏你可千万别出事，没有你，艾达塔错综复杂的罪案怎么破？

正祈祷间，柳虹感觉桌子被碰了一下，睁开眼，桌前赫然站着一个蓬头垢面、破衣烂衫、面黄肌瘦、身上散发着酸臭的流浪汉，不客气地问："你找我？"

柳虹吓了一跳："你是沈浩？"

沈浩不客气地道："能帮我点一份快餐吗？"

柳虹愣了愣："没问题。吃什么？"

"一饭咖喱牛肉饭，再加两个煎鸡蛋。再加一份大鸡排，一份黄金鸡块。酱要甜的，不要辣的。"沈浩像背书一样，一通乱点。

"你慢点说。"柳虹一边忍着恶臭用手机下单，一边想：这家伙有多久没洗澡、没吃饭了？

沈浩直奔主题，要钱。柳虹说："我们是完全无抵押的信用贷，不是熟人介绍的朋友，我们一般是不贷的。你是刘丽莉的同学，所以我才答应。"

"是，是，是。她是我最好的朋友，她可以为我担保的，你尽管放心。"

"钱我一会儿就转给你。"

"不，我要现金。"

"现金？"柳虹奇道，"身份证给我看一下。"

"身份证？还要身份证？这么烦琐，我找你干吗？"沈浩嘟囔一声，起身要走。

"没有还是没带？"

"没带。"

"稍微有点麻烦。"柳虹话锋一转，"不过，你要能如实回答我几个问题，也能线上转。事关个人诚信，你可绝对不能撒谎。"

"你问吧。"

柳虹道："姓名？身份证号？"

"我叫沈浩，身份证号是……我想想……我想想……"

"身份证号都记不住？"

沈浩涨红脸："怎么，借点钱还要审查？"

"这是个人信用的一部分。"

"我忘了。"沈浩拼命搔头，"我现在记忆不好。几年前，我生过一场大病，脑子受损，记忆力和思考能力大不如前。现在去菜市场买菜，我都算不清账。"

"好吧。"柳虹听餐厅广播叫号，起身取餐给沈浩。待他狼吞虎咽吃起来，她漫不经心问，"沈浩，你刚才说要借多少钱来着？最高能承受几分利息？"

"八千。月息半分。"

"也就是年化利率7个点，对吗？利息560。"

沈浩飞快道："不对。是6个点，年息480。老规则，你把利息一次性扣除，只借我7520元就可以。"

柳虹故意道："我怎么算的是7个点？"

"月息半分就是0.5，0.5乘以12不是6吗，怎么变成7了？"

"你像是一个脑子受损的人吗？"柳虹笑。

沈浩发现上当，怒道："玩我呢。没钱借我走了。"

柳虹飞快从包里掏出一沓崭新的钞票，摆在餐桌上："说实话，这八千块钱就送给你，不需要你还。"

"真的假的？"沈浩在身上擦了擦手。

柳虹直接递给他："收好。"

沈浩收钱后，态度立变："你想知道什么？"

"你的真名是不是叫沈小明？"

沈浩立即警惕起来，身体本能地后撤："沈小明是谁？"

"你当年高考时成绩是不是被人冒用了？"

"我不知道你在说什么。"沈浩明显发慌。

柳虹感觉沈浩在装，一把将餐桌上的现金收回："不说实话是吧？那这钱我不借了。"

"等等。"沈浩欲夺现金。

柳虹一把将现金抽回来，放回包里："你是不是沈小明？"

"是吧。"

柳虹见沈浩承认他的真实身份，大喜，用手机展示包括牛弋戈在内的几张头像："这里面有没有顶替你上学的人？"

沈浩来回看了好几遍，每张照片都端详很久，最后指着牛弋戈说："他。"

"确定？"

"确定。"

顶替沈小明的果真是牛弋戈？柳虹被这个反转惊着了。难道牛弋戈真在演戏？那夏子衡说他在 C 城找到真正的顶替者又是怎么回事？难道此事有两个顶替者？夏子衡失联，又是因为什么？一系列疑问涌上心头，柳虹一时无法回答。为稳妥起见，她再问："有什么证件能证明你就是沈小明吗？"

"没有。哦，不，有，有。我有一个旧身份证，一直没有上交，可能过期了。"

"在哪？"

"在我住的地方。"

"你住哪？"

"离这不远。那个方向。"

沈浩说着，往右边一指，柳虹顺着往外看。沈浩趁她不留神，一把夺过她手里的现金，冲出餐厅，柳虹立即追上去。两人跑了三四条街道后，沈浩拐弯冲进一条漆黑狭窄的小胡同，胡同尽头，是两个岔路口。

柳虹正犹豫该走哪条，忽见沈浩在右边的岔路闪了一下，柳虹想都没想，右拐前冲。没走多远，她不小心踏空，掉入一个深不见底的土坑。她拼命抬头往上爬，只见一堆乱七八糟的东西哗啦啦向她头顶砸来……

第九章

智能谋杀

1

夏子衡终于醒了，不是自然醒，而是被臭气熏醒的。准确地说，他是被臭袜子薰醒的。他的第一反应是昨晚睡觉时，乱脱乱扔袜子，袜子在空中飞舞，结果掉在枕头边上，给他当了一晚上"空气污浊器"。这事以前在夏子衡酒醉后发生过好几次，所以他这次被臭味薰醒，本能地认为他在自己家中或某酒店。

他闭着眼睛，想翻滚身子摸索枕边的臭袜子，可惜根本动不了——他睁开眼一看，才发现自己被紧紧地绑在一张椅子上，而嘴里塞着一双臭袜子。这正是污浊空气的来源。

我这是在哪？夏子衡的大脑就像一台刚刚从"休眠"状态"复苏"的电脑，全力加载硬盘里的数据，恢复正在运行的应用程序后，才进入正常状态。

他终于明白他是怎么在这儿的。就在之前，他去见真正顶替沈小明的唐逊，唐逊拒绝来 B 城并借车给他。他一上车，就被人用防狼电击器电击脖子，然后晕了过去。

我被绑架了。

我"也"被绑架了。

夏子衡头疼欲裂，昏昏沉沉，难道我还被下药了？夏子衡喃喃道。他坐在一张转椅上，环顾四周，一个黑黢黢的小房间，似乎是一个闲置很久的阁楼。很久没人来过，也没打扫过。他使劲吸了一口气，空气中散发出潮湿的霉味。

我现在在哪？C城还是B城？

谁袭击我？唐逊还是四哥？

他绑架我的目的是什么？杀我，还是阻止我调查真相？夏子衡瞬间闪过十万个为什么。一个也没找到答案。他拼命挣扎，可惜手脚实在被绑缚太紧，完全没有一丝松动的迹象。

突然间，阁楼里有一样东西亮了，非常刺眼的蓝光。夏子衡低头闭眼，适应了一会儿，才发现这是一台显示器。显示器蓝光消失，出现画面，里面一个戴着头套的男子冲他打招呼："夏子衡，我们终于见面了。"

他是四哥？夏子衡心道，戴着头套算什么见面？有本事把头套摘了。

"你一定非常想知道我是谁。"

夏子衡想说话，可是嘴里塞着臭袜子，说不了。对方体贴道："哦，忘了你嘴里有东西。按我说的做，你转过身来。"

夏子衡转过身，借着显示器的亮光，发现身后有一个高高的架子，一头高，一头低，上面盖着一块墨绿色的毛毯，看不出是什么。正纳闷，突然见屏幕里的头套男按了一下遥控器，然后墨绿色毛毯下侧翻出了一个自动手臂，上面还有一个夹子，先伸过来扯下夏子衡嘴里的臭袜子，飞快夹起毛毯扔到一旁。架子中央，赫然露出一支长枪。

夏子衡参加过军训，体验过实弹射击，见此惊呼："这是步枪还是猎枪？"

"还挺识货的。这不是普通的步枪，是经过改造的智能步枪。"

"智能步枪？"

头套男又敲击了一下手里的键盘，自动步枪开始自动转向，转到一个角度，停下来。然后，头套男又按了一下键盘。自动步枪前面的实体墙突然从中间弹开，露出一个小窗口。然后，一阵嘈杂的声音从窗口飘了进来。

夏子衡听不出这是什么地方："这是哪？"

"凑近一点。"头套男按了一下手中的遥控器,夏子衡的坐椅动了一下,往窗口方向推进。

夏子衡终于可以看到外面的风景——他的下方,正是一个巨大的舞台。舞台下方,是乌泱泱的一群人,上方一个电子屏不停地回放:"B市＊＊＊届同学毕业二十年聚会。"

夏子衡问:"下面就是牛弋戈的同学会?"

"眼力不错。"

"他和沈澜在哪?"

"沈澜不是要逼牛弋戈当众道歉吗?一会儿你就会在台上见到他们。"

"柳虹呢?"

"柳警官?远在天边,近在眼前。"

"她也在阁楼里?"夏子衡四处张望,除了他之外,并无一人。

"你会见到她的。很快。我保证。"

"你把我带到这干什么?"

"玩一个游戏。"

"让我猜猜这个游戏的名字。"夏子衡飞快道,"杀人并栽赃,对吗?"

"数据分析师智商就是高。"头套男赞道,"看来我选对人了。"

"除非你先告诉我你的真实身份,否则恕不奉陪。"

头套男敲击了一下键盘,屏幕左右两边又有两块屏幕亮了。左边的屏幕显示的是聚会现场的全景直播,右边一块显示的是舞台近景。夏子衡在全景直播画面中努力寻找柳虹、牛弋戈和沈澜三人的身影,可是一无所获。他们为什么不在会场?难道他们都出事了?

却听头套男道:"放心,你会奉陪的。先看戏。"

从音调、语气和节奏看,夏子衡判断此人与凤凰大学档案室放火的老人更接近,而与A城那个诱骗他报复牛弋戈的"四哥"相差较远,两人应该不是同一人。可是夏子衡发现两人的腔调和遣词造句风格比较类似,难道他们是团伙作战,统一接受上峰调度,对外都用"四哥"的代号?

还有,这个头套男说话速度比A城四哥要慢得多,仿佛每一句话都要经过深思熟虑一样。这又是怎么回事?

2

夏子衡正琢磨，但见直播画面中，一对帅哥美女走上舞台，正式主持聚会晚宴。两人一番煽情的开场白后，歌舞表演开始。

头套男道："夏子衡，你听着：十分钟后，牛弋戈将上台当着所有同学面道歉，承认自己当年冒名顶替了别人。你的任务，就是杀死他。"

"你想逼我杀死牛弋戈？"夏子衡终于等到大戏的高潮，且喜且忧。

"不，是你心甘情愿地杀死他。"

"你这么恨牛弋戈？"夏子衡决定赌一把，"你是真正的沈小明？"

"你说呢？"

"敢杀人嫁祸，却不敢承认自己的身份吗？"

"我好像不承认我是沈小明也不行了。"

"那我就姑且认为你是。"夏子衡笑道，"你处心积虑，就是为了报复牛弋戈？"

"牛弋戈毁了我一辈子，没工作没老婆没房子没存款。他呢，娶美女，住豪宅，还当着上市公司的董事长，身家十几亿。这公平吗？"头套男的说话逻辑很像"真沈小明"。

"确实不公平。理解。只是，这事为什么要扯上我？为什么要嫁祸于我？"

头套男停了一会儿："我本来没打算找你。但是，你偏偏要往里搅和！"

"我搅和什么了？"

"你没事打听我干什么？你没事跑到凤凰大学查什么档案？"

"当时在凤凰大学档案室放火的人就是你？"

"是又怎么样？"

不对啊！夏子衡心道：凤凰大学档案室放火的人是一个五六十岁左右的老人，怎么会是"真沈小明"？不可能。头套男在撒谎。不过，眼下也没有必要戳破他，就是戳破，他也不会承认，姑且当他是"真沈小明"吧。

想了想，夏子衡继续道："你被人顶替，为什么不通过合法渠道为自己讨回公道？你完全可以找牛弋戈谈合理赔偿，为什么要用这种极端的方式？"

"二十年的青春，怎么赔偿？牛弋戈剥夺了我整个人生，我也要剥夺他的全部！"

"明白了。一开始你就是简单的复仇，想杀死牛弋戈，一了百了，甚至同归于尽。但是，当你目睹牛弋戈的生活和财富，尤其是当你发现我也在找牛弋戈算账后，你学乖了。你打算在杀他的同时，找一个合适的人嫁祸，好让自己逃脱惩罚。是不是这样？"

"聪明！你好像研究过犯罪心理学。"

夏子衡望着眼前的智能步枪："我如果没猜错的话，你应该是想让我用这把枪杀了牛弋戈吧。"

"聪明。"

"A城雨夜在魅力山庄病房刺伤牛弋戈的人也是你，对吗？"

"也许。"

"为什么要嫁祸给我？"

"因为你是杀死牛弋戈的完美凶手。"

"怎么个完美法？"夏子衡苦笑。

"你不恨牛弋戈吗？一个夺你研究成果、抢走你女友、害你坐牢的人。"

"恨。"

"想不想杀他？"

"想。"

"那不就结了？"头套男道，"反正你也想杀他，正好，我给你提供一切便利、装备，你只要对着头顶的摄像头连续点三下头，枪就会自动转向、瞄准。"

夏子衡抬头看了看头顶，果然有一个摄像头，不停旋转方向，再看智能步枪，也在旋转，心里不由涌起一个疑问："沈小明，你对高科技这么在行，怎么会挣不到钱、养不起家、结不了婚？"

"那是以前。难道我现在好不容易挺过来了，就应该感谢牛弋戈吗？"

夏子衡笑："我帮你报仇，承担杀害牛弋戈的后果，你怎么报答我？"

"如果你被抓，我会照顾你的家人。我会给他们一百万抚恤金。"

"一百万？你好有钱！"夏子衡感慨道，"有钱真好，可以随便杀人，还可以花钱让别人顶罪。"

"成交？"

夏子衡想了想："我要是不愿意当这个冤大头呢？"

"你会的。你一定会自愿杀死牛弋戈的。"头套男说完，将三个屏幕中的中间屏幕切换了画面，"你看看这个。"

夏子衡一看，登时惊呆了。画面中，一个女子也身处阁楼里，全身被缚，绑在椅子上，动弹不得。女子戴了头套，只露出一双眼睛。里面的环境、装饰和布置与夏子衡所处一横一样，也是几个显示屏外加一支智能步枪。其中一个屏幕上，显示的就是他夏子衡被绑的画面。

"她是谁？"夏子衡不由问。

"像不像你的女朋友？"

"魏雯？"夏子衡第一感觉被绑缚的女子，从身材上看确实有点像魏雯。她不是在 A 城吗，怎么突然出现在 B 城？难道头套男伙同 A 城的四哥将她从 A 城绑架到了 B 城？本能否认，"不可能是她。"

"为什么？"

"不久前我跟她通过电话，这么一会儿工夫，你就把她从 A 城带到 B 城的阁楼里？好几百公里呢。"

"你怎么肯定你跟她通话时，她还在 A 城？"

夏子衡登时哑了。是啊，如果我跟魏雯通话时，她早就落入四哥之手了呢？如果是这样，那么她所说的每一句话，都有可能是胁迫之下的"谎言"，完全不能当真。

夏子衡仔细再看监控画面，发现里面的女子全身上下被一张巨大的毛毯紧裹着，看不清衣裤。头套男为什么要用毛毯裹着她？是担心她太冷吗？不，他不可能是怜香惜玉之人。唯一的解释是：头套男担心我从她衣着上，判断出她的真实身份。如果她是魏雯，头套男还用得着这样刻意掩饰吗？想了想，夏子衡终于下结论："她不是魏雯。"

"何以见得。"

"你敢把她身上的毛毯和头套拿开吗？"

"那这个游戏就不好玩了。"头套男笑道，"我可没说她一定是魏雯。也许是你的新女友呢？"

"我哪来的新女友？"

"我说是就是！"头套男不耐烦了，"这几天你们天天腻在一起，不是男女朋友是什么？"

这几天天天腻在一起？夏子衡又是一惊，恍然大悟：难道对方指的是柳虹？

夏子衡心里又是一咯噔。柳虹和魏雯身材相近，都是中等个，不胖不瘦的匀称身材。此其一；其二，自己在C城被打晕后，已经与柳虹失联数个小时。考虑到B城危险的局面，她自己一样发生了意外，也不是不可能。

夏子衡仔细端详画面，将重点放在女子的鞋子上，发现毛毯下沿露出一点鞋后跟。他隐约记得昨天参加活动时，魏雯是以贵宾身份出席，穿的是黑色长筒靴，而柳虹作为工作人员，穿的是普通的棕色平底皮鞋。女子的鞋虽然看不出是什么样式，但似乎是棕色，难道她真的是柳虹？

夏子衡不动声色道："你随便找一个女子来诈我？"

"诈你？"头套男一声冷笑，将女子房间的监控画面掐断了，"随便一个女子？那好吧。夏子衡，既然你如此不懂怜香惜玉，那么，等下开始'囚徒困境'游戏时，就别怪我无情了。"

夏子衡当然懂得，"囚徒困境"是指两个被捕囚徒之间的一种特殊博弈，两人为了争取自己利益最大化而绞尽脑汁，冷笑道："你想逼我们内斗？我才不上你的当。"

头套男道："五分钟倒计时结束后，如果你不开枪，两秒钟后，你朋友房间里的枪就会自动射击。如果是魏雯，你愿意让你前女友承担杀夫的罪名吗？如果是柳虹，你愿意为了自我解脱，毁掉曾经救过你的女警官的前程吗？夏子衡，你不是数据分析师吗，手头没有电脑，你能不能手动算一下，她是你朋友的概率是多大？"

概率多大？夏子衡算不出来，他凭直觉判断，对方是柳虹或魏雯的概率超过九成。更要命的是，由于他与那个女子双方信息高度对称，他知道她的处境，她也知道他的处境，很难独立做出符合自己最大化利益的选择。

夏子衡知道魏雯或柳虹被绑架，"她"也知道他被绑架了。

夏子衡知道头套男在逼魏雯或柳虹开枪，"她"也知道头套男在逼他开枪。

要么夏子衡主动开枪救魏雯或柳虹，要么"她"主动开枪救他。就算两人都不主动开枪，魏雯或柳虹房间的枪还是会自动射出。

好歹毒的谋杀计策。夏子衡明白：这不是陌生人你死我活的囚徒博弈，这是朋友之间的自相残杀。他和魏雯或柳虹两人中，只能解脱一人。如果两人必须有一人要射击，只能是他。

头套男为什么要这样做？目的就是确保夏子衡自愿开枪打死牛弋戈。

他说的对，我确实是"自愿"犯罪的，百分之百的自愿。夏子衡心道：我知道我被"道德绑架"了，可是我毫无还手之力。四哥真是高手！

可是，牛弋戈就真的该死吗？不管他是否顶替过沈小明，他都不该死。头套男为什么一定要让牛弋戈死？他到底是谁？

夏子衡沉思间，台下突然传来主持人的声音："各位亲爱的同学们，今天的聚会，我们有幸请到了我们同学们中的大人物。他就是本次聚会的赞助商——国内著名高科技独角兽企业、艾达塔集团董事长兼总裁牛弋戈同学。现在我们用热烈的掌声欢迎牛同学上台致辞！"

<h1 style="text-align:center">3</h1>

牛弋戈在掌声中上台，站定后，先是深深地、长长地一鞠躬，然后捋了捋凌乱的头发，一脸倦容。他手握话筒，表情复杂，好半天不说一句话。

自从C城见过唐逊，夏子衡便知道牛弋戈是被冤枉的。既然如此，他为什么还要上台？他会主动为自己洗冤吗？夏子衡静静等待。

却听牛弋戈沉重道："我今天参加这个聚会，主要为了说声对不起，向某位曾经被我深深伤害的同学。我不是来赞助的，我是来……赎罪的。"

赎罪？赎什么罪？夏子衡大惊：牛弋戈一直否认顶替之事，这会儿为什么又要当众承认？他是之前在故意撒谎，还是之后遭受了什么胁迫？

聚会现场也是一片错愕，集体沉默。但很快有人打破僵局高喊："牛弋戈，谁啊？你曾经伤害过哪位女同学？"

"快说出她的名字！"

"说名字！说名字！"

众同学哄堂大笑，原本安静的会场登时变得热闹起来。

牛弋戈知道自己被误解了，忙解释："不是你们想的那种伤害。"

一同学问："那是哪种伤害？'骗色'还是'骗财'？"

另一同学高喊："明白了，你欺骗的是某位男同学。"

又一同学问："是哪位帅哥呀？"

"说名字！说名字！说名字！"在场数百名同学再度哄堂大笑，口哨声此起彼伏。众人挥舞着手里的荧光棒，仿佛一群参加综艺节目、与台上明星亲切互动的粉丝。

与昨天艾达塔年会几乎一横一样的情景。夏子衡看着这一切，想到即将发生的不可避免地惨剧，心腾腾狂跳。对潜伏的凶手来说，最希望的场景就是狂欢和混乱，只有这样，才能在行凶后浑水摸鱼从容逃脱。而对受害者来说，越是狂欢，就越危险。

夏子衡拼命在座位上挣扎，试图解开绑缚，可是缚绳太紧，根本挣不脱。他一面挣扎一面想：怎样才能避免牛弋戈被伤害？如果柳虹在场，她会说什么？一定有办法的，必须有办法。

却见牛弋戈迟疑了一下，终于鼓起勇气道，"我……我对不起沈小明同学。"

有同学问："你做了什么伤害沈小明的事？"

"二十年前，我冒用他的成绩上了凤凰大学，我严重伤害了他。"

台下沉默了一会儿，紧接着，一片哗然："还著名企业家呢，原来你是顶替上的大学！"

"去死吧，牛弋戈，你这个大骗子！"

"牛弋戈，沈小明失踪很多年了，是不是你把他杀了？"

"快给我滚！我们的年级同学聚会不欢迎你！"

朝牛弋戈身上扔水果和蛋糕的，泼茶水和果汁的，还有吹口哨的，乱作一团。牛弋戈脸上和衣服上沾满了水果、蛋糕和果汁，他都懒得擦，只闭眼承受。

他再次鞠躬，镇静地说道："我此次参加聚会，就是诚恳地向沈小明同学和他的家人道歉，向在座各位同学道歉。我牛弋戈愿尽我最大可能，给予他本人或他的家人赔偿。我言出必行说到做到。"

台下又起嘘声：

"你这个高考骗子说的话谁敢信？"

"沈小明都已经死了，怎么赔？你能偿命吗？"

"快报警把这个人抓起来！"

"你是艾达塔董事长，把你们公司的股份全赔给沈小明的家人吧！"

夏子衡见三四个男同学越说越气愤，爬上舞台抓住牛弋戈一顿暴揍。眼见越来越多的同学开始往上爬，他知道，头套男逼他下手的时间快到了。

果然头套男道："夏子衡，等下听我号令开枪。你不开，你的女朋友会先开。"

说罢，夏子衡眼前的屏幕上出现一个瞄准镜头。

夏子衡正在绞尽脑汁思考对策，却见一个红衣女生冲上舞台，冲同学们大喊："不要打牛弋戈！不许动手！"

夏子衡定睛一看，她就是失联大半天的沈澜。她高声道："各位大哥大姐，我是沈小明的妹妹，请大家听我说两句！"

"沈小明还有这么漂亮的妹妹？"台下议论纷纷。

"我刚刚收到一条信息：说我哥还没死，他还活着！"沈澜高声说着，扬起手机。

沈澜怎么知道他哥还活着？谁告诉她的？难道是柳虹发现了别的线索？这么说柳虹现在是安全的，可是她人在哪？隔壁阁楼的女子，可千万别是她。千万别！

却见沈澜握着话筒，对台下深情喊道："哥，我是沈澜。如果你在现场，或者你能从别的渠道看到我，请你站出来，走上前台，让我抱抱你。我有二十年没见你，真的很想你，我有很多很多话要对你说，特别是爸妈临终前嘱咐我的。他们没来得及对你说的话，只能由我转达。如果你在场，快站出来，把当年的真相告诉我，告诉你的同学。"

现场鸦雀无声，众人随着沈澜寻找沈小明的目光，四下张望，可是偌大的会场并无回应。沈澜失望之下，又声泪俱下道："哥，你快出来。你要再不出来，我都快忘掉爸爸妈妈让我转达给你的话了，都快想不起你长什么模样了。你快点出来吧，妹妹求……求求你了，快点……出来……呜呜……你快出来……"

沈澜此言一出，在场所有人无不为之动容，数名女生甚至忍不住流泪抽泣，连两眼淤青嘴角流血的牛弋戈，也深受感动，瞬间原谅了沈澜对他做过的一切。

夏子衡在阁楼里目睹着一切，立即游说头套男："沈小明，你就不想见你妹妹吗？"

"等我先杀了牛弋戈这小子再说。"

"你不是沈小明！"夏子衡见四哥对沈澜的哀求完全无动于衷，坚信之前的判断，"你是真正顶替牛弋戈的人，唐逊！刚刚把我打晕的人也是你，对吗？"

夏子衡刚说完，只听"嗡"的一声，舞台上响起一个男声，一个与"四哥"和"头套男"都不同的男声："牛弋戈，你害得我好惨。"

沈澜一听，甚是惊喜："哥，是你？真的是你？你在哪？"

夏子衡确信他就是真沈小明。却听他说道："沈澜，是我。"

"哥，你快出来！把事情说清楚！"

"二十年前的事，已经说不清楚了。牛弋戈必须为他的罪行付出代价。"

沈澜大恐："哥，你要干什么？你快出来。我们不要报复，我们只需要牛弋戈为他做过的事道歉。"

"动手吧。"牛弋戈紧闭双眼，低声对沈澜说着什么。

"牛总，你为什么不反驳？"沈澜对牛弋戈视死如归的态度大感意外。

"我反驳有用吗？"牛弋戈高抬着头，死盯着前方。

沈澜顺着牛弋戈的目光往前看，似乎看见了什么，大叫："哥，你怎么能这样？你为什么要这样？"

"沈澜，快下去！"沈小明话音刚落，两个红点落在牛弋戈身上，一个是额头，一个是胸前。

众同学见牛弋戈同时被两支狙击步枪锁定，齐声惊呼，或回头、或低头、或卧倒、或奔逃，现场乱成一片。

只见牛弋戈一动不动地站着，毫无反抗的意思。他为什么不反抗？他是真心赎罪，还是也被要挟了？夏子衡目睹此景，紧张得手心全是汗，心想：柳虹啊柳虹，难道你真的也被绑架了？难道我必须开枪吗？牛弋戈，你真的要死在我手里吗？

"哥，你为什么要这样？"沈澜四处张望，寻找他哥的身影，一边带着哭腔大声疾呼，"快把枪放下，快出来！你千万不要干傻事啊！冲动是魔鬼，千万不要啊……"

沈小明的声音消失了。头套男下令："夏子衡，我现在开始倒计时。考验你们是否真心喜欢对方的时候到了。十、九……"

我必须做点什么，否则牛弋戈必死无疑，而我和雨文或柳虹之一将成为杀死他的凶手。这样一来，四哥和头套男就圆满完成刺杀和栽赃这双重目标。不行，我绝不能让他得逞！绝对不能！夏子衡这么想时，头套男继续倒计时："八、七……"

"哥，你不能这样——牛总，你还不赶紧走？"沈澜开始推牛弋戈，"这不是我的本意，我之前不知道我哥在这，甚至不知道他还活着。"

"我偏不走！我今天就死在这！"牛弋戈一反常态，将沈澜重重推倒在地，赌气道，"我今天就成全你们兄妹。"

夏子衡见沈澜摔出老远，挣扎着想爬起来，但失败了，她用尽力气朝牛弋戈挥挥手，然后晕了过去。

牛弋戈一定被要挟了！他的处境应该跟我一模一样，没有其他选择。明白了这一点，夏子衡一边拼命挣扎，一边高喊："沈小明，你是要杀死牛弋戈，然后成功脱罪！涉及无辜，你这辈子良心过得去吗？"

"别跟我谈心。我的良心二十年前早就死了。我现在从头到脚，没一个地方是好的。六、五……"

夏子衡被死死绑在椅子上，双手和上半身完全没有一点腾挪空间，但他听沈小明提到"脚"字，突然想到一个办法。他试着抬腿去够枪管，发现右腿绑缚不是太紧，似乎有抬高的可能。

"四……"四哥可能目光盯在牛弋戈身上，没注意到夏子衡的动作。

"你不如杀死我吧。"夏子衡一边答话，一边使劲抬腿，终于艰难地把一个脚丫子凑到枪口边缘，心想：既然我不能阻止开枪，那就想办法改变子弹的方向。一根脚趾头换一条命，值了。哪怕是整条腿，也值。

"二……"四哥提高了声音。

"一！"夏子衡害怕柳虹先开枪，将右脚紧贴枪管，闭上眼睛，抢着说

"一"，同时按下座椅上的按钮。枪响了，夏子衡感觉子弹擦着自己的脚飞过，一种剧烈的疼痛和灼烧感向大脑涌来。

4

夏子衡再次睁开眼睛时，远远看见两个人倒在舞台上。除了牛弋戈，还有另一个人。难道四哥一枪干倒两人？另外一人是谁？他们有没有生命危险？

伴随楼下救护车的声音，阁楼的门被人踹开，夏子衡定睛一看，竟是柳虹，大喜："柳虹你没事？你可算来了！"

柳虹见夏子衡脚受伤流血，给他简单包扎后，张罗送他去医院。夏子衡拒绝："一点小伤而已。牛弋戈有事没有？"

"他没事。枪响一刻有人扑救了他。"

"谁？"

"好像是一个瘦瘦的中年男子。"

"瘦瘦的？"夏子衡大惊，脑海里立即闪过唐逊的名字。他不是不敢来B城，怎么又来扑救牛弋戈？"走，快带我下去看看。"

柳虹搀扶夏子衡从阁楼下来，跑到舞台中央时，发现救护车已过来救人，血泊中的牛弋戈见医生先救他，大声喊："我没事，我没事！有事的是他，快救他！快救救他！"

夏子衡走近细看，身着蓝色羽绒服的伤者，果然是他刚刚在C城见过的唐逊。夏子衡见他肩部中弹，脸上身上全是血，表情痛苦，立即蹲下紧握着他的手："唐逊，你怎么……"

唐逊苦笑："出来混总是要还的，不是吗？"

"你很勇敢！你真的非常勇敢！"夏子衡由衷赞道，"谢谢你，唐同学！"

牛弋戈也紧握他的同学，"谢谢你舍命相救！"

唐逊咬牙道："我能做的，也就这点小事了。"

夏子衡道："唐逊，别说话！先去医院治疗，我回头去看你。"

目睹唐逊被担架抬走，柳虹问："他就是那个真正顶替沈小明的同学？"

夏子衡点点头，愧疚道："就在枪响前，我还一度怀疑他是四哥，真是不应该。看来——"

"等等。"柳虹撇开他，问牛弋戈，"牛总，你刚刚怎么回事？你为什么不躲？"

"你们看。"牛弋戈往舞台的前上方一指。

夏子衡和柳虹往前一看，前上方有一块大屏幕，上面显示的一个双手被反绑的蒙面女子，从长相看似乎是魏雯。

夏子衡确证之前的猜测："四哥绑架魏雯，来逼你承认顶替沈小明？"

牛弋戈点点头："我没有选择。"

夏子衡不知道该说什么，只轻轻地拍了拍牛弋戈的肩膀。

柳虹问："牛总，既然你与沈小明被顶替的事完全无关，四哥为什么选择你？"

"四哥是谁？"

"一个阴魂不散必欲嫁祸于我的家伙。"夏子衡代答。

"因为我上小学时，也叫沈小明。"牛弋戈答。

"什么？"夏子衡大惊，"你一度叫过沈小明？怎么这么巧？"

牛弋戈答："其实也没什么，我爸姓沈。'沈'在全国也算排名靠前的大姓，B城沈姓人很多，'小明'又是一个常用名字，重名'沈小明'的概率自然大了。不过，这名字我就是阶段性用了一下，知道的人很少。"

难怪我在网上找不着相关记录，并不是所有的数据都已电子化。聪明如四哥，也有犯错的时候。夏子衡感慨之余又问："那你后来为什么改名牛弋戈？连姓都改了？"

"我妈姓牛。上中学前，我爸因为出轨，跟我妈离婚了。我跟着我妈长大，所以就改姓牛，顺便把名字也改了。我不愿再见我爸。"牛弋戈说着，仍充满怨气。

早已醒过来的沈澜围上来："牛总，原来你以前真的叫沈小明，为什么不说？我还以为你之前跟我赌气呢。"

牛弋戈苦笑："你哥一定要我死，我解释有用吗？"

沈澜道："这件事的幕后黑手，很可能不是我哥。"

"刚才跟你对话的人，不是你哥？"牛弋戈问。

"是的。"沈澜答。

柳虹问："为什么？"

沈澜肯定道："因为我印象中，我哥从来只叫我'小妹'，不叫我的名字。"

"那你之前怎么认为他是你哥？"柳虹又问。

沈澜道："因为他跟我哥的声音很像。"

夏子衡道："声音是可以人工合成的。"

牛弋戈晕了："沈澜，如果这个四哥不是你哥，那是谁？"

沈澜摇头，向柳虹求助："这事恐怕要柳警官才能回答。"

牛弋戈又问："柳警官，这到底是怎么回事？凶手到底是谁？他到底要干什么？他的目标到底是我，还是夏子衡？"

柳虹也是一团乱麻，一时答不上来，忙安抚道："牛总，沈澜，你们都受伤了，先去医院做检查吧。我和老夏去阁楼犯罪现场看看。"

前往阁楼路上，夏子衡问柳虹："刚才你在边上的阁楼里？"

"不在。"

"那你在哪？"

"离悠悠酒店不远的一条小胡同里。"柳虹将她被刘丽莉和沈浩所骗的经历说了，"后来我掉进一个坑里，好半天才挣脱。"

"真的？"夏子衡飞速冲进阁楼，寻找"柳虹被拘禁"的房间，果然一无所获，醒悟道，"原来你被绑在隔壁是四哥虚拟的，目的就是逼我开枪。"

"这个四哥可真是个人才。"

夏子衡悚然道："不管四哥的真实身份是谁，有一点可以肯定，他是一个前沿科技达人，数据挖掘高手。"

"数据挖掘高手？"

"他几乎掌握了与沈小明相关的所有数据。然后，他在真数据中掺杂假数据，通过污染数据来迷惑我们。真中有假，假中有真，让我们摸不着头脑。我们就是这样被他耍了。"

"怎么讲？"

"我要是没猜错的话，牛弋戈和唐逊，以及之前骗你的刘丽莉和沈浩，都是四哥精心设置的烟雾弹，都是他刻意安排来误导和欺骗我们的。"

"你是说，四哥早就知道唐逊是真正顶替沈小明的人，而且也知道我们会去 C 城找唐逊求证，然后趁机打晕了你？"

"对，就如同你被刘丽莉和那个沈浩诱进胡同带进深坑一样。我敢断定，那个沈浩，极有可能不是真沈小明。"

"数据挖掘高手？"柳虹沉思，"刚刚牛弋戈提到，想杀他的，应该是他身边的人。整个艾达塔集团，技术水平最高的，就是向秋阳。难道他真的是四哥？"

"向秋阳？"夏子衡陡地醒悟，"我想起来了，魏雯在被绑架之前曾暗示过我。"

"怎么暗示的？"

"她突然提到某一年我们一块去杭州灵隐寺烧香的事，还问我什么季节。那是国庆假期，是秋季！她要暗示我的，就是一个'秋'字！"

"真的是向秋阳？难道是他绑架了魏雯？"

"我真傻。"夏子衡猛抽自己的脸，"我怎么现在才反应过来？"

"稍等。"柳虹打了几个电话，"我刚刚向牛弋戈和艾达塔的其他员工求证了，向秋阳这两天一直在 A 城主持会议，B 城和 C 城的事不可能是他干的。"

"他一定还有同伙，这个同伙就是在 C 城凤凰大学放火烧我们的人。"

"老夏，你真厉害，可以加盟我们大数据犯罪预防实验室了！"柳虹赞道，"只是，我们目前还没有足够的证据确证向秋阳就是四哥。"

"不知道金警官是不是找到魏雯和程盛勇了？"

"我问问。"柳虹电金超，无人接听，又打魏雯和程盛勇手机，还是关机，忙安慰，"老夏，他们一定没事的。"

说话间，两人走进曾囚禁夏子衡的阁楼。夏子衡指着现场问："这里能找到什么证据吗？"

柳虹道："要搭建这么复杂的现场，既要将这么多电子设备和智能步枪带进来，还要布网络、建热点，确实不是一般人能做到的，凶手一定对这里非常熟悉才行。"

夏子衡仔细查看，发现显示器还在，可是智能步枪和路由器等设备不见了。原来他还指望通过相关数据反向追踪四哥所在地，这个计划也泡汤了，无奈道："柳虹，要不问问他们聚会的负责人，为什么把聚会地点定在这？"

柳虹询问一个负责筹备聚会的张姓同学，却听对方在电话里说："我记得最早通知我的聚会地点，不是这个酒店。是聚会前一天，才临时改到这儿的。"

"为什么临时改地点？"柳虹问。

张同学道："悠悠酒店是 B 城最好的酒店。我们组委会最早就想订这，因为订得太晚，中间一度有人嫌贵，犹豫了一下，没订上，后来不得不订了另一家假日酒店。"

柳虹追问："那后来又怎么改回来了？"

"那家假日酒店最大会场的灯光和大屏幕坏了，加上悠悠酒店当天的预定活动临时取消了，给我们腾出了时间，所以我们又把聚会地点调回来了。"

"谢谢你！"柳虹挂断电话。

夏子衡："你怎么看？"

"八成是有人故意促成。"柳虹斩钉截铁道，"我敢打赌，促成聚会改址的人，就是四哥或他的同伙！要确保环环相扣，而且不出乱子，这人得精明到什么程度？"

夏子衡笑："从一开始，我们就在跟一个极其聪明的凶手打交道。切不可低估他。"

"老夏，我需要证据。走！"

柳虹与夏子衡先找悠悠酒店和假日酒店负责会展业务的客户主管面谈，他们证实张同学所说属实。夏子衡管悠悠酒店要了一周内大宴会厅的监控，以及假日酒店临时取消场地的那家客户的联系人电话，然后开始分析数据。

柳虹问："发现什么了？"

夏子衡反问："你说，凶手为什么一定要把牛弋戈他们年级的同学聚会设在悠悠酒店？"

"因为他在悠悠酒店有熟人，方便把各种电子设备和智能步枪悄悄带进来。"

"还有吗?"

"他对悠悠酒店的环境很熟,方便行凶后逃脱。"

"还有吗?"

"凶手是不是早就知道牛弋戈他们的同学聚会在悠悠酒店,所以提前做了一些准备?如果聚会换地方,他的所有准备工作将付之东流,所以才煞费苦心让他们把聚会地点改回来?"

"对!"夏子衡意味深长道,"还有把它们悄悄带进悠悠酒店阁楼并且提前安装好的人。"

柳虹笑:"老夏,别故作神秘了,你到底发现了什么?"

"一个为了保护儿子不惜犯罪的父亲。"

"牛弋戈的父亲?"

"不!"夏子衡说着,把电脑屏幕朝向柳虹,"悠悠酒店前不久做过一次装修,你看看装修公司的老板是谁?"

"唐志海?他是谁?"

"我也不认识。不过我知道他的儿子叫唐逊。"

"逼你开枪的人是唐逊的父亲?"柳虹大惊,"他人在哪?"

"B 市第一医院。抢救唐逊的地方。"

"快!"柳虹说完,人已飞奔至酒店门口。

5

夏子衡和柳虹赶到 B 城第一医院唐逊的病房时,其父唐志海正在悉心照顾儿子,表情悲戚,连连吁叹。柳虹出示证件道:"唐先生,关于今天的枪击案,有几个问题,需要向您求证一下。"

唐父悲痛道:"警官,我儿子受伤了,能不能晚点问?"

柳虹道:"我问的是您,唐志海先生。"

唐逊道:"我爸刚从 C 城赶过来看我,他知道什么?"

柳虹答:"你爸不是刚从 C 城赶过来的,而是早就在 B 城的枪击现场。"

"什么？"唐逊大惊，"你认为我父亲与今天的事有关？"

夏子衡淡淡道："不是我们认为，而是证据这样显示。"

"证据？什么证据？"唐逊激动得满脸通红。

"我要是没猜错的话，你父亲手机里连接过一个名叫'yyjd0112'的无线网络。"夏子衡说着，目光死盯着唐逊床头的一个手机。

"你这是诽谤，诬蔑！"唐逊高声道，本能地将手机抢到手里。

"只要打开你父亲手机一试即可。"柳虹道。

唐逊反问："凭什么查我爸的手机？你们有搜索令吗？"

"没有。但是，如果你一定需要的话，我随时可申请。"柳虹说着，掏出手机。

"儿子，手机给人家。"唐志海冷静说道。

夏子衡查看他的无线网络列表，果然找到一个名叫"yyjd0112"的无线网络。

唐逊问："爸，这怎么回事？yyjd0112是什么意思？"

"悠悠酒店，1月12日。"夏子衡答。

"这能说明什么？"唐逊还是不解。

柳虹代答："因为你爸在那出现过。"

唐逊彻底懵了："你们认为在同学会上开枪的人是我爸？"

柳虹和夏子衡盯着唐父，一言不发。唐父沉默了一会儿道："你们说得对，悠悠酒店的事，确实是我干的。"

柳虹问："是你在C城绑架了夏子衡，并逼他开枪杀死牛弋戈？"

"是。"或是因为羞愧，唐父不敢看儿子，脸转向别处。

第十章
舐犊情深

1

　　夏子衡虽然怀疑唐父是帮凶，但听到他主动承揽罪行，还是有点震撼。他瞟了一眼柳虹，见她不为所动，似乎胸有成竹。果然柳虹追问唐父："C城的大火和 A 城的谋杀，也是你干的？"

　　"是。全部都是。"唐父低声道。

　　柳虹指着夏子衡道："那你跟我讲讲，你是怎么谋杀牛弋戈、并嫁祸这位先生的？"

　　"这个……"唐父一时语塞，"我……"

　　"四哥是你什么人？"

　　"四哥他——"

　　唐逊打断他父亲："爸，你这是疯了吗？"

　　"你看，连你儿子都不相信。"柳虹指着唐逊身上的枪伤，厉声道，"唐先生，你好好看你儿子的伤。事到如今，你还要帮你背后那个人掩护吗？"

　　"我说的就是真相，你们怎么就是不信？"唐父猛地抬头，倔强地回怼。

　　"我也不信！"唐逊高声道，眼含泪花，"爸，你不是这样的人！"

柳虹继续道："唐先生，据我所知，真正的凶手智商很高，而且出手狠毒。你真以为你言听计从，对他百依百顺，他就会放过你儿子吗？你这样一味帮他兜底，只会纵容他。"

唐父把头深埋在臂弯里，不再说话，似乎在做激烈的思想斗争。

柳虹一通霹雳手段之后，再换菩萨心肠："只有说出真相，才能拯救你，才能彻底让你儿子安全。唐先生，相信我，相信我们一定能将真正的凶手缉拿归案。"

"我说，我说。"唐父终于鼓起勇气，"我一定说出全部真相。"

"来。坐下好好说。"柳虹给他搬过来一把椅子。

唐父缓缓道："二十年前，唐逊冒用沈小明的成绩上大学，我们出了很多钱，我以为这事就这样过去了。可是前不久，那个沈小明不知道从哪冒了出来，先给我打电话，开口就要二十万。

"我当时手里没这么多钱，所以没搭理他。可是，他不知道怎么着又找上我儿子。

"一天晚上，唐逊接了一个奇怪电话，神神秘秘出门，我就猜测可能与这事有关，于是就悄悄跟去在一旁偷听，果然是他直接找我儿子索赔。

"我打算约他单独谈谈，把二十年前的事彻底了了，没想到当天晚上，我就接到一个神秘电话，说：'我知道沈小明勒索你儿子的事。我有一个完美的方案，能帮你彻底解决这个问题。'我问：'你是谁？'他说：'你就叫我四哥吧。'"

"四哥？"夏子衡一阵激动，终于从第三人口中得到四哥的线索，这是一个重大进展。更重要的是，唐志海的叙述证明，四哥不是真沈小明。

唐逊问："什么方案？"

唐父继续道："四哥说：'我知道你最近在为儿子当年顶替上大学这件事发愁，我有一个方案，能帮你一了百了。'我问：'怎么一了百了？'他说：'最佳解决方案，当然是找人背锅，而且别人还看不出破绽。'

"我问：'找谁背？'他说：'沈小明的学校有一个跟他完全同名的人，现在叫牛弋戈。我有办法把这一切全部推到他身上，让所有人都认为这事是他干的。这样一来，你儿子就彻底安全了。'

"我很奇怪，又问：'你为什么要帮我？'他说：'我与牛弋戈有一点小小的私人恩怨。在这个问题上，我们的利益绝对是一致的。'我问他：'需要我做什么？'他说：'很简单，只需要帮一点小忙即可。'"

"您就这样答应了？"唐逊气愤，"爸，您为什么不报警？这种事纸不包住火，迟早要付出代价的。"

"你以为我是为了你小子一个人吗？"唐父气愤道，"他不只是以你的事要挟我，还威胁我要把我这些年行贿的事全抖搂出来。一旦事发，那得连累多少人啦。我就是死，也不能背叛曾经帮过我的人啊。"

唐逊问："他到底要您帮他做什么？"

唐父道："一开始，他只要求我帮他提前把一些设备带进悠悠酒店的阁楼里。"

唐逊问："为什么这位四哥认为你能帮到他？"

"唐逊，别忘了你爸是搞建筑装修的。"夏子衡道，"我也是刚发现的，悠悠酒店是你爸的客户之一。"

"是。"唐父答，"悠悠酒店前不久做过一次全面装修，这个工程就是我干的，与酒店各方面的人都很熟。答应四哥后，我跟酒店负责人说，大宴会厅上面的阁楼装修材料出了点小问题，需要更换，完全免费。他们同意了。于是我就借这个机会，把四哥的电子设备和枪带进来了阁楼。我手机里那个 WiFi，可能就是那时无意中连上的。"

夏子衡问："今天你也在悠悠酒店的阁楼里吧？"

"本来我以为我的活干完了，可是今天四哥临时给我派了新活。"唐父道。

唐逊问："什么新活？"

唐志海瞟了夏子衡一眼："关于你的。"

"我知道了。"夏子衡接过话头，"四哥知道我在 C 城见唐逊，也亲眼看见和窃听了他借车给我的事。于是他让你在地下停车场把我打晕，并将我带到 B 城悠悠酒店，是吗？"

"是。"唐父答。

夏子衡笑问："我当时已晕迷，你怎么把我带上阁楼里？"

唐父道："我把你装在麻袋里，对酒店工人谎称是装饰材料，然后扛上了阁楼，再把你捆在椅子上。"

夏子衡问："然后，你就开始假冒四哥，逼我开枪杀牛弋戈？"

唐父道："我把你带到阁楼后，都准备离开了。四哥电我，说我不能走，要求我必须把活全部干完。我问他干什么，他说我只要待在另一个阁楼，听他指挥就行。"

柳虹奇道："另一个阁楼？在哪？"

唐父道："距离夏先生所在阁楼几米远，主要是为了方便遥控。"

夏子衡终于听到最关键的内容："怎么遥控？"

"他让我代表他与你对话。"

"怎么代表？他对你说话，让你转述？"

"不，他把他要对你说的话，显示在屏幕上，然后我再照着屏幕念。"

夏子衡恍然大悟："我说我怎么感觉四哥这次反应比在 A 城时慢。原来是找你来当传声筒，中间要过一道手。"

唐父奇怪地问道："他为什么要这样？"

柳虹答："四哥知道我们一定会对声音位置溯源，所以刻意制造凶手在 B 城现场的假象，目的是为了彻底嫁祸你，为自己脱罪。"

"原来是这样。"唐父越发懊悔。

"这恰恰说明，真正的幕后凶手不在 B 城。"夏子衡问，"唐先生，你见过四哥吗？"

"没有。我们从头至尾都是电话联系。"唐父拿起手机，"每次都是他打给我，但没有号码。"

柳虹想到一个紧要问题："阁楼里的智能步枪和路由器不见了，你知道被谁带走了吗？"

唐志海摇头："这个我真不知道。"

柳虹调查手机里沈浩的照片，问唐志海和唐逊父子："你们认识这个人吗？"

唐逊当即道："这不就是沈小明吗？"

"真正的沈小明？你确定？"

"确定。"唐逊答，"我见过他。"

"唐志海，你因涉嫌故意杀人罪被捕了。"柳虹挥挥手，门外进来两名警察，给他戴上手铐。

"爸！"病床上的唐逊失声痛哭，"你为什么要这样？为什么？"

"爸爸一错再错，余生只能在忏悔中度日了。"唐父走出房间前，含泪回望唐逊，"儿子，你好好养伤，多多保重。有空，记得来看看爸爸。"

走出唐逊病房，夏子衡感慨："唐志海为什么要这样？"

"如果你是唐志海，面对四哥的难题，他会怎么办？不杀牛弋戈，四哥要举报他儿子唐逊；可是杀了牛弋戈，他有可能判死刑。两难之下，唐志海只好答应刺杀牛弋戈，但是并不想把他打死，只是把他打伤。这样既顺从了四哥的胁迫，又保护了他儿子唐逊。杀人未遂，大不了坐十几年牢，换取自己的解脱和儿子一生幸福。"

"可是他万万没想到，他儿子会挺身而出给牛弋戈挡子弹。"

"这，或许就是天道轮回吧。"

"天道。"夏子衡喃喃道，"反噬……"

柳虹见夏子衡发呆，于是问："想什么呢？"

夏子衡颓丧道："我们找到了唐志海，居然还是挖不出四哥。我真不知道是四哥太聪明，还是我太蠢。"

"真相越来越近了。"柳虹安慰他，"老夏，四哥就是再精明，也会露出破绽。现在的关键其实就一点：四哥到底是真沈小明，还是向秋阳？"

夏子衡提醒："你手里不是有那个自称'真沈小明'的沈浩的照片吗，找沈澜确认啊。"

柳虹猛拍脑袋，笑道："我真晕，怎么把这么重要的事给忘了。"

2

医院处置室门口，牛弋戈正与沈澜聊天。

沈澜非常激动，语无伦次："对不起，牛总，我……我真是……我居然……"

牛弋戈笑道："没事，沈澜。也许在上帝眼里，这就是我的另一场苦肉计。受得苦中苦，方为人上人。艾达塔和我最困难的时刻已经过去了。"

"我哥他……他居然还活着，而且还……"

"沈澜，你要是早说你哥的事，我早帮你找了。以我们艾达塔的智能挖掘技术，以我们的数据分析能力，我就不信还有我找不到的人？"

"是我太傻，太轻信别人了。再次对您说声对不起，牛总。"沈澜递上一页纸，"我没脸再待在艾达塔。"

"干吗？辞职？"牛弋戈道，"你辞职了，艾达塔后续的融资上市谁管？不行，坚决不行。"

"可是我……"

"你真的不想用我们公司技术找到你哥还有行刺我的真凶吗？"

"当然想。"

"那不就完了？"牛弋戈当场把沈澜的辞职报告撕了。

说话间，沈澜手机响，她说了声"是陈总"，牛弋戈主动接过电话，打开免提："陈武，是我！"

里面传来陈武惊奇的声音："牛总，是你？你怎么用沈澜的电话？公司上下都说她将你绑——"

"没有的事，都是误会。"牛弋戈大度地挥挥手，"陈武，你别瞎传！"

"牛总，你没事就好，谢天谢地！"陈武欢天喜地，"您什么时候回A城？"

"尽快。"牛弋戈又问，"魏雯有消息了吗？"

"还没有。"陈武主动请缨，"牛总，我开车去B城接您吧？"

"嗯。"牛弋戈听见外面有人敲门，说声"再说"，便匆匆挂断电话。

3

柳虹与夏子衡走进处置室，问牛、沈："伤口没事吧？"

两人齐声说："没事。"

柳虹对沈澜出示沈浩的照片："这是你哥吗？"

沈澜反复端详："有点像。不过，我很多年没见他，不知道他现在变化多大，不敢百分百断定。"

"你有你哥小时候的照片吗？"

"有。"沈澜从手机里翻出一张，"这是他上初中时我们全家的合影。"

"老夏，看你的了。"柳虹对夏子衡微微一笑。

夏子衡用电脑将少年沈小明的照片进行"成长"处理，与沈浩的照片放在一起，再让她辨认。沈澜只说了一个字："像。"

柳虹问："有多像？从一到十打分。"

沈澜道："八分吧。"

柳虹道："也就是说，还是存在他不是你哥的可能性。"

沈澜不愿轻易否认："可是刚刚在酒店宴会厅的声音，真是很像他。能让我见见那个沈浩吗？我只要跟他说几句话，就知道他是不是我哥。"

夏子衡道："声音可以模仿。这个沈浩，也有可能是四哥借助人工智能和数据挖掘技术，从海量大数据里挑出一个与你哥长相酷似的人，故意假扮的。"

柳虹道："你是说沈浩只是一个诱饵？"

牛弋戈叹道："没想到这个四哥为了布这个局，事先做了这么多的功课。"

柳虹道："B城这次谋杀和栽赃，水平比A城那次更高，更曲折、更歹毒。四哥原本是想栽赃你们俩的，可是后来他临时改变了主意，换了一个嫁祸对象，而嫁祸对象背后，还有一个'二级背锅侠'。"

沈澜问："前一个是唐逊的父亲，后一个是我哥？"

夏子衡自嘲道："用IT术语说，这叫'嵌套式栽赃'。"

沈澜倒吸一口凉气："他为什么要这样做？"

夏子衡道："因为警方的介入。A城刺杀牛弋戈未遂后，柳警官和金警官都开始相信我可能是无辜的，如果在B城继续栽赃我，可信度不高。就算我真的被逼杀了牛弋戈，警方还是会继续调查，最终找到真凶。"

柳虹继续道："所以，四哥必须再找一个与牛弋戈表面上看起来有深度利益冲突的人，来帮他完成圆满刺杀计划。牛弋戈因为中学时用过'沈小明'这个名字，就不幸成了牺牲品。"

"唐志海如果成功得手，四哥可以顺利除去牛弋戈这个心腹大患；不成，他也可以全身而退，所有罪过，都由唐志海、我和你们兄妹来承担。"夏子衡指着沈澜说。

沈澜打了一个寒战："这个四哥真是深不可测。柳警官，他到底是什么人？"

柳虹道："我只知道，他不仅掌握了大量别人未在网上公开的数据，而且毁掉了很多关于自己隐私的数据。所以，他在数字世界成了隐形人，为所欲为，难被追查。"

4

正说着，金超给柳虹来电："我找到魏雯和程盛勇了。他们在魅力山庄的咖啡馆被打晕。"

"太好了！"柳虹大赞，"金警官，我一定为你请功！"

金超道："还是魏女士来说吧。"

"好的。我跟夏子衡、牛弋戈和沈澜在一起。"柳虹说着，打开免提。

只听电话里传来魏雯的声音："柳警官、弋戈、子衡，我没事了，你们怎么样了？"

牛弋戈大喜："雯雯，没事就好，我们都没事。"

夏子衡问："谁干的？"

魏雯道："我没看清袭击我的人，我只知道，是向秋阳约我去咖啡馆的。"

程盛勇补充道："一定是向秋阳干的！我敢打赌，他就是那个四哥！"

柳虹问："金超，向秋阳人呢？"

"几个小时前，他离开 A 城了。"金超道，"我们正在全力通缉他。"

牛弋戈大惊："他没在 A 城？"

"向秋阳很可能就在 B 城。"柳虹刚刚平复的心立即又揪起来，她挂断电话，神情凝重道，"牛总，这里不安全，我建议你尽快回 A 城。"

沈澜道："牛总，我帮您订一张明天最早一班高铁吧。这么晚没火车了。"

牛弋戈道："我早就用手机叫了一辆车。"

沈澜还是不放心："牛总，那我陪您一块去吧？"

牛弋戈摆摆手："这个不用，我一个人就可以。"

沈澜笑："牛总，您是担心我再绑架您，还是不让我做您的助理了？"

牛弋戈只得妥协："你这样说，我不让你陪我都不行了。"

沈澜冲柳虹一笑："柳警官，这下您可放心了吧？"

柳虹点头同意："沈澜陪着去也好。"

夏子衡上前与牛弋戈握手："牛总，代我向……魏雯问好。"

"谢谢你们，柳警官、老夏！我们A城再聚。"在死亡边缘走了好几趟，牛弋戈与柳虹和夏子衡俨然已成战友，先后与他们拥抱告别。

不一会儿，牛弋戈叫的网约车——一辆银色奔驰——到了医院门口。沈澜反复核对车型和车牌，确认无误后，这才与老板一块上车，很快消失在夜幕中。

"接下来该怎么办，柳警官？"夏子衡问。

"我们必须尽快找到向秋阳的下落！"柳虹说着，突然接到押送唐志海的警察的电话："柳警官，唐志海找您。"

柳虹接通电话，打开免提，很快手机里传来唐志海急促的声音："柳警官，我刚想起来，那个四哥有两部手机。"

"嗯，您接着说。"柳虹答。

一旁的夏子衡心想：这算什么线索？这世上有两部手机的人海了去了。

唐志海继续道："有一次他给我打电话时，另一部手机响了。他另一部手机的手机铃声，是一首特别好听的歌，跟刚刚这位警官的一样。"

"什么歌？"

唐志海身边的警察答："《贝加尔湖畔》。"

"还有吗？"

"没了。"唐志海道，"我不知道有没有用。"

"谢谢你，唐先生！"柳虹挂了电话。

"《贝加尔湖畔》？"夏子衡喃喃道，"我好像在哪听过。"

"在哪？"

"向秋阳。我第一次去艾达塔时，他手机响，就是这个铃声。"

"向秋阳，他这会儿在哪？"

"我看看。"夏子衡对他的手机进行定位，大惊，"他刚来过B城第一医院。难道……？"

"不好！刚才的网约车……"柳虹脸色大变，"你看看他的手机信号是不是跟牛弋戈和沈澜完全重合？"

夏子衡试了一下："是。"

正说着，又一辆银色奔驰停在医院门口，柳虹见车牌号与前一辆网约车完全相同，冲上去问司机："师傅，您的目的是不是 A 城？是不是一位牛先生叫的车？"

"是啊。"司机答，"他人呢？"

"刚刚的网约车是假的，司机是向秋阳假扮的。"柳虹招呼夏子衡上车，对司机亮了一下证件，"快开车！追上前面那辆套牌奔驰！"

"TNND，老子的奔驰也有人敢套牌？！"司机气坏了，狂踩油门直追。

"老夏，能查出向秋阳可能的作案方式吗？"

夏子衡将电脑屏转过来："几个小时前，他搜过'车坠河后逃生技巧'这个关键词。"

柳虹问司机："师傅，前面有带水的危险路段吗？"

司机答："前面十公里处有一个水坝，前不久，有人在雨天开车涉水过坝，被水冲进下游，一家四口全被淹死了。"

"向秋阳很可能就在这动手。"柳虹拨打牛弋戈和沈澜的手机，均不在服务区，立感不对，忙催促司机，"师傅，快、快！晚了就来不及了！"

5

却说牛弋戈上了网约车，身心放松，疲惫感顿时袭来，与沈澜简单聊了几句，便闭上眼睛，沉沉睡去。

沈澜满脑子是他大哥的身影，全无睡意，见同座后排的老板睡着，于是用手机继续搜索他哥沈小明的相关信息。

沈澜玩了几分钟手机，突然发现网页打不开了，再看手机信号，一格也没有。她往车外望去，发现网约奔驰行走在一条偏僻小道上，路上没有一盏路灯，前后左右一团黑黢黢，似乎不是回 A 城的大道。

沈澜感觉不对，正欲问司机怎么不按导航走，突然发现网约车搁放导航手机的地方空空如也，立觉不对，质问司机："师傅，您为什么不开导航？"

司机下巴光秃秃的，没有一根胡子，但戴着帽子和墨镜，看不清长相，他只从车内后视镜瞟了沈澜一眼，一言不发，仿佛没听到她的问话。

沈澜火了，大声道："师傅，你要带我们去哪？是不是走错路了？"

司机还是不答话，牛弋戈被惊醒："怎么回事？"

沈澜问："牛总，您看您手机有没有信号？"

牛弋戈掏出手机看了一眼："没有。"

"牛总，这车有问题！"沈澜冲司机喊，"快停车！快停车！"

说话间，只听"咔"的一声，所有车门以及沈澜和牛弋戈身上的安全带全部被锁死。司机不仅不停车，反而加速向前。右后座上的沈澜被安全带死死系在座位上，完全帮不上忙，坐在司机身后的牛弋戈，也被安全带所困，勉强起身与司机扭打。

司机拼命反抗，与牛弋戈搏斗期间，帽子和墨镜全被蹭掉，露出一张熟悉的脸孔。

沈澜大惊："向秋阳？！你是向秋阳？你把大胡子刮了？"

牛弋戈也反应过来："向秋阳，你就是一而再再而三要置我和夏子衡于死地的四哥？！"

向秋阳见自己暴露，平静开腔："是我。你们最好坐回原地，不要乱动。"

柳虹和夏子衡一路狂追牛弋戈和沈澜所坐的假网约车，没多久，便发现在前方一公里处有一辆车孤独地在黑暗中前行，似乎就是那辆网约奔驰。两人大喜，分别拨牛、沈二人手机，还是打不通，只得催促司机继续加速。

眼看就要追上前面的奔驰，突然右前方的引桥上，又快速驰过来一辆奔驰，挤在柳虹和夏子衡所坐的车前面，也在全力追赶牛弋戈和沈澜所坐的车。柳虹和夏子衡定睛一看，第三辆车的车号、车型，与他们所坐真网约车以及牛弋戈所坐假网约车完全一样，简直如同"三胞胎"赛跑，登时就懵了。

"难道我们坐的车也是假的？"夏子衡问柳虹。

"不可能！"司机赌咒发誓，"我要是冒牌货，不得好死！"

"不！"柳虹沉着思考片刻，"我们的车是真的。"

"谢谢！"司机又问，"那前面两辆套牌车怎么回事？"

柳虹冷静地回道："劫走牛弋戈的人是向秋阳，刚刚那辆奔驰里的人，难道是陈武？我记得他之前好像说过要从 A 城开车来 B 城接牛弋戈？"

夏子衡道："陈武要接牛弋戈，应该开他的宝马才对，怎么开一辆套牌网约奔驰？"

"难道……"柳虹醒悟过来，"难道要杀牛弋戈的人，不是向秋阳，而是陈武？老夏，你能不能查到陈武租借奔驰的纪录？"

夏子衡飞快在电脑上搜索："没有。"

"那能不能定位牛弋戈的宝马车？"

"牛弋戈的宝马？"夏子衡没反应过来，"他坐的不是奔驰吗？"

"我说的是他的私家车。"

"哦，等一下。找到了，他的车在 C 城一家租车行。"

"C 城？"柳虹明白了，"也就是说，陈武从 A 城开着牛弋戈的宝马，到 C 城租了一辆奔驰。他这么做，一定另有目的。"

夏子衡喃喃道："如果真凶是陈武，那向秋阳劫持牛弋戈，又是为了什么？"

"难道他们俩都是凶手？"柳虹涌上一个大胆的想法，问司机，"师傅，您说的那个水坝，还有多远？"

司机答："前面五公里有个岔路口，往左通向水坝，往右通向高速。"

"不管凶手是陈武，还是向秋阳，还是两个人，一定要阻止他们上水坝。"柳虹命令司机，"快！一定要赶在岔路口前，超过前面两辆奔驰！一定要快！"

最前面的奔驰车里，牛弋戈发现自己既不能跳车，也打不过司机，反而平静了："向秋阳，你精心策划这一切，就是为了置我于死地全面掌控艾达塔吗？"

"想过。"向秋阳突然笑了，"不过今天，我是来救你们的。"

"救我们？"牛弋戈冷笑，"什么意思？"

"如果我晚到两分钟，你们应该在后面那辆同款同牌的奔驰车里。"

"后面的奔驰车？"牛弋戈和沈澜齐回头，果然黑暗中发现一辆车朝他们疾追上来，只有几百米的距离。

"那车里是谁？"

"真正要杀你们的人。"向秋阳打开导航地图，"前面一公里有个岔路口，如果司机不是我，你们在岔路口左转水坝，然后从水坝上冲进下游的河里。"

牛弋戈笑道："向秋阳，我凭什么相信你？"

"就凭我们的刹车已失灵。"

向秋阳话音刚落，后面的车猛追上来，从右侧猛烈撞击他们的车。沈澜透过车窗往右后方看，黑暗中依稀发现司机的真容，大叫："他是陈武！"

向秋阳道："果然是他。我听说他要开车来 B 城接你，就知道不对劲。"

牛弋戈醒悟，激动地语无伦次："陈武……陈武才……才是四哥？"

眼看两车来到岔路口。向秋阳想减速，失败；想往右拐，被陈武持续撞击，根本拐不过去。牛弋戈和沈澜完全帮不上忙。牛弋戈从车上俯视前面高高的大坝，和宽阔的水面，自知失控的车一旦上坝，很难不从坝上摔下去。

千钧一发之际，陈武的车后又上来一辆车，朝它猛烈撞击。牛弋戈朝后一看，发现柳虹和夏子衡探出头冲他招手，大喜："救兵到了！"

向秋阳抓住这个机会，用力右转，与后车合力夹击，终于将陈武的车撞翻。向秋阳的车失衡，也将侧翻，只见后车一个一百八十度的转弯，横在他车旁，生生将其截住。

柳虹和夏子衡下车，合力将陈武从车里拖出，不一会儿，车便发生剧烈的爆炸。

柳虹见秋阳倒没有受伤，先道谢，后道歉："对不起，向总，我们一度把你当成嫌疑犯。"

向秋阳大度笑道："很荣幸出演这部悬疑大片！"

6

A 城。大数据犯罪预防实验室总部。

柳虹审讯陈武，特邀夏子衡旁听。

"没错，我就是四哥。"陈武笑笑，"头绪有点复杂，从哪说起？"

"随便。"柳虹看了夏子衡一眼，"要不就从你怎么剽窃夏子衡的科研成果说起吧。"

"这事要从四年前说起。那一年，我 40 岁。创业十年了，没什么大起色，一直在温饱线上挣扎。那一年，我把人工智能、区块链、大数据、元宇宙这些热点产业全部做了一遍，中间一度挣了点小钱，可是后来加杠杆炒股，又全部赔进去了。那一年我老婆跟我离婚了。我们办完离婚手续后，我连请她吃饭的钱都没有。我老婆——哦，前妻——主动请我吃了一顿大餐，然后对我说：'陈武，我送你句临别赠言：你可能不是创业的料，还是找一个地方踏踏实实上班吧。'"

柳虹没想到陈武说这么详细，提醒道："家事就不用说了。"

"我在讲述我的犯罪心路历程，每一个字都很重要。"陈武笑道，"目睹我老婆远去的背影，我意识到，我的人生上半场结束了。我决定把公司关了，去打工。关张之前，我跑到一个'大厂'应聘，人力资源主管对我的大数据从业经历很感兴趣，听我说做过数据分析，当时就想挖我，去做数据开发。可是他们领导听我当过老板，当场就把我拒了，说担心我日后三心二意不踏踏实实上班。我猜想他是怕镇不住我，当时就回敬他：'你说对了，老子就不会踏踏实实上班。'说完我扬长而去，继续回我的小公司当老板。"

夏子衡见陈武眉飞色舞，与之前老成持重沉默内向的形象实在是天壤之别，暗自感叹人性多面复杂，却听柳虹再次提醒："陈武，拣重要的说，又不是写自传。"

"这就是我的自传！"陈武不服，指着桌上的录音笔说，"我就不信，我这辈子折腾不出一点名堂。我一直寻找各种弯道超车的机会。某一天，我在一个饭局上认识了现在的老板牛弋戈。我听说他这些年搞数据分析引擎开发，被投资人垂青，融过两轮资，一个才成立三年的创业公司，估值就已经高达几十亿，心里既羡慕又嫉妒。我听说牛弋戈在到处并购各种小科技公司，于是毛遂自荐，求他并购。我当时心想，哪怕把公司卖个三五千万，我也财务自由了。但牛弋戈跟我聊了几次后，以我公司缺乏核心技术和产品为由，把我们给否了。"

夏子衡见陈武说了半天，还只提到牛弋戈，催促道："该说我了吧？"

"急什么，马上就到你。"陈武冲夏子衡灿烂一笑，"你就是上天赐给我的弯道。"

"什么意思？"夏子衡问。

"还记得三年多前，你在一个大数据论坛上所做的演讲吗？"

"香格里拉那次？"夏子衡记得自己出事就是那天。

"不，不，不是香格里拉，就是我们公司附近的一家酒店，凯……凯斯……宾斯基。"

"凯宾斯基？"夏子衡帮他补充。

"对，对，凯宾斯基。"

"那是我第一次代表公司出来演讲。"

"对，你的一些理念很对我胃口。我查了下你的公司背景和业务方向，还特意进了你们公司的一个交流群，向你请教过一些技术问题。我当时想，要是能从你这样的技术大牛身上学点秘籍，那该多好，那样我公司是不是很容易就被牛弋戈的艾达塔集团收购了？"

"你进过我们公司的交流群？什么网名？"夏子衡右手本能伸向手机，猛地想起那是几年前的事，昔日社交账号早已作废，群应该也早已解散，慌地住手。

"忘了，也删了。想什么来什么，没多久，就有一个朋友在网上找到我，说他搞到一套智能数据分析引擎，想低价转让，问我有没有兴趣。"

"是不是峰子？"柳虹立即问。

陈武回道："峰子是谁？我不认识。"

"那是谁？"

"一个名叫'莫里亚蒂'的网友。"陈武道，"我跟'莫里亚蒂'谈过几轮，并在线试用过这套系统，发现它确实很牛，算法的新颖性和数据处理速度、深度和准确性都优于同类产品，于是借钱买下。之后，我让人把它包装了一下，变成我公司的产品。然后，我再找到牛弋戈，终于说服他的艾达塔集团收购了我的公司。"

"于是，你摇身一变，成了艾达塔的高管？"柳虹问。

"哪儿啦？"陈武仿佛在跟朋友叙旧，眉飞色舞道，"卖了公司之后，我就财务自由彻底不用上班了。只是我命中无财，后来我跟一个朋友做期货，把所有的钱全赔光了，又不得不求牛弋戈给我安排一个工作。"

夏子衡问："为什么你不做主管业务的副总裁，却成了主管行政和人力的总裁办主任？是故意假装不懂技术吗？"

"也谈不上假装。我是略懂一点技术，可是艾达塔集团大牛如云，跟牛弋戈和向秋阳这些科班出身、长期做开发的人相比，我根本没什么优势，干吗要在一线部门丢丑呢？"陈武说完，两手一摊，表情真挚谦逊。

夏子衡怒道："陈武，你偷我的东西也就罢了，为什么还要陷害我，让我白坐三年牢？"

"夏子衡，这话我可不同意。我没偷你东西，偷东西、陷害你的，是别人。我只是运气好，偷偷把它买到手而已。要算账，你找那个'莫里亚蒂'算去！"

"莫里亚蒂是谁？"

"我不知道。"

夏子衡终于触及自己受害真相，见陈武居然如此轻描淡写，他严重受伤。他紧捏拳头，额上青筋暴露，心腾腾直跳，呼吸急促。

柳虹觉察出了夏子衡的情绪变化，害怕他失控，忙转移话题："陈武，说说这次的事。你是怎么想到再次刺杀牛弋戈并嫁祸夏子衡的？最初的动机是什么？"

"我就是觉得 TMD 不公平！"陈武道，"怎么说，我也是艾达塔的创业元老之一，公司股改之后，我只占零点几个百分点，其高管和中层、哪怕比我晚来的，也有好几个点，凭什么我只有这么点儿股份？这不是存心侮辱我吗？牛弋戈他太偏心！连沈澜那个入职半年的小丫头，股权都跟我差不多，换作你，能平衡吗？我跟牛弋戈吵过几次，他居然说我的智能数据分析引擎不是自己开发的，是从别人那偷来的，对艾达塔的公司声誉带来了严重负面影响，还威胁我说：如果我再纠缠股权的事，就举报并开除我！'"

柳虹问："所以你一直在找机会报复？"

"艾达塔马上就要上市了，我却要被踢下船，换作是你，你受得了吗？牛弋戈对我这么不公，大不了我与他同归于尽。"陈武怒道，"我心里有气，一直在寻找合适机会。几个月前，一个机会出现了。"

"什么机会？"

陈武笑道："你们都知道的：牛弋戈为了骗投资，让我找人演苦肉计。"

"于是，你就利用这个苦肉计，制定了一个刺杀牛弋戈并嫁祸于夏子衡的——"

"慢！"夏子衡打断柳虹，"这事有一个前提，那就是陈武你得知道我过去的事才行。你是怎么知道当年我被峰子偷走智能数据分析引擎的事？谁告诉你的，'莫里亚蒂'？"

陈武道："'莫里亚蒂'哪知道这些？"

"那是谁？"

"你朋友程盛勇说的。"

"程盛勇？"夏子衡简直不敢相信自己的耳朵，"这……这……这怎么可能？"

"别紧张，夏子衡，不是你想的那样。"陈武体贴地安抚，"程盛勇这些年为了拿下艾达塔这个客户，不是一直在公关我吗？有一次我们吃饭闲聊天时，他酒后吹牛，说公司里全是牛人，重点说起你开发的智能数据分析引擎。说者无意，听者有心。我当时立即觉得，这中间可以做一点文章。于是，我上网查了一下，找到相关背景资料，并联系你表弟峰子，知道事情的前后经过。"

"你还敢说不认识他？"夏子衡质问，"峰子人在哪？"

"我不知道。之后，我再没联系过他。"

夏子衡追问："那牛弋戈与峰子的那段对话录音又是怎么回事？真的还是假的？它又是怎么跑到牛弋戈的移动硬盘里的？"

"对话录音是我伪造的。"陈武答，"至于，它是怎么跑到牛弋戈的移动硬盘，就更简单了。牛弋戈定期要在公司做海量数据备份，我把这个音频文件混在一堆工作文件里拷给他，他那么忙的人，哪里会细看？"

柳虹问："夏子衡与魏雯的关系，你是怎么知道的？"

陈武阴笑道："从我决定嫁祸他开始，他的一切社会关系，在我眼里，全是透明的。"

"原来是这样。"夏子衡万没想到，自己绞尽脑汁想不出的问题，答案居然如此出人意料、如此简单，如同他在无人汽车上听到那个"雇人拔网线"的顶级黑客笑话。比起现实的隐晦、复杂和多变，网上那点公开数据实在太可怜了。之前我居然以数据分析师自诩，真是太可笑了。

柳虹见夏子衡伤感沉默，继续道："陈武，于是你就决定以'四哥'

的名义，想尽办法刺激和诱骗夏子衡对牛弋戈发起攻击，同时借你和沈澜制定的苦肉计，浑水摸鱼，以图杀死牛弋戈。年会庆典环节那些诬蔑、攻击牛弋戈的图片和文字，应该就你干的吧？"

"那当然。没有这些图片和文字，夏子衡刺杀牛弋戈的戏就缺乏铺垫。有了它们，在场所有人才会相信：牛弋戈是个大坏蛋，有人要报复他。就在这时，夏子衡在我的精心指引下，听到了牛弋戈和峰子的对话录音，以为他是陷害自己的人，于是找他扭打算账。黄二狗在大宴会厅假装刺杀牛弋戈，成功上演苦肉计。我明知道这是苦肉计，故意高喊牛总遇刺，让员工把夏子衡抓住。就这样，一个完美的栽赃计划，就完成了一半。"

柳虹冷笑："另一半发生在牛弋戈的病房吧？"

"是。牛弋戈假装受伤，住进魅力山庄的病房后，除了他和我，没人知道这是苦肉计，都以为夏子衡要杀他。我决定利用这个机会，在半夜杀死他，将来警方调查，一定会在夏子衡和黄二狗这两个嫌疑人中间寻找真凶。万万没想到——"

夏子衡笑道："万万没想到柳警官参与进来，而且拼命帮我调查真相，是吗？"

"是。你们找到了黄二狗，发现了苦肉计，半夜冒雨赶回魅力山庄。虽然搅了我的好事，但因为'苦肉计'的掩护，我成功躲过一劫。"陈武说到这，面露得意之色。

"有一个问题我很奇怪：当时我们阻止了你，你跳窗而出冒雨而逃，可是，很快你便出现在牛弋戈的病房，身上一点淋湿的痕迹也没有。你是怎么做到的？"这是一个一直困扰柳虹的问题，也是她一开始将陈武排除四哥的嫌疑人之外的重要原因。

"因为当时跳窗的人，并不是我。"陈武道。

"不是你。"柳虹和夏子衡震惊，"那是谁？"

"黄二狗。魅力山庄大宴会厅的假刺杀后，我再次联系他，骂他活没干到位，苦情不足，要他半夜再到牛弋戈的病房，再加点戏，把戏做真一点。我的目标是让黄二狗来到牛弋戈的病房，行刺的事由我来完成，将来警方追查起来，锅由他或夏子衡来背。"

柳虹问："黄二狗被车撞了，然后又被救护车救走了？他怎么会又出现在魅力山庄？"

陈武不信："有这种事？不可能吧。"

夏子衡补充："我们亲眼所见。"

"那一定是你们看花了眼。"陈武继续道，"黄二狗赶在你们之前来到魅力山庄，我让他悄悄潜入牛弋戈的病房，我负责动手。谁知道，我刚要下手，你们到了。我吓得立即冲进牛弋戈病房的里间。黄二狗当时就躲在里头，以为自己被发现，吓得立即跳窗。我则悄悄从里面退出来，后来再假装刚睡醒冲进来。你们当时把注意力放在凶手逃走这件事上，没注意到这个细节。"

夏子衡按捺住心头的愤怒，平静地道："接下来牛弋戈就坦白了他的苦肉计，这事误导了我们，错以为当天晚上行刺的人，另有其人，根本没想到此事与你有关。"

"虽然当晚的行刺失败，但我觉得，只要牛弋戈人还在魅力山庄，只要警察还认为夏子衡有报复他的动机，我一定还能成功杀死他，并栽赃到你夏子衡身上。没想到沈澜这丫头也留着一手。她居然因为她哥高考被顶替的事，把牛弋戈绑架了，带出了魅力山庄，还带到了 B 城。"陈武说完，一声叹息。

柳虹道："你的节奏被打乱了？"

"不。"陈武微笑，"此事早在我计划之内。"

柳虹问："B 城的刺杀案你是从什么时候策划的？"

陈武笑道："严格地说，A 城的事是我在听说牛弋戈要搞苦肉计后临时起意的，我一开始策划的谋杀地点，是 B 城牛弋戈的同学会。"

"哦？"这个说法令柳虹和夏子衡大感意外。

"你们调查这么久，应该知道我为此事，做了大量的前期准备工作。"陈武得意道。

"是啊。你的前期不可谓不充分。"夏子衡道，"一是给沈澜发匿名短信，让她误以为牛弋戈是顶替她哥的人，同时让她卧底在艾达塔；二是清除 B 城教育局和凤凰大学的数据库；三是挖掘当年沈小明被顶替一案真相，找一个名叫沈浩的人扮演他，让他向唐志海和唐逊父子索取赔偿；四是胁迫唐志海帮助你行凶杀人。"

陈武伸出大拇指点赞："跟高手聊天就是过瘾，省去好多口舌。"

柳虹道："所以，你知道我们一定会去凤凰大学招生办查纸质档案，决定一把火烧死我们？"

"凤凰大学图书馆的大火，是唐志海那老头干的。"陈武笑道，"我只不过提前通知他而已。"

夏子衡道："你不是一直想杀死牛弋戈嫁祸于我吗？我要是死在凤凰大学招生办的档案室，你还怎么嫁祸？"

陈武反问："你不觉得唐志海是一个更好的嫁祸对象吗？既然有他为我背锅，你夏子衡就不再重要了。别忘了他儿子的命运在我手里。"

"可你还是没放过我。"夏子衡道。

"我本打算放过你的，可谁让你又干了一件蠢事。"陈武恨恨道。

夏子衡笑问："你说的'蠢事'，是不是指我去见唐逊，劝他承认冒用沈小明这件事？"

陈武道："唐逊如果当众承认，牛弋戈就不洗自清，我之前的努力就全白费了。"

柳虹道："所以，你就打晕了夏子衡，逼唐志海把他带到 B 城悠悠酒店的阁楼，是吗？"

"后来的事，你们全知道了。"陈武愤愤道，"我原以为此事十拿九稳胜券在握，没想到唐逊这小子，居然偷偷跟着来到 B 城参加同学会，居然还冒死扑上去，为牛弋戈挡子弹。"

柳虹淡淡道："其实，表面怯弱的人，关键时刻反而最勇敢。"

"为什么？"陈武不解。

"因为他能证明自己勇敢的机会不多，更因为他天性善良。"

"善良还冒用别人的成绩上大学？"

柳虹沉痛道："其实在这件事上，唐逊本人也是受害者，是他爸自作主张一意孤行害了他。如果凤凰大学和他的工作单位需要作证，我愿意帮他说情。"

夏子衡道："B 城这一切发生时，你躲在 A 城遥控，顺便打伤了魏雯和程盛勇，还让魏雯误认为是向秋阳干的。之后，你看牛弋戈再次获救，又从 A 城打电话过来，假装开车来接他，并计划在半路杀死他。"

"没想到我的计划被向秋阳这小子识破了。他提前假冒网约车司机，接走了牛弋戈和沈澜，致使我功亏一篑。"

柳虹冷笑："螳螂捕蝉，黄雀在后。"

"我交代完了。可以进拘留所了吗？"陈武伸出被拷的双手，"最近太累了，我想睡个好觉。"

"不，我还有几个小问题。"柳虹问，"一，B城的刘丽莉和假沈小明骗我掉入深坑，这一切是不是你安排的？"

"是。"

"二，真正的沈小明在哪？"

"不知道。也许早就死了。"

"三，几天前，牛弋戈在魅力山庄游泳时，被吸附在池底，差点被淹死，此事是否与你有关？"

"这个我还真不知道。"陈武摇头，"也许就是纯粹的意外吧。"

"我问完了，看你。"柳虹说完，望着夏子衡。

夏子衡道："陈武，我就一个问题：你在网上做了这么多数据挖掘，是怎么清除痕迹的？你的智能步枪又是哪来的？"

"天机不可泄露。"陈武诡异地笑，"除非你们能赦免我无罪，否则打死我我也不会说。"

"那你就把你的天机留给你的狱友吧。"柳虹冷笑，"带走！"

牛弋戈、魏雯、沈澜和程盛勇得知陈武招供，惧感震惊。牛弋戈叹道："打死我也不相信，陈武有这么高的数据挖掘和清除水平。"

"人不可貌相。也许陈武特别擅长隐藏自己。"夏子衡心里也有无数谜团，但此时不宜深究，于是话锋一转，"不过，这个案子，让我见识了一个人的威力。"

"谁？"柳虹问。

"阿囊。"夏子衡由衷赞道，"他精准地预测与艾达塔相关的三次谋杀，关键词也都基本正确，还是相当厉害的。"

"你给他打多少分？"

"89分吧。"

"为什么不到90？这么吝啬？"柳虹佯怒。

"因为我还没见到它的源代码。"夏子衡认真地说，"还不能确认它的底层算法和逻辑。"

第十一章
算法之战

1

几天后，A城某高档饭店。

柳虹和夏子衡一块受邀参加牛弋戈和魏雯两口子的答谢宴，程盛勇和沈澜作陪。

牛弋戈举杯道谢："感谢柳警官、夏子衡、程盛勇三位朋友，要不是你们，艾达塔集团和我们两口子就完了，感谢！"

"感谢！"魏雯和沈澜一同举杯。

柳虹、夏子衡和程盛勇齐声道："不客气。"

寒暄片刻，牛弋戈直奔主题："子衡，这次多亏了你，不仅帮我洗清所有罪名，还解决了我与魏雯的婚姻危机，顺带帮我解决了融资问题。别人是'一石三鸟'，你是'一鸟三蛋'，哈哈哈……这次一亿美元C轮投资到账，你功不可没，我该怎么谢你？"

程盛勇笑道："奖励一百万喽。"

牛弋戈一惊："一百万？"

"怎么，舍不得？"

"不，太少了，要给就给一千万。"

"啊！"程盛勇有点嫉妒了。

"我是说真的。不过，要分十年兑现，怎么样？"

"十年分期是什么意思？"

牛弋戈掏出一份聘任合同递给夏子衡："副总裁兼CDO（首席数据官），外加各种期权，十年你拿到的应该远不止一千万——至于程总，你的会展公司将成为我艾达塔集团的永久供应商，一年合同额不低于五百万，怎么样？"

"真的？"程盛勇不敢相信。

"这个……"夏子衡回想过去三年以来，两年半坐牢，半年求职无门、寄人篱下的日子，不由一阵心酸，眼泪瞬间挤占眼眶，"数据分析和人工智能这些行业太前沿了，技术日新月异。我离开这个行业好几年，人早废了，恐怕胜任不了艾达塔的岗位。谢谢牛兄美意！"

牛弋戈蛮横道："放眼望去，圈内比你强的真没几个。我说行，你就行！"

魏雯温柔补充："子衡，弋戈是真心希望你加盟。"

夏子衡再次推让："我是有前科的人，别因为我影响艾达塔的声誉。"

牛弋戈笑："前科就是个屁！我还一堆见不得光的原罪呢。要说负面影响，我比你大多了。快点签字。"

"快点签字！"程盛勇催促道，"子衡，你不签我咋签？"

"牛总，魏雯，你们的心意我领了。"夏子衡见牛弋戈和魏雯两口子一片盛情，不想把话说死，委婉道，"不过，我现在处于从业禁止期，短期内恐怕回不了IT圈。"

牛弋戈笑道："你当年的事是冤案，回IT圈还不是柳警官一句话的事？"

柳虹见众人望着她，忙道："这事归法院管，我一个小小的实习警察，恐怕无能为力。不过，我个人愿意私下帮忙。"

牛弋戈和魏雯同时对柳虹举杯："子衡的事，就拜托柳警官了！"

"大家都是朋友，应该的。"柳虹说着，见夏子衡死盯着自己看，脸微微一红。

"我敬大家一杯！"沈澜起身，给众人敬酒后，突然一阵伤感，强忍住没哭出声来。

"怎么啦，沈澜？"柳虹关心地问。

沈澜抽泣着问："我还能找到我哥吗？"

"能。一定能。"柳虹坚定地点点头，又将目光转向夏子衡，"你说是不是，数据分析师先生？"

沈澜央求："夏先生，您能帮帮我吗？"

"这不是帮你，也是帮我自己。"夏子衡道，"其实，我也在找一个人。"

"谁？"沈澜问。

一旁的程盛勇代答："峰子，当年害他坐牢的表弟。"

饭局快结束时，牛弋戈又对柳、夏、程三人道："明天我们艾达塔集团要在Z城上线一个海底数据中心，顺便与Z城的数据界同行搞一场足球友谊赛，你们要有空，欢迎前来捧场。"

柳虹道："我估计没时间，老夏和我舅去吧。"

程盛勇大喜："我很想去！"

夏子衡想起寻找峰子和沈小明的重任在肩，心事重重道："谢谢牛总。我可能也去不了，以后再说。"

牛弋戈不管三七二十一，分别塞给他们邀请函。魏雯悄悄对夏子衡说："柳虹是个不错的女孩。"

夏子衡知道魏雯在暗示什么，这是一个他特别害怕的话题。他与柳虹互有好感，但也许仅仅是好感而已。过去的三年，是他人生暗无天日的低谷。以他目前的经济条件，无论如何不敢奢望爱情，更不用说追求柳虹的勇气。于是敷衍道："是不错。这次要不是她，我早就二进宫了。"

谁知魏雯不依不饶，再次笑意盈盈地追问："那你打算怎么感谢人家？"

"这个……"夏子衡低头摆弄双手，不知道该说什么。

"对了，你不是想参观他们大数据犯罪预防实验室，主动提啊。"

"我会的。"

饭局散了，牛弋戈为表谢意，特意让司机小黎开车送柳虹和夏子衡回家，两人说不用送，牛弋戈表示一定要送，说车里有给他们的礼物，两人推脱不掉，只得答应了。

上车后，柳虹居然心有灵犀地问夏子衡："你什么时候有空，我带你去见我的一个朋友？"

夏子衡立即明白："你的朋友是不是姓阿？"

"反应挺快嘛。"柳虹赞道，"明天方便见阿囊吗？"

"必须有空。"夏子衡爽快答道。

2

夏子衡满以为大数据犯罪预防实验室设在特别高档的写字楼里，谁知柳虹带他去的地方，居然是某个城郊荒僻的大山。车子从城区往城外快一个小时，在山坡上绕了 N 个弯，进入一个不起眼的农家院，然后又往前经过一条长长的绿荫走廊，这才来到实验室。

柳虹带夏子衡拜见她的直接上司赵主任。赵主任先是感谢他之前对柳虹和实验室的协助，然后话锋一转："柳虹，艾达塔这个案子可以结案了吗？"

柳虹道："恐怕还没完。"

"怎么讲？"

"因为还有几个令人困惑的地方。"

"哦，说来听听。"

"第一个让人困惑的，是关于黄二狗。A 城魅力山庄的刺杀案发生后，我们好不容易找到黄二狗，本来打算带他回魅力山庄对质，可是他突然被车撞倒，鲜血四溅，伤得非常重。"柳虹回忆道，"我们正想救他，救护车立即出现，把他救走了。"

赵主任笑道："这事奇怪在哪？"

"我感觉救护车不是碰巧遇到黄二狗，而是早就预料到这里会出车祸，所以在黄二狗被撞前，就有人派出了救护车。我以前一直认为是四哥陈武干的，可是他不承认。"

夏子衡道："我查过 120 的相关记录，没有收到求救信息，也没有派车记录。"

赵主任问："你们确定救护车不是假冒的吗？"

柳虹道："确定。车牌是真的。"

"确实奇怪。"赵主任笑道，"接着说第二件。"

"第二件奇事，就是我们从 A 城前往 B 城的路上，金警官和我们被一群无人车追撞，各种各样的无人车，包括货车、挖掘机和公交车。"

"确定都是无人车?"

"百分之百确定。"柳虹说着,看了夏子衡一眼。

"确定。"夏子衡补充道。

"接着说第三件。"赵主任仍旧笑意盈盈。

"第三件就是陈武的技术水平之谜。"柳虹道,"陈武虽然是 IT 从业者,技术水平并不高。他是怎样策划出这么复杂的谋杀与嫁祸案的?他在 B 城刺杀牛弋戈的智能步枪是从哪搞来的,又是如何消失的?"

"说完了?还有吗?"赵主任追问。

"对了,还有一件奇怪的事:当年陷害夏子衡的表弟峰子,以及被顶替的沈小明,一直下落不明。"柳虹瞟了夏子衡一眼,"夏子衡做过各种数据挖掘,还是找不到他们的下落。"

"夏先生,您有什么要补充的吗?"赵主任望着夏子衡。

"没有。"夏子衡摇头,"赵主任,我只希望尽快找到我表弟峰子和沈澜的哥哥沈小明。"

"你们说得对。"赵主任缓缓道,"陈武刺杀牛弋戈,确实不是简单的个人恩怨,他不是一个人在战斗。他在刺杀牛弋戈这个过程中,一直有一股强大的邪恶势力在支撑他、帮助他。"

"邪恶势力?"柳虹惊问,"赵主任,这个团伙叫什么?"

"DDD 犯罪集团。"

"3D 犯罪集团?"夏子衡震惊。

赵主任道:"对,英文 Delete & Destroy Data 的编写,简称'3D 集团'。"

"删除和毁灭数据?"柳虹倒抽一口冷气,"这世上还有这样的邪恶组织?"

夏子衡也极度震惊:"原来世上真有这样的 3D 集团?我还以为只是传说。"

赵主任答:"是。大数据时代,数据是石油、是生产资料,也是关键基础设施,有人在建设他,也有人想毁掉他。3D 集团的目的,就是毁掉所有能为社会和大众提供公共数据分析服务的机构,掌控全世界所有的数据、算法和算力,成为大数据和人工智能寡头,以牟取暴利。艾达塔就是他们的第一个目标。它们精心策划杀死牛弋戈,就是为了毁掉艾达塔集团、毁掉它的智能数据分析能力,进而毁掉 A 市科技服务社会的能力。"

"是这样?"柳虹和夏子衡面面相觑,异口同声道。

"刺杀牛弋戈，只是阴谋的开始，或者说牛刀小试。他们之所以要精心嫁祸别人，是为了避免暴露自己。可惜，他们这种手法，恰恰暴露了他们的强大实力。"

夏子衡问："为什么要嫁祸给我？"

"因为你是资深数据分析师，因为你开发过非常先进的智能数据分析引擎，也因为你有过前科和案底。"赵主任身子往前一探，继续道，"嫁祸给你，一方面可信度比较高，另一方面，也是为了把你逼至绝境，逼你加盟3D集团，终身为他们服务。"

"加盟3D集团？"夏子衡喃喃道。

柳虹问："让夏子衡为他们服务？"

赵主任答："开发全世界最先进的智能数据分析引擎，用算法接管整个世界。"

夏子衡目瞪口呆，一时不敢相信，自己才是艾达塔这场刺杀案的真正主角。他的第一反应是：柳虹对此知不知情。如果她知情，为什么不早点告诉我？

却见柳虹惊呼："赵主任，您早就知道这些？"

赵主任道："我也是刚刚听说的。"

"听谁说的？"柳虹追问。

"我的一个朋友。当然，也是你们的朋友。"

"我们的朋友？"柳虹瞟了夏子衡一眼，心道：难道是金警官？

"你们不是有好多疑问吗？就让我们共同的朋友来回答吧。"赵主任起身，"你们跟我来。"

夏子衡和柳虹随着赵主任穿过一个暗门，乘坐电梯往下走，走进一个崭新的巨大机房，立即被一眼望不到头的成排服务器所震撼，但里面却空无一人，悄无声音。柳虹问："赵主任，您的朋友呢？"

夏子衡问："赵主任，就是阿囊吧？"

"阿囊在哪？"柳虹问。

"我在这。"一个全息投影的小伙子突然出现在三人面前，"欢迎柳警官和夏子衡先生，我们已经是老朋友了。"

"你就是阿囊？"

"不，我只是阿囊的电子肉身，或者说皮囊。"阿囊道，"真正的阿囊，是我身后的服务器，以及服务器里的大数据和智能算法。赵主任说你们有一些案情疑点要与我交流？"

"是的。"柳虹道，"第一个疑点——"

"我都知道了。"阿囊主动道，"关于黄二狗的事，请看视频。"

室内的大屏幕上，立即重现黄二狗被撞时的两个监控视频。他被车撞，确实是因为意外，但受伤并不重，只是被车剐蹭了一下，摔倒在地。

镜头切换：鲜血不是来自黄二狗，而是有人从撞他的车上，用一把玩具呲水枪喷出来的。

镜头再切换：黄二狗被撞前，确实有一辆救护车在附近的一个街区行驶。在他被撞几秒钟后，救护车赶到现场，立即将他救走。目的地不是医院，而是魅力山庄的大门。

"我说黄二狗怎么能这么快回到魅力山庄，原来是这样。"柳虹问，"谁干的？"

"当然是 3D 集团。"夏子衡道。

阿囊道："没错。你们通过数据分析找出黄二狗、在 VR 吧找到他，他逃跑被撞，这一系列事件发生的时间地点，都在 3D 集团的预料之内，所以才越过 120 救护系统的防火墙、自动分派救护车和救护任务，将黄二狗送到魅力山庄的疗养院，再次帮陈武完成刺杀和嫁祸任务。"

"那陈武为什么说他对黄二狗的事不知情？"柳虹问。

"他确实不知情，3D 集团只是在背后帮助他。"阿囊道，"至于金警官和你们被各种无人车追撞围堵，缘由也一样。在这次车祸中，金警官是重点针对对象，目的就是不想让他过多介入此案。"说着，大屏幕又开始以慢镜头反复回放这次车祸的监控视频。

夏子衡苦笑："我们俩毫发无损，是不是因为我们在 B 城还有任务要完成？"

"夏先生真是一针见血。"阿囊赞道，"至于第三个疑点，关于陈武为什么这么厉害，刚才赵主任已经回答得非常详细了。我只补充一点，陈武逼你射杀牛弋戈的智能步枪，是 3D 集团重金从国外走私进来的。它的枪身和子弹均由特殊材料制作，一旦完成刺杀任务，可就地焚毁，而且完全看不见存在过的痕迹。"

"如同用冰锥杀人、凶器事后融化蒸发一样？"柳虹问。

"是的。柳警官真会举一反三！"阿囊赞道，"至于夏先生所关心的表弟峰子和真正沈小明的下落，抱歉，我也不知道。"

"为什么？"夏子衡问。

"因为我一搜索他们，计算进程就自动终止。就像这样。"阿囊说着，在大屏幕演示搜索过程。只要一执行搜索"夏子衡表弟峰子"和"沈澜大哥沈小明"的任务，页面立即以一把大大的"X"报警。

夏子衡叹道："阿囊遇到更强大的对手了。"

"我很抱歉。"阿囊真诚说道。

赵主任将阿囊关闭，缓缓说道："柳虹，知道我为什么派你去调查艾达塔的案子，同时又反对你在外连线阿囊吗？我不能引狼入室。"

柳虹顿时明白："阿囊也有危险？也是他们的目标之一？"

"阿囊是我们历经多年花费巨资开发的智能机器，有丰富的大数据基础，算法先进，算力也非常惊人。从艾达塔这个案子看，阿囊已经具备相当程度的人工智能意识。如果他落入 3D 集团手中，或者被摧毁，后果不堪设想。这就是我迟迟不敢让阿囊正式上线的原因。"

柳虹问："他们怎么毁掉阿囊？"

"彻底破坏它的算法和数据。"

夏子衡主动请缨："赵主任，我能做什么？"

"夏先生要是方便的话，能不能帮我们查看一下阿囊的源代码，看看如何改善算法，应对 3D 集团的恶意攻击？"

夏子衡目光转向柳虹，见她点头，立即答应："赵主任，我一定尽力而为。"

"那我的任务呢？"柳虹问。

"柳虹，从现在起，你转正成为正式警官。我授权你全力侦破 3D 集团数据犯罪，请务必将他们一网打尽！"说着，赵主任递给她一把枪。

"是！"柳虹起身敬礼！

"你们在这忙吧，我出去开个会。"赵主任说完，离开了大数据犯罪预防实验室。

3

夏子衡打开阿囊的源代码，开始反复检查和调试，表情越发严肃。柳虹问："老夏，哪不对？"

夏子衡道："阿囊好像被人动过手脚。"

"什么意思？"

"阿囊的源代码被人篡改过。"夏子衡指着显示器某处，"你看这几行，计算犯罪实施日期的函数和逻辑有问题，权重设置也不对。"

"我看不懂。"柳虹笑，"你就直接说对计算结果会带来什么偏差吧。"

"关于谋杀预测的时间地点，可能会发生细微变化。"

"细微变化？"柳虹回忆，"关于艾达塔犯罪案，阿囊之前预测了三次犯罪活动，地点分别是 A 城、B 城和 C 城，时间只提到 A 城的谋杀案是 1 月 11 日，后面两次没有明确时间，除了 C 城和 B 城先后顺序反了之外，别的都对。你是说这个预测结果有问题？"

"我刚刚重新调整了一下算法和参数，想不想看看最新的计算结果？"

"好啊！"柳虹见夏子衡击键如飞，顷刻间就编写了数十行代码，赞道，"你击键速度怎么这么快？"

"有些年没编程，手生了。"

"也就是说，你以前更快一点？"

"也许是两点。"夏子衡毫不谦虚。他修改完代码，认真检查几遍，确认无误后，按下回车键，很快屏幕显示：

艾达塔集团相关数据犯罪预测：
第一次：1 月 11 日，A 城
第二次：1 月 12 日，B 城
第三次：1 月 15 日，Z 城

柳虹惊呼："第三次谋杀，C 城换成了 Z 城？为什么 C 城那次不算？"

夏子衡道："我的理解是：在 C 城凤凰大学确实遭遇袭击，但那次并不针对牛弋戈，而是针对我们俩的。"

"时间变成了 15 号，也就是今天？针对谁的？"

夏子衡又敲击了一下回车键："这是预测详情。"

第三次谋杀
时间：1 月 15 日，下午 5 点
地点：Z 城
关键词：莫里亚蒂、5577、向秋阳、夏子衡
致死率：98.9768%

"四个关键词？"柳虹道，"莫里亚蒂我知道，他就是从你表弟峰子手中购买数据引擎又卖给陈武的人。5577 是什么意思？"

"我好像在哪见过，我想想。"夏子衡思忖片刻道，"对了，是牛弋戈的车牌号后四位。"

"这你也能记住？"

"好记。因为用这四个数字算 24，有四种算法。"

"也就是说，它代表牛弋戈。难道牛弋戈还要面临一次致命的威胁？"柳虹陡地紧张起来，"向秋阳为什么也在里头？难道莫里亚蒂连他也要杀死？"

"牛弋戈和向秋阳跟 Z 城有什么关系？"

"我想起来了。牛弋戈昨天说，艾达塔集团今天在 Z 城有两场活动，上午九点是海底数据中心启动仪式，下午五点在 Z 城体育馆有一场足球赛。牛弋戈、向秋阳和 A 城众多技术精英都将参加这场比赛。"柳虹忧心忡忡，"从赵主任的判断看，牛弋戈和向秋阳等人可能都是被谋杀的对象。"

"Z 城虽然不远，可现在已经快一点了。能联系上他们吗？"

柳虹掏手机，发现信号被屏蔽，再拨有线电话，完全无声，顿觉不妙，"凶手应该知道我们要来这。"

"没事。"夏子衡安慰柳虹，"有阿囊的帮助，我们应该能很快查出莫里亚蒂是谁。柳虹，给我提供三个资料，阿囊应该马上就能算出真凶。"

柳虹一头雾水："哪三个资料？"

"一是艾达塔这个案子的总结报告，二是艾达塔全体员工的名单，三是所有参与大数据犯罪预防实验室建设的机构名单。"

"稍等。"柳虹从包里翻出一个优盘，递给夏子衡。

"好了。"夏子衡将所有资料拷进去，又编写一段代码，复核后深吸一口气，"不出意外，马上出结果。"

"真的吗？"想到马上就会知道莫里亚蒂的真实身份，柳虹格外激动，下意识地握了握夏子衡的手。夏子衡被她触碰，本能地往后一躲，柳虹以为他害羞，也赶紧松开。

屏幕上弹出一页个人简介：

> 徐鼎天，3D 集团一把手，技术高手，曾在多家著名人工智能和大数据平台担任顶级程序员。性格偏激，有反社会人格。
>
> 五年前创业 3D 集团，一年前死于车祸。
>
> 内部代号：莫里亚蒂

"徐鼎天已经死了？"夏子衡甚是失望。

"不！我猜测是这样：一年前徐鼎天以车祸诈死，改头换面，继续在外面遥控 3D 集团。"柳虹道，"这可能就是赵主任所说 3D 集团要彻底毁掉艾达塔的背景。"

"我们开车去 Z 城体育馆要多久？"

"一个小时。"

"快走！"

4

两人正准备起身往外赶，大屏幕突然亮了，一个戴着头套的头像对他们说："厉害，夏子衡，柳虹，你们居然能发现我。"

"你就是徐鼎天？"夏子衡道，"当年诱骗我表弟峰子，从我手中偷走智能数据分析引擎的人，就是你吧？"

"夏子衡，这就是你折腾半天的重大发现？是不是太晚了？"徐鼎天嘲讽道，"还资深数据分析师呢。"

"你有很多机会杀死牛弋戈。为什么要等到 Z 城？"

"今天在 Z 城参加足球赛的两队球员，是国内人工智能和数据分析界的精英。他们今天都将因为你而全部丧命。"

"因为我？"夏子衡不解。

"阿囊最底层的系统，是基于你以前的系统开发的。只有你本人登录调试时，我们才能激活提前安插在其中的木马，实施远程操控。"

"操控什么？"

"很快你就知道了。"

"你处心积虑，就是为了等我来调试阿囊？"夏子衡冷笑，"你的真实目的是什么？"

徐鼎天道："彻底接管阿囊，然后以他的算法接管整座城市，乃至整个世界的算力，来为我们 3D 集团服务。"

柳虹接过话头："徐鼎天，你野心可真不小！难道你真以为，你能用算法统治世界？"

"也不完全是。"徐鼎天笑道，"其实，我们偶然也做好事的。"

"哦。"

"知道陈武为什么要加入我们 3D 集团听我号令吗？"

"不知道。"

"他老婆跟我一样，得了绝症。看遍名医都不见好。"

"什么绝症？"

徐鼎天道："一种罕见的疾病，日渐消瘦，全身无力，不能吃任何东西，也不能吸收任何营养。医生说，如果不能对症下药，最多只有半年时间。我用尽世界上最前沿的 AI 医生，也查不出病因。"

"哦。"

"但是，从上帝全能的角度说，一切怪病，都是有原因的；一切问题，都是有答案的。现代医疗水平找不到疑难病症的患病原因和治疗办法，根本原因是算力不够强大、算法不够精准、数据样本不够多。我只要把大数据犯罪预防实验室阿囊的算法和艾达塔的大数据结合在一起，借助人工智能，就一定能够进化出一套更优秀的算法，计算出适合我的诊疗方案。我相信一定能拯救很多患者的生命，包括我和陈武老婆。"

"好高尚的理由！"柳虹冷笑，"若是为了救人，你为什么不直接向牛弋戈、向赵主任求助，而要采取这种极端的办法？"

"因为牛弋戈不会同意我毁掉艾达塔，赵主任也不会同意我控制阿囊。"

"救人就必须先毁人就必须垄断独占？难道就不能共享互助？"

"不好意思。"徐鼎天冷笑，"我这个人，就喜欢独占。如果艾达塔和阿囊继续存在，一定会共享数据、分流算力。而我只有一次机会拯救自己，我不能冒这个险。"

"为了救自己的命，就一定要牺牲别人乃至整个社会吗？"柳虹骂道，"徐鼎天，你是不是太自私了？"

"如果一个人只有靠自私才能生存，那么，自私就是他的自我救赎，就是他最大的善。"

"你想怎么样？"

"我想杀死牛弋戈等技术精英，全面控制阿囊。"

夏子衡冷笑："就算你毁掉牛弋戈等人、毁掉艾达塔和阿囊，也没用。只要有原始数据，我很快就能重建一个新的智能机器人，一个有更先进功能，更强大的阿囊。"

徐鼎天道："那我就毁掉海底数据中心，毁掉所有备份数据。想知道后果吗？看大屏幕。"

徐鼎天话音刚落，室内大屏幕开始播放一段模拟视频：

> 海底数据中心被人安置炸弹后引爆；
> 汽车因为地图数据错误，被错误导航，误入海中，或摔下悬崖；
> 飞机因为导航问题，在空中频频相撞，死伤惨重；
> 银行和支付系统瘫痪，各种物价飞涨，城市全面打砸抢，各种街头犯罪层出不穷；
> 全社会大面积停电，医院不能救治病人，危重病人死亡率飙升；
> 飞机、火车和地铁等公共交通全部停运，各交通枢纽人满为

患，有人被踩踏致死；

……

视频播放完后，徐鼎天道："半个小时后，各大媒体和社交网站上，将同时发布这段视频。而这一切，都是因为你们俩。"

柳虹冷笑："真是大手笔，佩服！"

"柳警官、夏子衡，我警告你们，不要试图拯救牛弋戈，不要试图破解海底炸弹。海底炸弹的计时器与牛弋戈的脉搏相连，只有他死了，才能让海底炸弹计时器停下来。"

夏子衡道："你以为杀死牛弋戈，艾达塔就完了吗？"

"不、不、不，我不这么认为。"徐鼎天笑道，"这一次，我要杀的人，还包括他。"

大屏幕上呈现一个视频：艾达塔 CTO 向秋阳被捆在机房，他的身上，系着一颗已经启动的定时炸弹，离爆炸时间还有 45 分钟。

柳虹怒："你绑架了向秋阳？"

"他就在海底数据中心的机房，我倒是想看看，你们先救谁，能救谁。"

徐鼎天说完，屏幕黑了。柳虹问："老夏，能查出徐鼎天的位置吗？"

夏子衡摇头："通信信号在全球几十个基站中转过，一下子无法追踪。"

柳虹紧急分工："这样，老夏，我去海底数据中心拆除炸弹，你通知牛弋戈，让他们立即停止比赛，赶快撤走。"

"你一个人行吗？"夏子衡有点担心。

"不行也得行。"

"我陪你一块去海底数据中心。牛弋戈，我可以边走边通知他们。"

"实验室手机信号应该被徐鼎天屏蔽了，得尽快离开这。"

5

两人没走两步，实验室突然闯进两只金属材质的机器动物，低声嚎叫，双眼发出绿光，露出尖牙利齿，对他们虎视眈眈。

夏子衡大惊："机器狗？"

"不，是机器狼。"柳虹看过相关材料，"敏捷度和杀伤力比普通机器狗要高出好几倍。"

"用枪能打死它们吗？"

"几乎不可能。"说虽这么说，柳虹还是本能地掏出枪，"就算打不到它体内的芯片，打瞎它们的双眼也好。这样，我尽量拖住它们，你想办法冲到对面的会议室，黑进它们的系统，毁掉他们的程序。"

"我，我尽快！"

夏子衡端起电脑，朝对面的会议室冲去。他身子刚动，两只机器狼就闪电般朝他扑来。柳虹连续对机器狼开枪，吸引它们的注意力。果然，一只机器狼的双眼被打瞎，顿时失去方向，胡乱冲撞。

另一只狼被激怒了，飞速朝柳虹扑去。

借这个难得的机会，夏子衡飞速冲进会议室，刚把门插好，那只瞎眼的机器狼便扑了过来，拼命地撕咬撞击玻璃门。

夏子衡在会议室里面，可以清楚地看到另一只机器狼，冒着柳虹的枪林弹雨，扑到她身上，疯狂撕咬，他想冲出去帮她。

柳虹子弹很快打光了，一面与它肉搏，一面冲夏子衡高声喊："老夏，不要管我，你帮不上我。用程序'黑死'它们，是唯一的办法！"

夏子衡定了定神，手指飞速在键盘上操作，可是他花了几分钟，尝试数种解密办法，还是无法进入机器狼的操作系统。他往外瞟了一眼，会议室的玻璃门眼看就要被门口的机器狼撞破，而与另一只机器狼搏斗的柳虹，也快支撑不下去了。

柳虹见夏子衡发呆，冲他高喊："老夏，快一点！快一点啊！"

"我尽快，我尽快！"

夏子衡又试了几下，还是无法黑掉机器狼。他突然灵感大发，重启阿囊，向他求助："阿囊，帮我黑进机器狼。"

"好咧！"只半秒钟，阿囊便说，"已进入。"

在阿囊的帮助下，夏子衡飞快关闭两只机器狼的操作系统，只见它们同时"嗷"的一声，倒在地上，一动不动。

柳虹筋疲力尽站起来，笑道："你要再晚一点，我就算不被咬死，也要毁容了。我还没结婚呢，你可赔不起。"

"呵呵……"夏子衡无言以对。

出了实验室，柳虹和夏子衡轮番给牛弋戈、魏雯、向秋阳等人打电话，可惜根本拨不出去，只好先群发警告信息，然后奔赴Z城的海底数据中心。

两人刚出实验室，又被一群更大更凶悍的机器虎围过来。柳虹换上弹匣，掏枪一通射击，飞快上车，去接夏子衡。夏子衡被一只机器虎咬住右腿，死甩不掉，万般无奈，只得用电脑拼命砸它的头。

机器虎没有痛觉，任凭电脑狂砸，就是不松口，仍在拼命撕咬。绝望之际，柳虹开车过来，撞飞这只机器虎，打开车门，夏子衡这才鱼跃上车。

两人一路狂飙，然而六七只机器虎跑得飞快，不一会儿便追了上来，它们以不可思议的速度敏捷地跳跃腾挪，贴在车的前后左右以及车顶五个方向，砸破车窗，划破车顶，伸出又长又尖的利爪，欲置二人于死地。

柳虹狂踩油门，蛇行飙车，快速左右摇晃，仍然无法摆脱它们，急问夏子衡："快想办法杀死他们，否则我们可能到不了Z城！"

夏子衡打开电脑，发现死活开不了机，大叫："糟了，好像被砸坏了！"

眼看左前门上的玻璃就要被机器虎砸开，柳虹大喊："老夏，我不管你用什么办法，快干掉这帮混蛋！"

夏子衡快哭了，用力拍打电脑："电脑开不了机，我有什么办法？"

"没电脑你就干不了活了吗？"

左前门上的玻璃被砸破一个大洞，机器虎把头伸进来，当场撕咬柳虹的胳膊。柳虹疼得大叫一声，将左前门用力撞开，将其推下车去，又飞快把门关上。她正高兴，很快又一只机器虎补位，继续对她攻击。

柳虹快受不了了："老夏，电脑还没好吗？"

"没有。"夏子衡狂拍电脑无果，突然他灵机一动，发现手机信号恢复，查看了一下地图，大喜，立即道，"柳虹，前面一百米有一个单向隧道，你可以在里面撞墙，撞死它们。"

"知道了！"柳虹将油门踩到底，再次加速，风驰电掣般冲进隧道，一会往左一会往右，终于把趴在前后左右四个门的机器虎撞掉。

但一只趴在前挡风玻璃上的机器虎，以头撞破玻璃，双臂又直攻柳虹的咽喉。眼见柳虹避之不及，坐在副驾驶位置上的夏子衡本能抬起飞腿，连续几脚将其踹飞，怀中电脑掉在脚下。

"总算脱险了。"柳虹长舒一口气。

夏子衡捡起电脑，发现屏幕居然又亮了，揶揄道："这家伙真是个贪生怕死的家伙。"

柳虹笑："还好你不是。"

6

一路飙车半个多小时，两人终于来到 Z 城海边。夏子衡指着前方一座高塔："从那坐电梯，即可直达海底数据中心。"

柳虹狂按电梯："不好，电梯有密码。"

"我来！"夏子衡三下五除二，搞定电梯密码，乘梯而下，在海平面下数十米的地方停住。

两人冲进数据中心的机房，分别从左、右两路搜索，终于在一个特别偏僻的角落找到了向秋阳。

向秋阳疾呼："柳警官，快！徐鼎天要杀死牛总，炸掉数据中心！"

柳虹道："我们都知道了。向总，我们怎么才能救你？"

向秋阳指着身上的定时器说："除非输对密码。但可能性很小。"

柳虹见定时器只剩不到五分钟，问夏子衡："行吗？"

夏子衡叹道："五分钟。八位密码。难度有点大。我试试。"

夏子衡试了两次，均不对。密码总共只有三次机会，他不敢再试。

"别把时间浪费在破解密码上，来不及了。"向秋阳阻止夏子衡，从怀里掏出一个随身携带的微缩移动硬盘，"艾达塔和阿囊的核心算法和一些重要数据，全部在最角上的一台绿皮服务器上。夏子衡，你快把他们铐上带走。只要它们还在，3D 集团就不能垄断算法，他们以算法控制世界的阴谋，就必然破产。"

"那你怎么办？"夏子衡不忍。

"不要管我。你们快走！"

"我们一定要救你出去！"

"来不及了。柳警官，夏子衡，谢谢你们，你们快走！"

"有件事我想问你。"柳虹突然弯下腰，对向秋阳轻声耳语。

向秋阳先露出惊讶地神色，随即点头："是的。本来我想把这个秘密永远埋藏心底。我对不起 TA。"

"为了 TA，你也要尽可能想办法逃生。"柳虹说完，又对向秋阳耳语几句。

"知道了，谢谢了！"向秋阳含泪道谢，然后催促："柳警官、夏子衡，快去拷贝！再晚就来不及了。"

夏子衡道："向总，我需要你帮我们办一件事。"

"你说。"

夏子衡凑近，也对向秋阳耳语几句话，最后说："行吗？"

"我试试。谢谢你，子衡！"向秋阳郑重点头。

夏子衡飞快起身，冲到绿皮服务器上完成拷贝，与柳虹一块坐电梯离开。

两人刚浮出水面，就听到海底传来一声沉闷的巨响，掀起滔天巨浪。不一会儿，海面上就浮起各种损毁的建筑材料和电子垃圾……

柳虹惊回首，十分难过："向秋阳他最后还是没能……"

"我不能让他白死！"夏子衡沉重道，"不过，眼下，我们得赶紧去 Z 城体育馆救牛弋戈！"

7

海滨附近某平房里，一人望着大海上的滔天巨浪和各种垃圾，拨了一个电话："老板，向秋阳死了，他们的海底数据中心也完蛋了！"

"我看到了。"对方答，"很好！艾达塔一根柱子倒了，接下来，轮到牛弋戈了。"

第十二章

数字替身

1

　　离海底数据中心十几里的 Z 城体育馆，由"人工智能与大数据产业联盟"组织的足球赛，正在如火如荼地举行。今天上场的，是 A 市队与 Z 市队，两队队员几乎来自人工智能与大数据产业，分别穿红衣和黄衣。

　　牛弋戈担任 A 市队的前卫，在队友的配合下，对 Z 市队发起数轮猛烈的进攻，目前比分 2：0 领先。其中第二个进球，就在一分钟前，牛弋戈接过队员传球，连续正面突破对方几名后卫，拔脚怒射进去的。

　　看台上 A 市啦啦队欢声雷动，其中就有程盛勇、沈澜和魏雯。程盛勇开心的，不只是 A 市队进球，而是他与美女沈澜紧挨着看球赛，享受着难得的恋爱时光。

　　最近一连串风波，程盛勇虽然没少受惊吓，但他因祸得福，不仅彻底搞定艾达塔这个大客户，还顺带收获了沈澜的好感。程盛勇发现沈澜冷漠的外表下，有一颗单纯、正直、善良的心，好感顿生。而沈澜也发现，程盛勇为人仗义，对朋友忠心耿耿，两人不知不觉靠近了。程盛勇听说沈澜约他同去百公里外的 Z 市看球，想都没想就答应了。

为了不被同事和工作打扰，程盛勇特地将手机设置为静音模式。十年来，他是唯——次。任性是热恋的标志，我程盛勇今天就任性一回怎么啦？

魏雯见程盛勇修成正果，也为他高兴，因为程盛勇当年做过她和夏子衡的媒人。眼看二人打得火热，魏雯突然有一种当灯泡的嫌疑，借口出去买水，走出看台。

程盛勇是个伪球迷，见两队踢得热烈，不停高声呼喊，夸张地晃动身子。他的兴奋状态，一半来自沈澜所激发的荷尔蒙，另一半来自看台。

比赛开始不久，程盛勇立即发现，这是一个"智能看台"——每当一方快速带球进攻时，该方球迷所坐座位就自动产生震动；每次射门，座位必然上下颠簸一下；一旦进球，座位更是剧烈地上下左右全方向摇晃。

这种类似"4D电影"的体验，极大地增加了球迷与球员的互动，使现场的气氛无比热闹、刺激。

程盛勇感慨："人工智能和大数据的应用真是无处不在。智能足球真快乐！"

沈澜问："盛勇，你觉得谁能赢？"

程盛勇道："那还用说，肯定是我们A市队。Z市队，踢得跟旅行团一样！"

"你说谁呢？"身后一穿黄衣的Z市球迷站起来，警告道，"嘴巴放干净点！"

程盛勇笑道："跑得还没人走路快，可不就是旅游吗？我没说梦游已经很客气了。"

"A市的兔崽子居然敢到我们Z市撒野！"Z市球迷一声招呼，几个穿黄衣的年轻小伙朝程盛勇围过来。

"你少说两句，盛勇！"沈澜赶紧熄火，对Z市球迷道歉，"对不起，他刚才说的是A市队。"

"我说的就是Z市队。"程盛勇性子倔强，吃软不吃硬。

"弟兄们，给我揍这个A市的臭小子！"

程盛勇见自己周围一片红衣，毫不畏惧："A市的兄弟们，跟我上！"

程盛勇起身，撸起袖子，正欲开干，突然听看台上传来惊呼："不好，球场上也打起来了！"

众球迷齐刷刷将目光投向球场，见A市和Z市两只球队已停止踢球，在草地上混战成一团，登时呆了。

沈澜问："他们怎么也打起来了？"

程盛勇道："不知道啊。你们牛总不是也在球场上？"

"是啊。裁判怎么还不叫停比赛？"

"这个时候谁还听裁判的？"程盛勇用望远镜看了一下，发现外围全是黄衣队员，而红衣队员没见几个，应该是大部分被黄衣队员压在身下，"不行，我得去救牛总！"

程盛勇欲下看台进球场，谁知他刚一迈腿，脑袋一阵晕眩，一个重心不稳，差点摔倒，慌地扶住台阶。他以为是自己走得太快，谁知放眼望去，只要是站起来的观众，几乎全摔倒了，包括刚刚找他打架的几个 Z 市黄衣球迷。

"怎么回事？"程盛勇问沈澜。

沈澜答："看台在晃。"

程盛勇笑道："这看台也未免太智能了。难道两个球队群殴，它也要跟着共振助兴？"

"这不是共振，是倾斜！"

程盛勇听了此话，认真观察，看台最高处果然在缓缓升高，最后一排甚至有观众因为坐不住而掉下来，大惊："不好，智能看台坏了，我得赶紧报警！"

程盛勇本能地掏出手机，这才发现，上面有好几个夏子衡的未接电话，正欲回拨，夏子衡电话又进来，慌地接了："怎么回事，子衡？"

2

夏子衡刚与柳虹从海底上来，两人驾车朝 Z 市体育馆狂奔。夏子衡扯开嗓子道："盛勇，你听着：徐鼎天要在足球场上杀死所有球员，包括牛弋戈！"

"徐鼎天是谁？"程盛勇问道。

柳虹道："他就是操控陈武的幕后黑手，你们一定要想办法阻止他！快通知组委会，立即停赛，让所有球员尽快撤离球场！"

程盛勇叹道："比赛已停，但球员估计撤离不了球场了。"

"为什么？"柳虹问。

"你看看。"程盛勇将手机镜头转向球场，对他们直播两队互殴的情景。

"一定是徐鼎天制造的。"柳虹断言，"我们一定要救出他们。"

程盛勇道："我马上招呼艾达塔的兄弟去救！"

夏子衡又问："魏雯人呢？我打她电话关机了。"

沈澜答："她刚才买水去了。"

夏子衡道："沈澜，一定要找到她，确保她的安全。我们十分钟后到球场。"

"盛勇，我们走！"沈澜刚说完，突然"啊"的一声，程盛勇一把将她扶住，顺势搂在怀里，对夏子衡和柳虹说："不好，我们可能下不了看台了。"

夏子衡和柳虹通过程盛勇的手机发现：智能看台一会儿高处下降低处上升，一会儿高处上升低处下降，不断摇晃，变成了一个巨大的摇篮。所有的观众都没法坐稳，来回翻滚，不断有人从高处摔落，现场一片惨叫声。

柳虹问："怎么回事，老夏？"

夏子衡心一沉："这个智能看台被徐鼎天控制了，目的是制造混乱，阻止我们救人。"

柳虹道："老夏，快想办法控制看台。"

"我正在破解。"夏子衡飞速在电脑上操作，"至少需要几分钟。"

程盛勇道："我有一个土办法：如果找到看台的电源总开关，切断电源，看台是不是能立即停下来？"

"当然！"柳虹道。

程盛勇道："问题是我不知道总电源在哪。"

"这个简单。"夏子衡很快在电脑上找到体育馆的图纸，"盛勇，总电源在 E 区更衣室的旁边。快去！"

3

程盛勇拉着沈澜的手，随着颠簸，历经艰难，终于找到 E 区的更衣室，迅速关掉体育馆的总闸。断电瞬间，看台开始停止上升，然后缓缓回落，但是没有回到初始位置，而是与地面保持一定高度。

柳虹抓住这个时间窗口，飞快将车开进了球场。

球场上的互殴还在继续，柳虹等人进场解救，刚走到球场边缘，突然听见"轰"的一声，球场正中央的草坪陡地塌陷，除了牛弋戈之外，其他队员全部掉了下去。牛弋戈欲逃，被一个从草坪下面弹出来的尼龙网兜死死网住，动弹不得。

柳虹刚把车停稳，手机响了，见是徐鼎天打来的，接通开免提。

徐鼎天道："柳警官、夏子衡，这回你们该相信，你们救不了向秋阳吧？"

柳虹道："那我们就救牛弋戈。能救一个是一个。"

"好！这事我倒可以帮帮你们。"徐鼎天道，"你们右前方有一辆越野车。有一个朋友在车里等你们。"

柳虹与夏子衡上车，赫然发现魏雯被捆在后座上，嘴里塞着布条，整个人在拼命挣扎。

夏子衡将她布条扯掉："雨文，怎么回事？"

魏雯哭道："我出来买水，被人袭击了——子衡、柳警官，快救救弋戈，还有他的球队！"

徐鼎天冷冷道："柳虹，听好了：在1到9之间随便说一个数。"

"什么意思？"

"快说！"

"5。"

"单数。很好。男双女单。"徐鼎天冷笑一声，"既然这样，柳警官，那就你来吧。"

"干吗？"

"开车撞死牛弋戈，否则我杀死在场所有人。"

"不行！"魏雯反对，"绝对不行！"

"体育馆有炸弹，只有牛弋戈死了，这个炸弹才能停下来。"徐鼎天冷冷道，"魏雯，你要救你老公，就宁愿看着你的前男友夏子衡和整个足球场的上万人死掉？"

"一定还有其他办法！"魏雯哭道，"柳警官，我求求你们，快想想办法！"

"两分钟倒计时开始。"徐鼎天说完，车内响起倒计时的声音，

"120，119，118……"

魏雯哭着央求："子衡，求求你破解密码。"

"对不起，雨文。"夏子衡摇摇头。

"为什么？"魏雯使劲摇晃他的胳膊，"你不是资深数据分析师吗？"

"我……"夏子衡无奈地望着柳虹。

柳虹拨通牛弋戈的电话，打开免提："牛总，对不起，我救不了你。魏雯在我边上，你有什么要说的吗？"

"听到了，老夏。"牛弋戈仿佛知道自己所处困境有多复杂，声音极其冷静，"柳警官，尽快开车撞我。牺牲我一个，拯救上万人，还有向秋阳和数据中心，我值了。"

倒计声继续："90，89，88……"

"牛总，我代表大数据犯罪预防实验室、代表向秋阳和那些获救的人，感谢你！"柳虹拉上手刹，开始试着踩油门。

"徐鼎天，我求求你，不要杀弋戈，不要啊……"魏雯拼命挣扎，可是无济于事。

倒计时继续："40，39，38……"

柳虹狂踩油门，松掉手刹，疯牛一样冲向绿茵茵的球场。

车内不断响起报警声："前面有人，请减速避让。请减速避让！"

魏雯疯了一样阻止柳虹："柳警官，不行！我求你停车，快停车！快停车！"

柳虹心一软，油门一松，速度稍减。

牛弋戈见倒计时进入最后 30 秒，大声道："不能停，柳警官，加速！"

"牛弋戈，你是不是疯了？"魏雯开始骂牛弋戈，"你赶紧逃啊，你为什么不逃走？为什么？"

牛弋戈紧闭双眼："雯雯，我牛弋戈对不起你，可是我别无选择。"

"柳警官，放我下去，放我下去！我要去救弋戈，我必须救他！"魏雯挣扎着从后座跃起，开始咬柳虹的手臂。

柳虹疼得脸变形，可就是不松手："对不起，魏雯。我们在拯救无数人。"

牛弋戈平静道："雯雯，不要伤心。这是我必须付出的代价。"

"牛弋戈，你傻啊，快跑啊。"魏雯嗓子近乎沙哑。

"雯雯。对不起，来世我们再做夫妻吧。"

"我不允许你死！"魏雯悲伤无力。

"最后十秒！10、9……"

"大义灭亲、视死如归，柳虹、夏子衡、牛弋戈，你们做得很好！"徐鼎天赞道。

"8、7、6……"

越野车离牛弋戈越来越近，柳虹已能清楚地看清他的表情、他的毛发，再次加足马力。

"3、2、1……"

车重重地撞在牛弋戈身上，血溅挡风玻璃。牛弋戈被撞上半空，在空中不停翻滚，飞出十几米远，终于重重摔在地上，一动不动。

时间仿佛静止，整个球场鸦雀无声。

"弋戈！"魏雯终于挣脱缚绳，飞速跳车，奔向牛弋戈，一把将他抱在怀里。

"雯雯，我爱……你……"牛弋戈脑袋一歪，溘然长逝。

"弋戈！"魏雯伏在牛弋戈身上，撕心裂肺地痛哭。

4

足球场外不远处某酒店的总统套房里，桌子上摆着两个显示器。一个显示的画面，是球场中被大网缚住的牛弋戈，另一个显示的，是牛弋戈的脉搏实时监控。

徐鼎天躺在躺椅上，将双腿高高地架在桌子上，目不转睛地盯着。

伴随"嘀"地一串长声，徐鼎天见牛弋戈的脉搏变成一根长长的直线，而魏雯扑在他身上，伤心到近乎昏厥，没有一丝表演的痕迹。

牛弋戈真的死了？徐鼎天激动地从躺椅上一跃而起。

为保险起见，徐鼎天特地联系他事先买通的一个球场保健医生："牛弋戈真的死了吗？"

"百分百死了。心跳脉搏全无，脑袋都被撞碎了。"

徐鼎天大喜，鱼跃而起："牛弋戈和向秋阳两员大将已死，这下，艾达塔彻底完蛋了。"

5

位于海滨的 Z 城高铁站。

广播里正在播放检票通知："乘坐 G17442 次高铁前往 A 城的乘客，请从 B13 口检票……"

一个戴着鸭舌帽和墨镜的中年男子，坐在候车大厅的一个隐秘角落，一直在专心致志地阅读报纸。听到广播，他缓缓收起报纸，折好扔进垃圾箱，以一种胜利者的眼神回望整个候车大厅，这才朝检票口走去。

检票完毕，男子乘坐扶梯往下，朝右边的高铁走去。他把票递给车门口一位漂亮的乘务员，乘务员看完问："请问是徐鼎天先生吗？"

"你怎么——"男子说完，意识到自己失言，忙改口道，"对不起，我不叫徐鼎天，你认错人了。"

"是的，你现在叫黎地，职业是艾达塔集团董事长牛弋戈的专职司机。"身后一个声音说。

男子回头，一看身后站着柳虹、夏子衡、程盛勇、沈澜和几位荷枪实弹的警察，登时懵了，结结巴巴道："你们……你们……"

柳虹笑道："徐鼎天，你一定很惊讶，我们是怎么发现你的真实身份又是怎么抓到你的。"

徐鼎天定了定神："抓到我又怎样？牛弋戈和向秋阳死了，海底数据中心毁了，艾达塔和阿囊的核心算法和数据没了，我们 3D 集团马上就可以控制全世界了。算法统治世界，统治法律和监狱。你就是把我抓起来又怎么样？你判不了我，更不可能让我坐监狱，最多 24 小时，我就能从警察局出来，照样 HAPPY，哈哈……"

"是吗？"柳虹将徐鼎天带出车站，来到海边，往海面上一指，"看看那是什么？"

徐鼎天抬头望去，只见海面上浮现一艘快艇，正快速朝岸边驶来。待快艇靠岸，才发现来人正是向秋阳，不由一惊："你不是随海底数据中心一块炸个粉碎尸骨喂鱼了吗？"

夏子衡递给他一副 VR 眼镜："你看看这是什么？"

徐鼎天戴上一看，视线里乃是完好无损、正常运行的数据中心，怀疑道："这是假的。不可能是真的。"

"现在几点？"

"七点。"

"那你看看数据中心大屏幕上播放的，是不是今天的《新闻联播》？"

徐鼎天将视野转向电视，只听里面的主持人道："今天是 20XX 年 1 月 15 日，今天《新闻联播》的主要内容有……"

"海底数据中心没炸毁？"

"当然。"

徐鼎天呆呆地问："那我之前看到的是什么？"

夏子衡笑道："一个我特地为你量身定制的一个微型虚拟元宇宙。"

"元宇宙？"徐鼎天冷笑，"骗小孩呢。我又没用任何头戴设备，再逼真的元宇宙怎么骗过我？"

"裸眼元宇宙。"夏子衡答。

"裸眼元宇宙技术？不需要 VR 眼镜和头盔就能造就一个虚拟世界？我不信。全世界还没这样的技术。"

"你已经上当了，信不信还重要吗？"夏子衡呵呵一笑，"至于细节，我就不说了。"

徐鼎天又问道："向秋阳，你是怎么从海底数据中心逃出来的？那个密码很难解的。"

"是挺难。"向秋阳道，"不过，有高人告诉我的。密码是 MLYD 0119，对不对？"

"谁破解的？"徐鼎天问。

"他。"向秋阳指向夏子衡。

"夏子衡？"徐鼎天惊道，"你怎么知道这个密码？"

夏子衡道："MLYD 自然是你网名'莫里亚蒂'的拼音首字母，至于

0119，应该是你从我表弟峰子手中购买我的智能数据分析引擎的日期吧。"

"峰子是谁？"徐鼎天故作惊讶。

柳虹冲后面挥挥手，只见金警官带着一个瘦弱的年轻人一瘸一拐地来到徐鼎天面前，他控诉道："姓徐的，三年前，你重金唆使我，让我从表哥手里偷走他的电脑算法。然后派人半道将我打晕，关在乡下一个养鸡场。"

程盛勇惊呼："夏子衡，原来你表弟被人私自拘押了！"

徐鼎天冷冷道："抱歉，我不认识这个疯子。"

金警官道："峰子，把之前对我们说的话再说一遍。"

峰子道："三年半前，我因为借钱炒股亏损，急需在短时间内搞到十万块钱还债。我找遍所有朋友，找不到可借之人，就在这时，有人加我好友，说可以帮我，让我来 A 城找他。我跟这个姓徐的见面后，他说我表哥夏子衡是一个数据分析师，正在帮公司秘密开发一套什么智能数据算法，特别值钱。于是我借口来 A 城出差，约你吃饭，在酒水里下迷魂药，偷走你的算法系统，卖给这个姓徐的。然后又以你的名义在网上发帖，控诉你们公司和领导。然后我把电脑交给他，他不仅没付给我钱，反而把我一关三年。三年啦，呜呜呜……"

"哈哈哈……"徐鼎天大笑，"就凭一个养鸡场乞丐的话，就指认我是那个'莫里亚蒂'？柳警官，金警官，你们这案子办得是不是太草率了？"

柳虹从包里掏出一本《福尔摩斯探案全集》："这是我们在牛弋戈专车司机座位储物格里发现的，上面全是你的指纹。莫里亚蒂那一章《最后一案》，已被你翻烂了。"

"我爱看福尔摩斯探案，也能成为罪证？"徐鼎天还是不服。

"这个确实不能。"柳虹又道，"不过，一个月前，你潜入大数据犯罪预防实验室，篡改阿囊的源代码，误导阿囊对犯罪的预测，这可是实打实的犯罪。"

徐鼎天反问："潜入大数据犯罪预防实验室，篡改阿囊的源代码？我哪来的机会？"

向秋阳道："因为那天我应赵主任的邀请，去大数据犯罪预防实验室参加一个专家评审会。那天我的车限行，你主动要求开牛总的车带我去参会。我记得我们离开实验室时，你突然说拉肚子，急着上厕所。我只好把我的临行通行证借给你。你就是借这个机会进入实验室作的案。"

徐鼎天不屑地瞟向秋阳一眼："证据呢？"

夏子衡打开一张手机截屏图："你清除了所有登录和操作痕迹，可惜被我复原了。"

柳虹也掏出一个小玻璃瓶："这是我们从实验室搜集的陌生人毛发，要不要与你做一个 DNA 比对？"

徐鼎天自知无法再抵赖，脸色先是大变，旋即又得意道："没错，我就是 3D 集团的徐鼎天！就算海底数据中心还在，就算向秋阳没死，可是牛弋戈死了。他一死，艾达塔群龙无首，迟早也要完蛋。这智能数据分析的算法还是我们 3D 集团的！"

"是吗？"徐鼎天身后闪出一人，"那我是谁？"

徐鼎天回头，定睛一看，正是牛弋戈，惊得后退三步："你是人是鬼？"

6

牛弋戈笑道："既是人，也是鬼。"

"不，不，不可能！保健医生亲眼见你被撞了脑袋的，你怎么可能……"

"没错，我是被撞碎脑袋了。"牛弋戈停了一下，"但我就不能有双胞胎兄弟吗？"

"双胞胎？"徐鼎天冷笑，"牛弋戈，你们家祖宗十八代我全查过了，你一个兄弟姐妹都没有，哪来的什么双胞胎？柳警官，你这是从哪找来糊弄我的替身？"

"替身？"牛弋戈笑，"有想象力。不过，你就没想过：我才是真身，而你在球场上撞死的，才是替身吗？"

"牛弋戈也会找替身？"徐鼎天不信。

"数字替身。换句话说，虚拟人。"

"虚拟人？"徐鼎天不屑，"不过，据我所知，到目前还只是概念炒作，顶多能回答几个问题，或者唱几首歌。一般的数字替身技术都不成熟，表情、动作模拟不够逼真，外人一眼就能看出来。能上球场踢球的虚拟人，我还真没见过。"

"别忘了，我们是艾达塔，业界一流智能数据服务集团。"

"在你的领导下，艾达塔只做数据业务，根本没有智能硬件产品，哪来的虚拟人？"

"如果我说有呢？"牛弋戈对身旁的向秋阳道，"向总，要不你来说？"

向秋阳笑道："徐鼎天，牛总反对做智能硬件，我不能偷偷做吗？"

"可是据我所知，数字替身需要非常先进的算法和海量数据，你们的算法一直不过关，处理速度和稳定性完全满足不了真人的要求。"

"那是以前。"向秋阳拍拍夏子衡的肩膀，"自从夏总指点后，我们攻克了这个难关。"

"夏子衡？"徐鼎天抛来一丝怀疑的目光，"你离开这个行业好几年，还懂算法？"

夏子衡笑道："我这几年在会展公司打工，闲得没事时，偷偷研发了一个全新智能数据引擎。它不仅能大大提高运算速度，还能以真人伴侣的方式，全天候的方式，自动获取数据，随时进行模拟运算，从而大大缩短深度学习的时间，提升数据处理效率。"

"全新智能数据引擎？"徐鼎天不信，"怎么没见任何媒体报道和学术刊物介绍？"

夏子衡冷冷道："独家技术，为什么一定要媒体报道，为什么一定要上学术刊物？"

牛弋戈道："夏子衡这项技术，使我们的数字替身与真人的逼真度达到了99.99%，加上用特殊生物材料制造，可谓神形兼备，外人肉体根本看不出差别。"

徐鼎天有点恍惚："我一直在看球，难道从一开始，在球场上踢球的牛弋戈就是假的就是替身？我们在开场时对所有球员做过生物扫描，如果是虚拟人，一扫就露馅。"

"那倒不是。"牛弋戈笑道，"上半场的球还真是我踢的。"

"下半场换上了数字替身？"徐鼎天问。

柳虹笑："你那时的注意力都在海底数据中心和夏子衡身上，没注意到这个细节吧？"

"是我大意了。"徐鼎天还是不服，"柳虹，原来你们合伙在给我演戏？莫非你们早就知道我们今天的行动？"

柳虹笑道："特别早也谈不上。提前一天吧。"

徐鼎天道："可你们是上午去的实验室，才通过阿囊发现Z城的谋杀行动。"

"对不起，有件事忘说了。其实，昨晚我就偷偷在半夜带夏子衡去了我们实验室。我们当晚就发现了阿囊的问题，在他和金警官的帮助下，我们找到了被你拘押的峰子。"

徐鼎天道："既然如此，你们何不昨天就把我抓起来？"

"因为我们只知道你过去的名字，不知道你现在是谁人在哪。"柳虹笑道，"当然，还有一个更重要的原因，我们需要时间准备。"

"准备什么？"

夏子衡答："我们提前预知Z城会出事，于是秘密通知向秋阳，让他连夜制作牛弋戈的数字替身，并偷偷运往Z城。因为计算量太过巨大，直到今天下午比赛前，这个虚拟数字替身还没有完成最后的渲染工作，是上半场结束前五分钟在体育馆更衣室隔壁房间完成的。"

柳虹继续道："至于今天发生的事，我们不过是照着事先写好的剧本，重演了一遍。我们知道你们在我们实验室安装了窃听装置，一定会对我们发起攻击……"

"原来如此。"徐鼎天仰天长叹，"败在你们手里，我不冤。"

夏子衡笑道："徐先生，其实，我们早就打过交道。"

"当然，魅力山庄凌晨，你把从我房间叫醒，问牛弋戈去哪了。"

"我说的不是这次。而是几天前，我们在魅力山庄游泳馆。当时，我在更衣室无处可逃，不得不从侧门逃走，遇到一人戴着口罩在总控室操控。牛弋戈潜水时水位急剧下降，人被吸在地板上差点被淹死，这事应该是你干的吧？"

"好眼力！好记性！"徐鼎天赞道，"没错。我当时纯属一时手痒，给牛弋戈一个警告。你是怎么发现我的？"

"我当时并不知道是你。"夏子衡道，"不过，后来有件事，你露出了马脚。"

"哦。"

"还记得A城魅力山庄宴会投影事故时，沈澜给牛弋戈人工呼吸那张照片吗？它被你用来作为牛弋戈与沈澜'出轨'的证据，那可真是天才手笔。"

"当时我就在游泳馆，不过是信手拈来。"

夏子衡在手机上打开这张照片："不过，这张照片的摄影角度恰恰暴露了你的位置。我发现拍照的人，当时就在总控室。这个人只能是你！"

"你们这帮人，全是戏精。"徐鼎天仰天叹道，"尤其是牛弋戈的老婆，你的演技真高，哭得撕心裂肺。"

魏雯茫然地看着众人。

"这件事，她并不知情。"牛弋戈道。

魏雯冲牛弋戈和夏子衡嚷道："原来你们在演戏，为什么不告诉我？"

牛弋戈道："我要是不骗你，你就不会哭得那么伤心，就不能骗过徐鼎天。他要不确信我死了，怎么可能现身？"

"你怎么这么坏？"魏雯冲牛弋戈胸口一通猛砸。

"哎哟！"牛弋戈被打中旧伤口，疼得龇牙咧嘴，"疼死我了！"

"对不起。"魏雯见牛弋戈伤口渗出血，慌不迭地道歉。

"没事，我骗你的。"牛弋戈一把将魏雯搂在怀里。

7

Z城通往A城的高速公路上。

夏子衡、柳虹、牛弋戈、魏雯、向秋阳、程盛勇、沈澜等人同乘一辆房车回A城。

牛弋戈对向秋阳道歉："秋阳，我错了，你是对的，艾达塔应该'软硬兼施'，既做数据服务，也做智能硬件。从现在开始，我一定全力支持你的虚拟人项目。"

"哈哈哈……"众人大笑。

向秋阳笑后："不过，我有个条件。"

牛弋戈道："尽管说。"

"我全力负责智能硬件，数据服务业务，我想让夏子衡负责。我提议他为艾达塔的高级副总裁。"

"我早就挖过他了。"牛弋戈道，"可是老夏不给面子啊。兴许是嫌我们艾达塔庙太小。老夏，你不会打算另起炉灶，跟我们艾达塔竞争吧？就算我答应，魏雯也不答应。"

夏子衡在发呆，一言不发。

魏雯悄悄拽他的衣袖提醒："子衡……"

夏子衡醒过神来："我在想一件事。"

"什么事？"魏雯问。

"艾达塔事件的最后一个未解之谜。"夏子衡看了柳虹一眼，见她默契点头，这才走向沈澜，"沈澜，我们答应过你，一定帮你找到你哥。你相信他还活着吗？"

"我相信。"沈澜重重点头，"可是他在哪呢？"

夏子衡目光再次望向柳虹，只听柳虹清了清嗓子道："沈澜，如果我告诉你，你哥沈小明就在车上，你信吗？"

此言一出，举座皆惊。沈澜更是难以置信，她死盯着夏子衡："谁？难道我哥是……是……你？"

"我哪有这个荣幸？"夏子衡笑道。他见众人目光齐刷刷射过来，咳嗽两声，走向向秋阳，"向总，揭晓谜底吧。"

向秋阳站起来，走到沈澜身边，鼓起勇气说："妹子，对不起。"

"你？"

"我知道你一直在找我，我……"

沈澜不信，倒退几步："向总，你是我哥？这怎么可能？"

向秋阳用地道的 B 市方言道："妹子，我就是你哥沈小明。"

"你真的是我哥？"沈澜还是不信，悲愤道，"为什么这些年，我都找不到你？"

向秋阳羞愧难当，不自在地瞟向柳虹。柳虹上前解围："向总，要不我来说？"

"谢谢！"向秋阳如释重负。

柳虹这才道："沈澜，在讲述你哥的故事之前，我有个小小的请求。那就是，无论如何，你千万别恨你哥。因为，他也是受害者。"

"嗯。"沈澜点点头。

柳虹继续道："向秋阳，哦，不，应该说沈小明的故事，要从他的女同学倩倩说起。她是你哥班上的女神，人长得很漂亮清纯，尤其是眼睛特别迷人，很多男生都在追求他——"

"还是我来说吧。"向秋阳抢过话头，"我虽然也非常喜欢她，但因为家里条件差觉得配不上她，所以只有暗恋、不敢行动。我心想着，只要我们考进同一所大学，我就有机会追求她。可是我没想到，原本成绩中上的她，在高考前两个月突然宣布辍学，嫁给了我们隔壁班上的一个男同学。"

"他爸是一个土豪吧？"柳虹笑着插话，以缓和凝重的气氛。

"是。我当时特别生气，专门找她谈话，被她狠狠奚落嘲笑了一通，骂我凭什么管她。"

沈澜问："你当时很伤心？"

"是。我的梦想、我的爱情全部破碎了。大学对我已经完全没有意义。高考前一两个月，我自暴自弃，完全不在状态，结果，高考成绩比我预估的至少低了五六十分。我无心上大学，放弃填报志愿，隐姓埋名，南下打工，彻底与所有亲友失联。为了避免家人再找我，我还故意放出风，说我病死了。唐逊顶替我上大学的事，我一开始完全不知情。"

柳虹道："他在南方辗转好几个城市，后来去了一家外资企业打工，一开始挣了点钱，但不久被几个朋友以黄赌毒带坏了，五毒俱全，最后深陷赌博不能自拔，欠了一屁股债，一度流落街头。这些是不是真的？"

"基本上吧。"向秋阳点点头，面带羞愧，"那时的我，真的跟中邪一样，觉得全世界都欺负我、都对我不公，我无法反击，所以只好用自残的方式来麻醉自己、报复自己。这种状况持续了两三年，直到我遇到了一个人。"

"她就是刘丽莉，对吗？"

"对。她是来南方出差时，偶然遇到我的。听说我的遭遇后，她不断地帮助我、鼓励我，让我重新站了起来。"

"她喜欢你，高中时暗恋过你，对不对？"

"我不知道。"向秋阳继续道，"她已经结婚，有孩子了，我们不可能的。但是她当时对我的肯定和鼓励，确实极大增强了我的自信。于是我洗心革面，在十七年前改名'向秋阳'，再次参加高考，终于考上 A 市某重点大学的计算机系，毕业后进入 IT 圈。几年前，偶然结识牛弋戈，共同创办了艾达塔集团。"

"你后来的事，刘丽莉知道吗？"

"不知道。之后我们再无联系。"

"线上也没有？"

"没有。"

"那个冒充你找她借钱找唐志海和唐逊父子索要赔偿的把我骗进深坑的沈浩是谁？"

"应该是 3D 集团的人。"

"原来 3D 集团的人早就盯上了你。"柳虹终于明白，"他们故意找一个名叫沈浩、长相与你接近的人，在 B 城制造一个'假沈小明'，为的就是给后来一系列嫁祸栽赃做准备。"

"是的。"

柳虹道："向总，谢谢你帮我解开了最后一个谜团。"

夏子衡奇道："那为什么我听到的关于你的信息，不是这样？"

向秋阳答："网上所有关于我的公开资料，都不真的，都是 3D 集团想让你们知道的。他们的数据清除和篡改能力，远超一般人的想象。"

"原来是这样。"夏子衡问，"那你是不是早就知道沈澜的身份了？"

向秋阳道："是。自从我知道有人拿顶替我上学的事做文章，我就知道有事。所以，干脆推荐沈澜到牛弋戈身边做助理，我想看看这出戏怎么演。"

众人均被这神奇的反转惊着了。好一会儿，牛弋戈问："柳警官，你又是怎么知道这些的？"

柳虹笑道："我在离开海底数据中心前，曾经抱着试一试的态度，向向总求证：'你是不是真正的沈小明？'没想到他当场承认了。"

程盛勇道："外甥女，你怎么会想到他是真正的沈小明？什么时候发现的？"

柳虹指向夏子衡："当然是因为老夏的帮助。老夏，你来说吧。"

"其实，我也是昨天才知道。"夏子衡笑道，"昨天我重启阿囊后，在他的帮助下搜索沈小明相关资料，没找到任何他的死亡证明，我坚信他一定还活着。于是我又将他与向秋阳做了一下交叉对比，结果发现了一件特别有趣的事：向秋阳在十七年前没有任何记录，他的各种网络身份和动态诞生于十七年前，而沈小明恰好失联于十七前年。一切全是巧合吗？有可能。但更大的可能是：新生的向秋阳，就是当年的沈小明。"

程盛勇问："就凭这个？"

"还有一点，向秋阳一直在暗中帮助沈澜。沈澜绑架牛弋戈离开 A 城后，直到她和牛弋戈出现在 B 城的同学聚会现场。一路上我们和金警官他们居然找不到关于她的信息，比如高速探头拍照。后来我才知道，有人故意屏蔽和删除了她的信息。这个人计算机水平相当之高，只有类似向秋阳这样的高手才能做到。"

柳虹接着夏子衡的话继续道："向秋阳为什么要帮沈澜？如果他是她的哥哥沈小明，一切不就全能说通了吗？数据是冰冷的，而人性总是充满温情。"

"好啊！"程盛勇佯怒，"子衡，柳虹，这么重要的事，你们居然合伙瞒着我。"

柳虹道歉："对不起，舅舅，之前是向总不让我说的。"

"夏子衡真是我见过最优秀的数据分析师，而柳警官，更是一位超强的心理学家。"向秋阳赞道，"他们给我的最后一个密码，居然成功解开了我身上的炸弹密码。"

沈澜突然向前，狠狠地扇了向秋阳一个耳光，悲愤道："为了一个女同学，你居然抛弃学业，置父母生死于不顾，你真是……"

向秋阳一脸羞愧："我是个不孝之子，我对不起父母，对不起妹子你……所以，我总想尽一切努力帮助你补偿你！"

"我不需要你的补偿，我宁愿没找到你！"沈澜吼道，欲夺门下车。

向秋阳面如死灰，不知所措。

"沈澜！"柳虹一把拉住她，"你答应我要原谅你哥的。"

沈澜扑在柳虹怀里放声大哭，待压抑的情绪释放完毕，这才转身，伸出双臂对向秋阳说："哥，我能抱抱你吗？"

"当然。"向秋阳与她激动相拥。

众人为向秋阳和沈澜兄妹团聚鼓掌。牛弋戈问："秋阳，你还打算改回原来的名字吗？"

"不，当年那个幼稚、冲动、脆弱的沈小明，早就死了。"向秋阳道，"我很喜欢现在这个名字，现在这种状态。"

尾声

三个月后。

夏子衡单独请柳虹吃饭。柳虹开她的车来接他，夏子衡坐到副驾驶位置，一眼就发现了右侧门下储物格里有一张名片，上面居然写着他的名字，拿起来惊奇问道："你怎么有这个？"

"谁的名片？"柳虹瞟了他一眼，继续目不转睛地盯着前方道路。

"这是我三年前用过的名片，你车里怎么会有？"

"猜。"柳虹一脸神秘，笑而不答。

来到餐厅门口，柳虹让夏子衡先进去点菜，她说要回一个重要电话。夏子衡落座看菜谱，突然一个戴着眼镜染着紫色长发的年轻女孩走到他身边，弯腰细声问："请问是数据分析师夏子衡夏先生吗？"

"您是……"夏子衡一愣。

"三年前，我在一次论坛上听过您的精彩演讲，还向您提过问题，您记得吗？"

"哦。我想起来了。"夏子衡确实记得有一个刚毕业的女孩，一口气问过他三四个问题。

"我当时想加您微信，没有加成，现在可不可以……"

"十分抱歉！我扫你吧。"夏子衡想起当时确有一女孩要加他微信，但当时被送分手信的程盛勇给打断了。带着补偿心理，他拿着手机扫女孩的二维码，屏幕上弹出"柳虹"的名字，大惊，"怎么……"

柳虹搞完恶作剧，摘掉眼镜和假发，得意地哈哈大笑，把夏子衡弄得一脸尴尬。好一会儿他才反应过来："原来你早就认识我？"

"贵人多忘事。你当时是科技名人，自然看不上我这样的技术小白。"

"惭愧。你怎么不早说？"

"我要早说了，你还把我当回事吗？"柳虹笑着反问。

"缘分。今天我们一定要好好喝一通，不醉不休。"

酒菜很快上来，两人尽兴吃喝，一通海聊。突然夏子衡指着餐厅里的电视，对柳虹说："你看。关于我们的报道。"

柳虹转头望去，只听电视里传来："本台消息：国内知名高科技独角兽艾达塔集团今天顺利完成一笔高达一亿美元的 C 轮融资，领投机构为全球知名风投 VVC 集团，国内众多风投予以跟投。艾达塔集团董事长兼总裁牛弋戈表示，引进这笔巨大融资，目的有二。除了继续巩固其在数据分析领域的领先优势外，更重要的是，是全力进军智能硬件领域。艾达塔希望在未来三年内，借助先进的智能数据引擎，进入智能硬件第一梯队。"

接下来是牛弋戈的采访原声："我们通过引进夏子衡这样的优秀技术高管，研发能力大增，有信心在数据分析和智能硬件两个领域同时保持强大竞争优势。"

夏子衡奇怪道："牛弋戈提我干吗？我又没做什么。"

"哟哟哟，你居然也会'凡尔赛'了。"柳虹揶揄道。

播音员又道："艾达塔集团与普惠医疗集团强强携手通力合作，于近期推出国内首个智能机器人大夫'佗博士'。据悉，'佗博士'能通过深度学习全世界各种医疗案例，秒速拿出各种疑难杂症治疗方案，效果显著。业界认为，'佗博士'地推出，是我国人工智能和大数据技术与医疗跨界融合的重要成果，必将极大推动智能医疗产业的重大进步，造福社会，改善民生……"

柳虹赞道："艾达塔真棒，人工智能和大数据真是神奇。"

"往下看。"

接下来的画面，是艾达塔原副总裁陈武身着囚衣、戴着手铐来病房看望病妻，听她说"老公，我全好了"，陈武泪流满面，与其激动相拥，泣不成声……

柳虹眼眶早湿，对夏子衡感慨道："陈武要是知道，走正道也能治好他夫人的病，就不会走邪路投靠 3D 集团当'四哥'了吧？"

"这需要一种信仰，一种发自内心相信技术造福民生的信仰。"

柳虹突然想起一件事："对了，你上次在 Z 城说，你是用'裸眼元宇宙'技术骗过徐鼎天的，真的吗？"

"你不信？"

"到目前为止，我没有在媒体上查到相关报道。"

"是吗？"夏子衡吃了一惊，然后慢悠悠道，"那兴许就是假的呗。"

"假的？根本就没有所谓'裸眼元宇宙'？"

"嗯。"夏子衡点点头，"我相信将来有一天一定会实现，但现在，算力还达不到。"

柳虹越发吃惊："那你又是怎么骗过徐鼎天这种老油条，让他相信海底确实发生了爆炸？"

"还记得我们在 C 城时，无人车嘉嘉给我们讲的那个黑客笑话吗？"

"记得。勒索罪犯买通大楼保安，用定时拔网络的方式冒充黑客，而对方居然相信了。"

"这就是所谓的技术迷信。"夏子衡不屑道，"越是高手，越容易掉进技术迷信的坑，越容易被最原始的手段所骗。"

"最原始的手段？"柳虹惊呆，"难道又是拔网线？"

"当然不是，不过也差不多。"夏子衡神秘道。

"到底怎么回事？"

"向秋阳解除身上的炸弹后，很快在海底数据中心找到了徐鼎天的手机号，并定位了他的位置。于是，他和我临时商议，给徐鼎天和他的小马仔上演一出好戏，让他们相信，海底中心真的发生了爆炸，让他相信向秋阳已死。"

"怎么演？"

"海上 3D 屏幕。"

"哪来的 3D 屏幕？"

"艾达塔上次在 Z 城揭幕海底数据中心，原本打算晚上再举办一场海上晚会的，他们在水面上预先安置了一个全世界最先进的裸眼 3D 全息屏幕，作为晚会背景板。我让向秋阳用 AI 技术自动生成了一个海底数据中心被炸后的模拟程序，在全息屏幕上播放。当时天色已晚，加上徐鼎天他们确信我们不能破解他的炸弹密码，没有细查，所以就被骗了。"

"原来是这样，我还真以为是裸眼元宇宙。"柳虹嗔怪，"你们这些理工男，什么时候也学会玩心眼了？"

"我也有个问题。"夏子衡问，"你是怎么发现向秋阳就是沈小明的？"

"你发现的呀。"

"不，我只是证明。比证明更重要的，是提出假设。而提出设想的人，是你。"

"其实很简单。"柳虹笑道，"上次我们回 A 城后，我又偷偷去 B 城见了一次刘丽莉。"

已是微醺的夏子衡突然停箸举杯，呆呆地说，"柳虹，你是对的。"

柳虹被夏子衡这句没头没脑的话搞晕了："什么我是对的？"

"我记得你曾经问我：'当人性与数据发生矛盾，得出完全不同的结论时，你选择相信什么？人性还是数据？'"

"有这事。"柳虹似乎也喝多了，目光迷离，身子前倾，"你当时好像……没回答我。"

"人性。"夏子衡认真说道，"人性才是这个世界最高主宰，其背后，或许是上帝开发的源代码，是我们永远无法精准解读的大数据。"

"你的意思是：数据分析有限，而……"

夏子衡接话："而人性充满各种可能。"

"老夏，我看你可以改行干别的职业了。"

"比如？"

"你猜。"柳虹莞尔一笑，举杯与夏子衡轻轻一碰。

（全文完）